अश्वत्थामा

श्रापित यात्री की अन्तहीन यात्रा

प्रेरणा के. लीमडी

अनुवाद

कविता गुप्ता

वाणी प्रकाशन

वाणी प्रकाशन

4695, 21-ए, दरियागंज, नयी दिल्ली 110 002

फ़ोन : +91 11 23273167 फैक्स : +91 11 23275710

शाखाएँ

अशोक राजपथ, पटना 800 004, बिहार

कॉफ़ी हाउस कैम्पस, महात्मा गांधी मार्ग, इलाहाबाद 211 001, उत्तर प्रदेश

महात्मा गांधी अन्तरराष्ट्रीय हिन्दी विश्वविद्यालय, वर्धा 442 001, महाराष्ट्र

सुल्तानिया रोड, मोतिया पार्क, भोपाल 462 001, मध्य प्रदेश

www.vaniprakashan.com
marketing@vaniprakashan.in
sales@vaniprakashan.in

ASHWATTHAMA
by Prerana K. Limdi
Translated from original Gujarati *by* Kavita Gupta

ISBN : 978-93-89563-63-4
Novel

प्रथम संस्करण 2020

मूल्य : ₹ 395

जयंत प्रिन्टरी एलएलपी, मुंबई-2 में मुद्रित

वाणी प्रकाशन का लोगो मक़बूल फ़िदा हुसेन की कूची से

दो शब्द

महर्षि वेदव्यास द्वारा रचित महाकाव्य का पात्र द्रोणपुत्र अश्वत्थामा मुझे हमेशा ही विचलित व आन्दोलित करता रहा है। वैसे तो महाभारत में एक से एक विलक्षण पात्र हैं। सभी पात्रों की अपनी–अपनी नियति है। सभी महाकाल के गर्त में विलीन हो गये। परन्तु अश्वत्थामा...!

श्रीकृष्ण द्वारा उत्तरा के गर्भ पर ब्रह्मास्त्र दागने वाले द्रोणपुत्र अश्वत्थामा को देह की यातना के साथ काल के अन्त तक पृथ्वी पर भटकने का अभिशाप मिला। चार हज़ार वर्षों की उसकी भटकन...कहाँ–कहाँ भटका होगा अश्वत्थामा...? क्या–क्या नहीं देखा होगा अश्वत्थामा ने...? चार हज़ार वर्षों के विश्व इतिहास के साक्षी बने अश्वत्थामा के मनोविकारों को, उसकी वेदना, उसकी संवेदनाओं को मैंने शब्दों में ढालने का प्रयास किया है। जिसके फलस्वरूप आपके सामने प्रस्तुत है उपन्यास अश्वत्थामा...

प्रेरणा के. लीमडी

अनुवादक की ओर से

प्रेरणा बेन के हृदय में इस रचना के जन्म के साथ ही मैं इस पर चर्चा में जुड़ी हुई थी। वो अध्ययन करतीं और अक्सर उस पर हम दोनों में ख़ूब चर्चा होती। उनके इस चार वर्षों के श्रम में मैं उनसे जब भी मिलती बस एक ही प्रश्न पूछती थी कि "अश्वत्थामा कहाँ पहुँचा?"

जब कृति तैयार हुई तो मैं उसकी बिल्कुल आम जन की भाषा से आश्चर्यचकित थी। एक तो गुजराती स्वयं में ही इतनी मीठी और ऊपर से बिल्कुल ही बोलचाल की भाषा ने मुझे बाँध लिया। आडम्बरहीन शब्दों के इस उपन्यास को जब मैं पढ़ रही थी कि एक दिन इसके हिन्दी अनुवाद का ज़िक्र आया और मैंने स्वयं ही बढ़कर और भाषा से बँधकर यह प्रस्ताव रख दिया कि यह काम मैं ही करूँगी। मेरी यात्राओं, मेरी व्यस्तताओं ने इस काम में विलम्ब ज़रूर किया परन्तु मुझे ख़ुद ही आश्चर्य हैं कि मैंने यह कर ही लिया।

इसके पीछे शायद प्रेरणा बेन का स्नेह ही कारण रहा। हिन्दी में इस कथा का होना हिन्दी कथा–संसार को समृद्ध करेगा ऐसा मुझे महसूस होता है।

इसकी भाषा व शैली को लगभग आम जन की ही रखने का मेरा भी प्रयास रहा है।

–कविता गुप्ता

1

नहीं...नहीं...मत मारो पार्थ! मैं गुरु–पत्नी को पुत्र वियोग में नहीं देखना चाहती। कितना असह्य है पुत्र वियोग। नहीं अश्वत्थामा को मत मारो। अश्वत्थामा को मत मारो। विलाप करती द्रौपदी के शब्द समस्त कुरुक्षेत्र में गूँज गये।

साथ ही अश्वत्थामा के वध के लिए अर्जुन का उठा हुआ हाथ वहीं थम गया। अठारह–अठारह दिनों से पाण्डव और कौरवों के बीच जहाँ महासंग्राम चल रहा था, उस कुरुक्षेत्र का आकाश गिद्धों से भर गया था। धरती का यह दृश्य न देख पाने वाले सूर्य नारायण बादलों में छुपने का प्रयत्न करने लगे थे। बीती कालरात्रि को ही विजयी निद्रालीन पाण्डव सेना का नाश हो गया। सैनिकों के क्षत–विक्षत शवों से अटी हुई रणभूमि के बीच पाँच पाण्डव और कृष्ण विलाप करती हुई द्रौपदी को घेर कर खड़े थे। केन्द्र में द्रौपदी के पाँवों के पास नतमस्तक पड़ा था–द्रोणपुत्र अश्वत्थामा। पाण्डवों के निद्रालीन पाँच पुत्रों और भाइयों को मारने वाले, पाण्डवों के वंश के विनाशक और उत्तरा के गर्भ पर ब्रह्मास्त्र छोड़ने वाले अश्वत्थामा को मृत्युदण्ड नहीं देना चाहने वाली द्रौपदी को देखते हुए सभी आश्चर्यचकित थे। कुछ समय पहले ही अश्वत्थामा का कटा हुआ मस्तक माँगने वाली द्रौपदी द्वारा, अश्वत्थामा को मत मारो! मत मारो! की पुकार सुनकर कृष्ण गम्भीर स्वर में बोले–अश्वत्थामा। हे दुष्ट पुरुष! हे पापी! अजन्मे शिशु की हत्या के अक्षम्य अपराधी! इस घोर पाप का फल तुम्हें अवश्य मिलेगा। अश्वत्थामा तुम ब्राह्मण न रह सके और न तुम क्षत्रिय बन

सके। हे शिशुघातक! काल के अन्त तक तुम इस धरती पर भटकते रहोगे। सुनो अर्जुन, द्रौपदी के पाँच पुत्रों के इस हन्ता के मस्तक से मणि खींचकर निकाल लो। अश्वत्थामा तुम अपने रक्त और मवाद के रिसते हुए इन घावों के साथ हमेशा–हमेशा पृथ्वी पर अकेले भटकते रहोगे। अश्वत्थामा तुम मृत्यु को प्राप्त नहीं कर सकोगे। तुम्हारा यह शरीर कोढ़ व फुंसी, फोड़ों, फफोलों से भरा रहेगा। मवाद व रक्त से भरे इस शरीर से निकलती निरन्तर दुर्गन्ध तुम्हें तुम्हारे अक्षम्य अपराधों का हमेशा स्मरण कराती रहेगी। तुम समस्त पृथ्वी पर अकेले ही वन–वन यूँ ही भटकते रहोगे। न ही कोई तुमसे बोलने वाला होगा और ना ही कोई तुम्हें सुनने वाला होगा। तुम समस्त व्याधियों से घिरे हुए वन–वन भटकोगे। तुम्हारे शरीर की यातनाएँ तुम्हें तुम्हारे घोर पाप कर्मों का निरन्तर स्मरण कराती रहेंगी।

कृष्ण द्वारा अश्वत्थामा को दिये गये इस श्राप से सभी स्तब्ध थे। अश्वत्थामा के मस्तक से खींचकर निकाली गयी मणि के स्थान पर हुए घाव से रक्त बहने लगा। मस्तक से बहते हुए रक्त से अश्वत्थामा की हथेलियाँ भर गयीं। अश्वत्थामा पाषाण हुआ जड़वत् पृथ्वी पर पड़ा रहा। कुछ समय बाद अश्वत्थामा छटपटाता हुआ खड़ा हुआ। पराजित, थका–हारा, श्रापित, सदियों तक भटकने के लिए।

2

प्रकृति स्तब्ध थी। पुरुष और प्रकृति का सृजन यह मनुष्य जाति और उसका यह महाविनाश। मानव जाति के सम्पूर्ण इतिहास में प्रकृति ने इतना भयंकर नरसंहार नहीं देखा था। प्रतिदिन जैसी ही एक सुबह में, कुछ क्षणों पहले ही नित्य क्रिया में व्यस्त जापान के नगर हिरोशिमा पर, आकाश में से एक अग्नि पिण्ड, एक अणु शस्त्र रूप में विस्फोटित हुआ। आँखों को चकाचौंध करते प्रकाश से प्रकाशित, धरती के ऊपर हवा में सुलगते हुए इस अग्निपिण्ड ने हज़ारों मनुष्यों

को पल भर में ही लुप्त कर दिया। हज़ारों मनुष्यों को वो इस प्रकार लील गया जैसे उनका धरती पर कभी भी कोई अस्तित्व था ही नहीं। चारों दिशाओं में अग्नि ही अग्नि थी। असह्य गर्मी। धुएँ के घटाटोप और तीव्र विस्फोट से विध्वंस हुई धरती की धूल से चारों दिशाएँ भर गयीं। सुबह–सवेरे ही जैसे शाम का अन्धकार छा गया। असहनीय गर्मी, प्रज्वलित अग्नि, अन्धकार और मानव जाति के महाविनाश से हज़ारों मानव–तन पल भर में कोयले में परिवर्तित गये।

कानफाड़ू धमाके के साथ पृथ्वी पर गिरे इस अणु अस्त्र के मध्य से उठे शक्तिशाली गुबार से हज़ारों मानव शरीर...अंग–भंग हो धराशायी हो गये। घर व घरों का सामान, खिड़कियाँ और दरवाज़े कोसों दूर जा गिरे। धूल और धुएँ से पूरा आकाश भर गया। मानव जाति की तड़प व वेदना देख–देखकर आकाश भी धीरे–धीरे बरसने लगा। काली चीकट बारिश...चारों दिशाओं में आग ही आग...राख हुए मानव तन...कंकाल...भस्म हुए वृक्ष...खण्डित हुई इमारतें...गर्मी से पिघले हुए लोहे के तार व सरिये...कोयला बन गयी मानव देह... नरमुण्डों के ढेरों के बीच, वेदना से कराहते, घायल पीड़ित छटपटाते मानव–शरीर पड़े थे। अग्निमय पवन का बवण्डर उठा। बादलों भरी यह दोपहर बेहद गर्म थी। बीच–बीच में बारिश होती रही। दिशाओं ने देखा कि सुलगती पृथ्वी पर आग और असहनीय गर्मी से झुलस गये लोग वेदना से छटपटा रहे थे। वेदना से गिरता–पड़ता नदी की तरफ़ जाता लोगों का झुण्ड का झुण्ड प्रेत के झुण्ड में बदल गया...नग्न देह, कत्तरों की तरह मानव तन पर लटकता मानव चर्म... बाहर निकल आयी आँखों की पुतलियाँ...बाहर निकल आयी आँतों को स्वयं ही पकड़े...नदी की दिशा में रेंगता हुआ आदमी...असहाय...घायल... पानी! पानी! की पुकार सुनती ये दिशाएँ मानव की इस अवर्णनीय दुर्दशा और दुष्टता पर लज्जित थीं। अवर्णनीय इस कालरात्रि को देखकर सहमी और मौन हो गयी दिशाओं ने देखा कि लोथड़े की तरह पड़ी एक मानव देह, जिसका कम्बल सरक गया है। वह चीत्कारती हुई सभी दिशाओं को ही पुकार रही है।

विश्व की हे दसो दिशाओ देखो...यह नरसंहार...हे दिग्पालो! तुम देखो तो यह महाविनाश...हे पंच महाभूतो...सुनो! यह क्रन्दन सुनो... यह हाहाकार...ओ पृथ्वी माता आपकी छाती पर यह महाविनाश का ताण्डव हुआ है। अग्नि जैसी सुलग उठी...काँप उठी है...वीरान हो गयी...धरती माता आश्चर्य कि आप फिर भी परिक्रमारत हैं। थम क्यों नहीं जातीं माँ...। इस सड़े हुए रक्त–मांस की दुर्गन्ध तो मेरे शरीर की दुर्गन्ध से भी अधिक असहनीय है। इस दुर्गन्ध को साथ लेकर बहने वाले पवन देव आप भी थम क्यों नहीं जाते हो...ओ कालरात्रि! थम जा...बस थम जा...हृदय को थर्रा देने वाला यह महाविनाश नहीं देखा जाता। हे सूर्य नारायण...हे जगत पिता! यह सब देखने के लिए फिर उदय न होना। नहीं देखनी ये क्षत–विक्षत लाखों मानव देह...। इस सुलगती ज्वाला में अधजले, कराहते, थर्राते ये लाखों मानव तन। वह हरी–भरी धरा जहाँ वृक्षों की हरियाली थी, कुछ ही पल पहले जहाँ पुष्पों की सुगन्ध बिखरी हुई थी, पक्षियों का कलरव था, वहाँ यह कैसा ज्वाला पिण्ड आ पड़ा...पृथ्वी, पर्वत, वन, वृक्ष सभी काँप उठे हैं। आकाश से गिरे इस ब्रह्मास्त्र से समस्त हिरोशिमा नगर यज्ञकुण्ड बन गया है। ऐसा यज्ञकुण्ड जिसमें मानवता होम हो गयी है। समस्त मानवता ध्वस्त हो गयी है। अब यह धरती माता वीरान और प्रत्येक रस से वंचित हो गयी है।

अब यहाँ नयी पीढ़ियाँ विकृत पैदा होंगी। कितना भयंकर भविष्य होगा मानव का। भीषण नरसंहार...रुदन व विलाप की चीत्कारों के सिवा कोई और ध्वनि यहाँ शेष नहीं है।

लेकिन मैं खड़ा हूँ हिरोशिमा की गलियों में सड़ा–गला। बस यूँही खड़ा हुआ हूँ। युग–युगान्तर से रक्त मांस की दुर्गन्धपूर्ण देह वाला कभी न भरने वाले घावों से रिसते रक्त...वन–वन भटकता...अकेला... दिशाहीन...। वैराग्य की ज्वाला में धधकता...अमरता का श्राप झेलता जीवित मैं। भ्रूण हत्यारा...मैं स्वयं महाविनाश का प्रतीक हूँ। मैं अंगिरस कुल में जन्मा द्रोणपुत्र अश्वत्थामा पूछ रहा हूँ...कहाँ हो तुम कृष्ण..? जिस अश्वत्थामा ने सदियों से एक शब्द भी नहीं उच्चारा वह अश्वत्थामा

भी आज चीत्कार उठा है। आज वही अश्वत्थामा पूछता है–कहाँ हो? कहाँ हो? हे कृष्ण!

हे दसों दिशाओ, हे दिग्पालो! मैंने तो एक उत्तरा के गर्भ पर ही ब्रह्मास्त्र छोड़ा था। यहाँ इस हिरोशिमा में अनेक उत्तराएँ मृत्यु को प्राप्त हुई हैं। आकाश से गिरे एक अग्निपिण्ड, एक अग्नि वर्षक गोले से समस्त हिरोशिमा की धरती सदियों के लिए बाँझ सम हो गयी है।

यदा–यदा हि धर्मस्य ग्लानिर्भवति भारत!
अभ्युत्थानमधर्मस्य तदात्मानम् सृजाम्यहम्!!

जब–जब धर्म का नाश होगा, तब–तब मैं अवतार लूँगा–कहने वाले कृष्ण कहाँ हैं आप? कोई तो उत्तर दो...

सुनो दसों दिशाओ...कहा जाता है कि तुम उस विराट स्वरूप कृष्ण के मुखारविन्द के अगणित कान हो। हे विराट स्वरूप की कर्णेन्द्रियों...तुम तो सुनो...इस कृपी व द्रोणपुत्र अश्वत्थामा की चीत्कार! सुनो!...सुनो!

3

माता कृपी...महाराज शान्तनु (ऋषि शरद्वान की पुत्री) की छत्रछाया में धर्म और संयम के आचरणानुसार माता कृपी का पालन–पोषण हुआ। पिता द्रोण...ऋषि भारद्वाज के पुत्र द्रोण, सम्पूर्ण वेदों के ज्ञाता व श्रेष्ठ अस्त्र–शस्त्र ज्ञाता थे। अश्वत्थामा कितना विचित्र नाम। कहा जाता है कि जन्म के समय नवजात शिशु की तरह नहीं रोया था मैं। बल्कि उच्च स्वर में चारों दिशाओं में गूँजती अश्व की सी हिनहिनाहट की थी मैंने। तभी आकाशवाणी हुई थी कि चारों दिशाओं को अश्व जैसी हिनहिनाहट के स्वर से भरने वाले इस शिशु का नाम अश्वत्थामा होगा। हिनहिनाता अश्वत्थामा! मैं सामान्य शिशुओं जैसा कहाँ रहा...कदाचित मुझमें रही पशुता का वह पहला परिचय था...वैर, क्रोध, स्वार्थ, अहं

जैसे ही तत्त्वों से भरा है मेरा मानवमन। पशु से भी नीच, नराधम बन सकता है यह मानव। युगों–युगों से स्वयं को ढोते हुए मैंने धर्म और अधर्म के अनेक युद्ध, महायुद्ध देखे...लाखों नरसंहार देखे। सुनती हो दिशाओ...! मैं कहता हूँ कोई भी युद्ध नहीं जीतता। जीतती है केवल पशुता...केवल और केवल पशुता!

युद्ध कभी निर्वंश नहीं मरता। वैर की ज्वाला भड़कती ही है... पशुता बढ़ती ही है...धर्म के नाम पर युद्ध यह कैसी विडम्बना है...!

अनेक युगों से अकेले घिसटते–भटकते मेरे हृदय में अनेक प्रश्न उठते हैं। रिसते हुए घावों की तरह ये प्रश्न हाहाकार करते हैं। भीष्म पितामह और द्रोणाचार्य की छत्रछाया में पालित–पोषित मैं...। मुझमें कहाँ से आयी यह पशुता...! यह वैर भाव की ज्वाला...! जल में घुले आटे को दूध समझ कर पीने वाला बालक अश्वत्थामा कहाँ खो गया...?

सुनो दसों दिशाओ सुनो...एक दिन का प्रसंग सुनो–अश्वत्थामा मन्दबुद्धि...अश्वत्थामा मन्दबुद्धि...मित्रों यह अश्वत्थामा मन्दबुद्धि है...आटे घुले जल को दूध समझकर पी गया। देखो तो उस पर भी कितना प्रसन्न है। किस प्रकार वह बालकों का समूह तालियाँ बजाता हुआ अश्वत्थामा मन्दबुद्धि...अश्वत्थामा मन्दबुद्धि...के समूह गान में मेरा उपहास करने लगा था।

अपनी कुटी में बैठे वेदाभ्यास करते पिताश्री द्रोण बहुत अधिक द्रवित हो गये थे। अपने पुत्र को उपहास का पात्र बना हुआ देखकर...। अंगीरस कुल के ऋषि भारद्वाज के वीर्य स्खलन से दोने में जन्मे द्रोण वेद–वेदांग में पारंगत ब्राह्मण। इस धनुर्विद्या श्रेष्ठ की यह स्थिति। अपने पुत्र का इस प्रकार उपहास! अपना इकलौता पुत्र जिसने दुग्ध स्वाद भी न जाना था कभी। शिव की घोर तपस्या से प्राप्त प्रिय पुत्र के दुग्धपान के लिए घोर दरिद्रता के कारण एक गाय भी उनके पास नहीं थी। धीर–गम्भीर व विशाल ललाटवाले द्रोण के मुख पर विवशता उतर आयी। कुटी के द्वार पर खड़ी पत्नी कृपी की आँखों में अश्रु देखकर द्रोण विषाद में डूब गये। द्रोण के मुख पर उभरे विषाद को देखकर माता बोल उठी

थी कि आप दुख न करें। वह तो बालक है, सब कुछ भूल जायेगा। दृढ़ मनोबल वाली पति परायण कृपी के शब्दों ने द्रोण को और अधिक कष्ट पहुँचाया। अपने आपको धिक्कारते हुए द्रोण उठे और सहसा उसी क्षण कुछ कठिन निर्णय ले लिया।

4

मुझे और माता कृपी को साथ लेकर पिताश्री ने पांचाल देश की ओर प्रस्थान किया। हे दिशामण्डल मैं पिताश्री के साथ ग्राम–ग्राम भ्रमण करता बहुत ख़ुश था। नदी–नाले पार करते, पर्वत लाँघते, नगर–नगर घूमते हुए हम लोग पांचाल देश की राजधानी काम्पिल्य नगर में आ पहुँचे थे। कितना अद्‌भुत नगर था। चारों ओर सुन्दर भवन। स्वर्ण कलश सुशोभित अनेक भव्य मन्दिर। विशाल मार्ग और उन मार्गों पर दौड़ते सुसज्जित रथ। मेरे बाल सुलभ कौतूहल को जगा रहे थे। अनेक विशाल बारजों वाले राजा द्रुपद का राजमहल मेरी छोटी–छोटी आँखों में समा नहीं पा रहा था। संगमरमर के स्तम्भों पर सुन्दर बेल–बूटों की नक़्क़ाशी का काम किया गया था। नृत्य मुद्राओं में नर्तकियों की अनेक प्रतिमाओं से सुसज्जित विशाल व भव्य राज्यसभा, सुवर्ण सिंहासन पर, सुदृढ़ देह वाले महाराज द्रुपद को मैं अचम्भित होकर देख रहा था। एक पल को मेरे हाथ मेरे मस्तक पर जन्म से जड़ी उस लाल मणि पर पहुँचे ही थे। हे दिशाओ! यह जो मस्तक है जो आज रक्त और मवाद से भरा हुआ है, एक समय ऐसा था कि यहाँ लाल मणि चमकती थी। पिताश्री उसे भाग्य का प्रतीक मानते थे। परन्तु अन्य बालकों से वह मुझे पृथक् करती थी। इसीलिए मुझे तनिक भी पसन्द नहीं थी। सुन्दर वस्त्रों, मुकुट व मणि से सजे–धजे अनेक महानुभावों व नगरजनों से सुशोभित राजसभा मुझे मोह रही थी।

असम्भव...असम्भव...एक ज़ोरदार स्वर राजसभा में गूँज उठा। राजसभा की सुन्दरता को मैं अचम्भित हो निहारता हुआ उस सिंहासन

की ओर देखने लगा। महाराज द्रुपद पिताश्री को सम्बोधित करते हुए कह रहे थे। असम्भव...असम्भव.. एक राजा और एक अकिंचन ब्राह्मण की मैत्री असम्भव।

राजा द्रुपद क्या आपको स्मरण नहीं है...? मैं भारद्वाज पुत्र द्रोण। बाल अवस्था से ही हमारी मैत्री थी। हम दोनों ने गुरु अग्निवेश से धनुर्विद्या साथ–साथ प्राप्त की है। पिताश्री ने क्षोभ वश अपना परिचय दिया था।

हे ब्राह्मण! आप अल्पबुद्धि हैं इसी कारण आप कह रहे हो कि मैं आपका मित्र हूँ। एक दरिद्र ब्राह्मण और एक राजा की मित्रता हो ही नहीं सकती। एक विद्या आश्रम में हमने साथ–साथ अध्ययन किया है यह सत्य है परन्तु यह बात पूर्वकाल की है। इसे भूल जाओ।

हे राजन्! साथ–साथ अध्ययन करते समय आपने मुझे वचन दिया था कि जब आप राजा बनेंगे तब मुझे भी राजयोग मिलेगा। शायद आपको स्मरण नहीं है। आप द्वारा दिये उस वचन के कारण ही मैं आज आपके समक्ष खड़ा हूँ। पिताश्री ने गम्भीरतापूर्वक समझाने का प्रत्यन किया था।

महाराज द्रुपद का अट्टहास पूरी राजसभा में गूँज उठा था–हे ब्राह्मण! यह तनिक भी सत्य नहीं। बिल्कुल भी नहीं...हो भी नहीं सकता। राजसुख व वैभव आपको दूँगा। क्या कह रहे हो तुम? मुझे इस प्रकार का कोई भी वचन स्मरण नहीं आ रहा है।

मैं पिताश्री का मुख देखता रहा। पिताश्री का विशाल ललाट एकदम लाल हो गया था। क्रोध से उनकी देह काँपने लगी। पिताश्री का उपहास करते हुए राजा द्रुपद ने एक रात्रि का मनच्छित भोजन देने की बात कही थी।

एक दिन मैं आपका दिया हुआ वचन अवश्य पूरा करूँगा। स्मरण रहे राजन्। एक दिन मैं आपका यह राजसुख अवश्य भोगूँगा। पिताश्री की क्रोधपूर्ण वाणी काम्पिल्य की राजसभा में बहुत देर तक गुंजायमान रही थी।

यह एक दृढ़ निश्चय था। मेरा हाथ पकड़कर पिताश्री अपने

दृढ़ क़दमों से राजसभा से बाहर निकल आये। सदियों से अकेले वन–वन भटकते मुझे बहुत बार ऐसा एहसास होता है, कि महाभारत के युद्ध की ओर यह पहला चरण था। इसी क्षण युद्ध का बीजारोपण हो गया था। अपमान और वैर! वैर की अग्नि प्रकट हो चुकी थी और मैं इसका निमित्त बना।

पिताश्री हमें हस्तिनापुर ले गये। कुएँ में गिरी हुई एक गेंद को अपनी मन्त्र विद्या से एक तिनके द्वारा ही बाहर निकाल दिया था पिताश्री ने। इसी कारण पिताश्री कौरव और पाण्डवों के गुरु निर्धारित हुए। पितामह भीष्म ने राजकुमारों की आयुध विद्या के अध्ययन के लिए पिताश्री को सदा के लिए वहीं रोक लिया।

5

हस्तिनापुर में बीते समस्त वर्ष मेरे लिए बहुत आनन्दमय रहे। पिताश्री के पास आयुध अध्ययन के लिए एक सौ पाँच राजकुमार छात्र थे। वह विशाल आयुधशाला राजकुमारों की आयुध–शिक्षा और दिन भर की भाग–दौड़ से भरी रहती। खेलों के अभ्यास के लिए बहुत ही विशाल आँगन था हस्तिनापुर की आयुधशाला का। पाँच पाण्डवों में ज्येष्ठ युधिष्ठिर धीर–गम्भीर और धर्मनिष्ठ थे। भीम बहुत विशालकाय था। उसे भोजन में अत्यन्त रुचि थी। वह हमेशा ही दुर्योधन से भिड़ता रहता था। दोनों जब भी गदा का अभ्यास करते, सभी विद्यार्थी मन्त्रमुग्ध हो उनको देखते। सौ कौरवों में ज्येष्ठ दुर्योधन सदा ही पाण्डवों को अपना शत्रु मानता रहा। लेकिन सभी शिष्यों में पिताश्री का सर्वप्रिय शिष्य था पाण्डु का तीसरा पुत्र– अर्जुन। सुन्दर व सुदृढ़ देहयष्टि वाला अर्जुन पितामह को बहुत प्रिय था।

एक दिन मध्याह्न काल में शिल्पी द्वारा बनाये गये कृत्रिम पक्षी को गुरु द्रोण ने युद्धशाला में एक वृक्ष पर बैठा दिया था। गुरु द्रोण

ने अपनी उँगली से उस पक्षी की ओर संकेत करते हुए कहा था कि आज तुम सबकी धनुर्विद्या की परीक्षा है। इस वृक्ष पर बैठे पक्षी की आँख तुम लोगों को भेदनी है। गुरु द्रोण ने सर्वप्रथम सभी युवराजों में ज्येष्ठ युधिष्ठिर को पक्षी को भेदने का आदेश दिया।

प्रिय युधिष्ठिर तुम्हें वृक्ष की शाखा पर बैठा पक्षी दिख रहा है? युधिष्ठिर ने हाँ में उत्तर दिया था।

गुरु द्रोण ने पूछा था–तुम्हें उसके अन्यथा और क्या दिख रहा है वत्स?

मैं वृक्ष, आपको और अपने सभी भाइयों को देख सकता हूँ। असन्तुष्ट गुरु ने युधिष्ठिर को धनुष–बाण वापस रखकर बैठ जाने को कहा था। सभी राजकुमारों से अनेक प्रश्न पूछे थे गुरु द्रोण ने और सभी राजकुमारों ने युधिष्ठिर के समान ही उत्तर दिये थे। फिर अर्जुन को बुलाया गया। धनुष की प्रत्यंचा पर बाण चढ़ाये खड़े अर्जुन से गुरु द्रोण ने प्रश्न किया–क्या तुम यह लक्ष्य बेध सकते हो वत्स?

गुरुदेव आप आज्ञा करें।

तुम्हें सामने क्या दिख रहा है वत्स?

केवल पक्षी, गुरुदेव।

बताओ पक्षी कैसा है?

गुरुदेव मुझे केवल पक्षी की आँख दीख रही है। उसके अन्य अंग मुझे नहीं दिख रहे।

हर्ष से भर गये गुरु द्रोण ने कहा था–बाण छोड़ो वत्स!

अर्जुन ने तीक्ष्ण बाण से पक्षी की आँख भेद डाली। अर्जुन की एकाग्रता से गुरु द्रोण प्रभावित थे। अर्जुन को विश्व का सर्वश्रेष्ठ धनुर्धर बनाने के लिए पिताश्री उसे अभ्यास कराने में जुट गये।

पिता का अर्जुन के लिए अधिक स्नेह देखकर मुझे अप्रसन्नता होने लगी थी। पाण्डव मुझे अच्छे नहीं लगते थे। इसलिए अब धीरे–धीरे कौरवों से मेरा समीप्य बढ़ता गया। दुर्योधन मेरा मित्र बन गया। कौरव राजकुमारों की टोली में ऊँचा, गोरा, घुँघराले बालों वाला मैं बिल्कुल भिन्न दिखता था।

दुर्योधन की कंजी आँखें मुझे देख मुस्करा उठती थीं। मेरे कन्धों पर हाथ रखकर चलता दुर्योधन मुझे प्रिय लगने लगा था। अनेक स्पर्धाओं में दुर्योधन मुझे आगे की पंक्ति में रखता।

एक सुबह सारथी अधिरथ काका एक किशोर के साथ पर्णकुटी के द्वार पर खड़े थे। गुरु द्रोण को प्रणाम करके उस किशोर को उनके सम्मुख करते हुए उन्होंने कहा—गुरुदेव मेरे पुत्र कर्ण को आप अपने शिष्य रूप में स्वीकार कर मुझे अपनी कृपा से अनुगृहीत करें। इसकी इच्छा है कि यह आपसे धनुर्विद्या अर्जित करे। उस किशोर ने आगे बढ़कर पिताश्री को प्रणाम किया। मैं उस किशोर को देखता ही रह गया। प्रातःकाल के सूर्य की चमक—सा चमकता उसका मुख। कानों में तेजोमय स्वर्ण कुण्डल व अंग पर स्वर्ण कवच। वह तेज़स्वी, चपल किशोर मुझे प्रथम दृष्टि में ही प्रिय लगा। कर्ण...राधेय...सारथी काका अधिरथ का पुत्र...जन्म से कवच और कुण्डल...मैं भी मस्तक पर मणि के साथ जन्मा था...जन्मजात मणि। पिताश्री उसे बहुत शुभ मानते थे। पिताश्री का कहना था कि इस मणि के कारण व्याधि, क्षुधा, देव, दानव व शस्त्र किसी भी प्रकार का मुझे कोई भय नहीं है। परन्तु सत्य तो यह है कि मस्तक की यह मणि मुझे कदापि अच्छी नहीं लगती थी।

कर्ण की ओर देखते हुए पिताश्री बोल उठे थे—असम्भव सारथी पुत्र...एक सूत पुत्र राजकुमारों के साथ शिक्षा ग्रहण नहीं कर सकता। मेरी युद्धशाला में तो कदापि नहीं। पिताश्री के मुख से ऐसे शब्द सुनकर कर्ण का मुख फीका पड़ गया। क्षण भर के लिए मुझे लगा कि उसके कवच और कुण्डल की आभा भी क्षीण पड़ गयी है। निराश हो पिता और पुत्र दोनों ही प्रस्थान कर गये। मैं लम्बी दाढ़ी से सुशोभित पिता की सशक्त देह को देखता रह गया। पिता के मुख पर क्रोध और उनकी तिरस्कार पूर्ण कठोर वाणी से मैं लज्जित हुआ। युद्धशाला छोड़कर बाहर निकलते कर्ण के पास जाने की मेरी इच्छा हुई। हाथ पकड़कर प्रेम करने का मन हुआ। परन्तु पिताश्री के समक्ष यह सम्भव नहीं था। उसी दिन से कर्ण के लिए मेरे हृदय में एक सहानुभूति का भाव पैदा हो गया था। जब शस्त्र विद्या की परीक्षा के

समय दुर्योधन ने कर्ण को अंग देश का राजा घोषित किया तो मेरा मन प्रसन्नता से नाच उठा था।

युद्धशाला में प्रतिदिन कुछ न कुछ नया घटित होता था। कौरव और पाण्डव दोनों एक–दूसरे के साथ भिड़ते रहते। भोजन के शौक़ीन भीम को परेशान करने में दुर्योधन व दुशासन दोनों को ही बहुत आनन्द आता। एक बार भीम को मोदक में विष मिलाकर खिला दिया। ऐसी कुछ चर्चा शाला में सुनायी पड़ी थी। और यह भी कि भीम की विशाल काया वह विष भी पचा गयी थी। इन सभी प्रकरणों से अनजान पिताश्री सदा अर्जुन को धनुर्विद्या में पारंगत करने में रमे रहते। अर्जुन को शस्त्रविद्या देते समय पिताश्री बहुधा गहन विचारों में डूब जाया करते। उनके मुख पर अनेक प्रकार के भाव आते–जाते रहते। आँखों में अनेक बार क्रोध झलक उठता। शब्द–भेदी बाण व अन्धकार में बाण चलाने की विद्या अर्जुन ने पिताश्री से ही प्राप्त की थी। सत्य कहता हूँ दिशाओ अर्जुन को लेकर सबके साथ पिताश्री का पक्षपाती व्यवहार मैं समझ नहीं सका। कठिन तप द्वारा ऋषि अगस्त्य से ब्रह्मास्त्र प्राप्त करने वाले द्रोणाचार्य, विद्या जिज्ञासु कर्ण को सूत पुत्र कहकर नकारने वाले भारद्वाज पुत्र द्रोण, अन्य शिष्यों से चुपचाप मुझे गूढ़तर विद्याओं का अभ्यास करवाते पिताश्री, निषादराज के पुत्र एकलव्य से गुरु दक्षिणा में अँगूठा माँग लेने वाले गुरु द्रोण, इन समस्त रूपों में कौन–सा सत्य रूप था गुरु द्रोण का, मैं कभी भी समझ नहीं सका। परन्तु राजकुमारों से गुरुदक्षिणा में द्रुपदराज को युद्ध में पराजित करने का वचन लेने वाले गुरु द्रोण को मैं आज समझ सकता हूँ। आज मुझे पिताश्री का अर्जुन से अधिक स्नेह का कारण समझ आ रहा है।

हे दिग्पालो युगों–युगों से यूँ ही भटकते हुए मुझे अनेक बातें समझ आने लगी हैं। इस मानव हृदय में अनेक अनसुलझी परतें हैं। असंख्य दुविधाएँ व विचारों की लहरों से भरा यह मन न जाने कैसे–कैसे भँवर में फँस जाता है कि कभी भी उभर ही नहीं पाता है। पिताश्री भी एक ऐसे ही भँवर में फँसे हुए थे...वैर...वैर।

दिशाओ मुझे आज भी स्पष्ट रूप से स्मरण है कि पराजित ...बँधे हाथों, नतमस्तक पिताश्री के सामने खड़े राजा द्रुपद का चेहरा तमतमाया हुआ था। राजा द्रुपद की आँखों में भी द्वेष की हज़ारों ज्वालाएँ उठने लगीं। कुछ समय पश्चात जन्म हुआ रक्त श्यामवर्णी अग्निकन्या द्रौपदी का। अब मुझे लगता है जैसे द्वेष के बीज में कोपल अंकुरित हुई।

6

भारद्वाज पुत्र द्रोण द्वारा किया गया अपमान महाराज द्रुपद को रात–दिन अन्दर ही अन्दर सताने लगा। पाण्डु पुत्र अर्जुन के द्वारा पराजित, हाथ बाँधे पिताश्री द्रोण के सामने शीश झुकाये खड़े द्रुपद और आचार्य द्रोण की गर्वपूर्ण वाणी...अपने ही राज्य का विभाजन...महाराज द्रुपद को पल भर को भी चैन नहीं था। प्रतिशोध...इस अपमान का... प्रतिशोध...जैसे द्वेष की अग्नि ही राजा द्रुपद की वाणी में समाहित हो गयी थी। द्रोणाचार्य के वध का विचार महाराज के हृदय में बार–बार उठता रहता। द्रोण वध...युद्ध में द्रोण को पराजित करके उसका वध करने का सामर्थ्य स्वयं में नहीं था। यहाँ तक कि किसी भाई–बन्धु में भी नहीं था।

पांचाल राज्य में कोई भी ऐसा शूरवीर नहीं था जो द्रोण को पराजित कर सके। न ही कोई ऐसा पुत्र था। यूँ तो द्रुपदराज का एक पुत्र था शिखण्डी। शिखण्डी का विचार आते ही राजा द्रुपद के हृदय में एक तीक्ष्ण बाण धँस जाने के समान वेदना होती। नर देह में नारी के समस्त लक्षणों वाले शिखण्डी को पुत्र कहने में भी उनका स्वर लड़खड़ाता था। दिशाओ मैंने सुना था कि राजा द्रुपद स्वयं ही उसका अनादर करते थे। वह शिखण्डी भी किसी ख़ास क्षण की प्रतीक्षा में उसी राजमहल में युवा होता गया।

दिशाओं राजा के हृदय में एक अत्यन्त बलशाली पुत्र की कामना उनको विक्षिप्त–सा करने लगी थी। द्वेष की अग्नि को शान्त करने की कामना को पूर्ण करने के लिए, पुत्र प्राप्ति की कामना से राजा ने पुत्र कामेष्टि यज्ञ करने का निश्चय किया। रात–दिन प्रतिशोध की कामना उनके हृदय को मथती रहती थी। इस यज्ञ के लिए उपयुक्त ऋषि की खोज होने लगी।

इसी प्रयोजन से महाराज द्रुपद ने पुत्रकामेष्टि यज्ञ किया। उस दिन राजमहल में उत्सव का सा उल्हास था। ऋषि याज यज्ञ के आचार्य पद पर विराजमान थे। यज्ञ के आरम्भ में आचार्य ने महावीर्य, तेजोमय और महाबलशाली पुत्र की प्राप्ति का संकल्प कराया। राजा द्रुपद ने हृदय में द्रोण की हत्या करने में सक्षम पुत्र की प्राप्ति का संकल्प किया। हवन के अन्त में मन्त्रों से अभिमन्त्रित हवि द्वारा राजा के इस हवन से ऊँची अग्नि उठी। उसी ऊँची अग्नि की ज्वाला में से अग्निवर्णी, अति शक्तिशाली, स्वर्ण कान्तियुक्त एक कुमार प्रकट हुआ। दिशाओ अग्नि में से प्रकट हुए इस कुमार को राजा स्वयं आश्चर्य व आनन्द से देखते रह गये। कुमार के साथ–साथ अग्नि ज्वाला में से ज्वाला जैसी श्यामवर्णी एक अप्रतिम सुन्दर कन्या प्रकट हुई। इसकी आँखें नीलकमल सदृश थीं साथ ही उनमें अग्नि जैसा तेज़ था। सुगन्ध बिखेरती इस कन्या की अग्नि जैसी चमक वाली आँखों से राजा द्रुपद भी एक पल के लिए भयभीत हो गये। दिशाओ... ऐसा लगा मानो राजा का प्रतिशोध साक्षात् रूप में अग्नि से प्रकट हो गया था। अद्भुत, लोकमोहिनी इस कन्या को भी राजा द्रुपद अपलक देखते रह गये। उनके हृदय में आशा के स्वर उठने लगे कि अवश्य ही यह कन्या शत्रुओं का नाश करेगी। श्रीकृष्ण जैसा ही इसका वर्ण और इस कन्या के नेत्र भी श्रीकृष्ण के समान नीलकमल जैसे थे। इसी कारण सभी ने इस कन्या को कृष्णा नाम दिया। कुमार को धृष्टद्युम्न नाम दिया गया।

अश्वत्थामा को सुनती हुई दसों दिशाओं ने देखा कि हिरोशिमा की धरती पर बैठा स्वयं से ही बातें करता और धाराप्रवाह बोलता

अश्वत्थामा दूर शून्य में ताकता हुआ अचानक चुप हो गया। जैसे इस पल वो साक्षात् द्रौपदी को देखकर आश्चर्यचकित हो गया हो।

7

हे दिशा देवियो सुनो मैंने द्रौपदी को सर्वप्रथम उसके स्वयंवर के समय ही देखा था। अनूठे तेज़ से पूर्ण वह नारी अद्भुत थी। उसकी वह आभा श्यामा प्रखर व अग्नि प्रखर थी। उसका गर्वीला मुख पारदर्शी रेशमी घूँघट में छुपा था। उसकी नीलकमल जैसी आँखें। उसकी अप्रतिम देहयष्टि समस्त राजा व महाराजाओं को लालायित कर रही थी। द्रौपदी के मण्डप में आगमन के साथ ही वातावरण में मन्द–मन्द सुन्गध फैल गयी थी। द्रौपदी के स्वयंवर में ही मैंने कृष्ण वासुदेव के प्रथम दर्शन किये और प्रथम दृष्टि में ही उस नीलवर्णी कृष्ण की गूढ़ व मधुर मुस्कान ने मुझे बाँध लिया था। प्रथम दृष्टि में ही मुझे अनुभूति हुई कि नीलवर्णी व नीलकमल जैसी आँखों वाले वासुदेव कृष्ण की सखी कहलाने वाली इस द्रौपदी की नीलकमल जैसी आँखों में कुछ अलौकिक समानता है। मैं अपलक कृष्ण को निहार रहा था कि मुझे धृष्टद्युम्न की ज़ोरदार आवाज़ सुनायी पड़ी।

मैं द्रुपद पुत्र धृष्टद्युम्न पांचाली पुत्री, अग्नि कन्या, कृष्णा के स्वयंवर में आप सभी का स्वागत करता हूँ। आप सभी को विदित है कि मेरी बहन पांचाली के स्वयंवर हेतु इस महासभा का आयोजन किया गया है। जो भी वीर इस स्पर्धा में विजयी होगा उसी का पांचाल पुत्री कृष्णा वरण करेगी। –सम्पूर्ण सभा धृष्टद्युम्न को सुन रही थी।

अत्यन्त सुन्दर रेशमी कपड़ों से भव्य मण्डप बनाया गया था। मण्डप के मध्य में काँच जैसा पारदर्शी एक निर्मल जल का जलकुण्ड था। कुण्ड के मध्य में संगमरमर के एक स्तम्भ के ऊपर एक चक्र पर एक मत्स्य चक्राकार घूम रही थी। नियमानुसार चक्र पर घूमती इस

मत्स्य के जलकुण्ड में दिखाई देते प्रतिबिम्ब को देखते हुए उसकी आँख को भेदना था। मैं दुर्योधन के साथ स्वयंवर में गया हुआ था। मुझे अर्जुन की पक्षी की आँख को भेदने वाली वह परीक्षा स्मरण हो आयी। आज यदि यहाँ अर्जुन होता तो इस स्पर्धा में पांचाली को अवश्य ही वरण करता। अर्जुन धनुर्विद्या में बेजोड़ था। परन्तु विधि की विडम्बना थी कि पाँचों पाण्डव लाक्षाग्रह में भस्म हो गये थे। नियम सुनते ही सभा में हलचल शुरू हो गयी। मैंने समस्त राजाओं पर दृष्टि डाली। एक से एक बलवान राजा उपस्थित थे, परन्तु लक्ष्य सिद्ध करने का सामर्थ्य मुझे किसी में प्रतीत नहीं हुआ। मेरी दृष्टि सिर्फ़ कर्ण पर ठहरी हुई थी। मछली की आँख भेदने की क्षमता यदि किसी में थी तो सिर्फ़ कर्ण में थी। क्रमानुसार अनेक राजा स्पर्धा के लिए खड़े हुए परन्तु लक्ष्य नहीं भेद पाये। गर्व से पूर्ण दुर्योधन की स्थिति भी हास्यास्पद रही। कौरव क्षोभ से भर गये। पुरोहित द्वारा नरेश अंगराज कर्ण के नाम की उद्‌घोषणा हुई। कर्ण दृढ़ क़दमों से लक्ष्य की ओर बढ़ा। उसने फुर्ती से धनुष उठाकर टंकार भरी।

इस टंकार को भेदता हुआ एक दृढ़ स्वर पूरी सभा में तैर गया। —रुक जाओ। मैं सूत पुत्र से विवाह नहीं करूँगी। पल भर के लिए पूरी सभा सन्न हो गयी। मुझे लगा यह गर्वीली पांचाली का अहंकार बोल रहा है। सूर्य के समान तेज़ और प्रतापी मुखमण्डल वाले कर्ण का मुख मलिन हो उठा। चुपचाप धनुष को वापस रखते हुए कर्ण की आँखों में क्रोध और दुख झलक उठा। सिंहासन पर बैठे कृष्ण मन्द–मन्द मुस्कुराते हुए समस्त घटना क्रम देख रहे थे। पता नहीं क्यों मेरी दृष्टि बार–बार उन्हीं पर रुक जाती थी। लग रहा था जैसे सारी सभा की डोरी उन्हीं के हाथ में है। समस्त क्षत्रिय राजाओं के प्रयास विफल हो चुके थे। दिशाओ राजा द्रुपद के मुख पर निराशा के भाव आ गये थे। धृष्टद्युम्न ने सभा को सम्बोधित करते हुए कहा कि क्या इस सभा में कोई भी ऐसा वीर नहीं जो लक्ष्य को भेद सके। समस्त राजा नतमस्तक होकर बैठे रहे।

अचानक ब्राह्मणों की पंक्ति में से एक क्षत्रिय जैसी देहयष्टि वाला ब्राह्मण युवक उठा। उसकी दृढ़ चाल व स्फूर्ति देखकर पूरी सभा स्तब्ध रह गयी। क्षण भर में सभी कुछ घट गया। उस ब्राह्मण युवक ने फुर्ती से धनुष को उठाया। तुला पर खड़े रहकर उसने धनुष पर बाण चढ़ाया। जल में प्रतिबिम्ब को देखते हुए लक्ष्य को भेद दिया। मछली की आँख भेद दी गयी जिस प्रकार ब्राह्मण युवक ने विजय मुद्रा ली, जिस गति से तीर छूटा था, यह सब देखते हुए मेरे दिल को लगा कि जैसे अर्जुन ब्राह्मण रूप रखकर सभा में आया है। मत्स्य भेदन के साथ ही सभा में आनन्द का जयघोष हुआ। ब्राह्मण प्रशस्तिगान करने लगे। लजाती, शरमाती द्रौपदी ने ब्राह्मण युवक के गले में वरमाला पहना दी। मैं वासुदेव कृष्ण के परमानन्द को देख रहा था। परन्तु एक ब्राह्मण द्वारा लक्ष्य भेद से अपमानित क्षत्रिय राजाओं ने स्वयंवर के मण्डप को युद्ध के मैदान में परिवर्तित कर दिया।

एक ब्राह्मण के द्वारा लक्ष्य भेदना हमारा अपमान है। राजा द्रुपद ने हमारा अपमान किया है। –कहते हुए राजा जयद्रथ ने अपने शस्त्र उठा लिए। जयद्रथ से सहमत सभी राजा अपने–अपने शस्त्र उठाकर उस ब्राह्मण युवक से युद्ध के लिए तत्पर हो गये। समस्त मण्डप में हड़कम्प मच गया। स्वयंवर में अपने अपमान से क्रोधित कर्ण को उस ब्राह्मण युवक की तरफ़ बढ़ते हुए मैंने देखा था। शीघ्र ही एक विशालकाय ब्राह्मण जड़ सहित एक वृक्ष को उखाड़कर युद्ध के लिए उतरा। उस विशाल काया के हाथों में जड़ सहित उखाड़ा हुआ वृक्ष था, जिसे वह गदा की तरह लिए हुए था। उसे देखते ही कर्ण दो क़दम पीछे हट गया।

द्रौपदी का हरण करो कर्ण...हरण करो...कहता–कहता दुर्योधन सहसा थम गया। उसकी देह शिथिल हो गयी। मैं एकटक उस विशालकाय ब्राह्मण को देखता रह गया। ओह! यह तो भीम है। कहते–कहते दुर्योधन ने स्वयं को रोक लिया। अर्थात् पाण्डव लाक्षागृह में मृत्यु को प्राप्त नहीं हुए। द्रौपदी ने किसी ब्राह्मण को नहीं वरन् अर्जुन को वर चुना है। यह आभास होते ही दुर्योधन पैर पटकता हुआ

मण्डप से बाहर चला गया। अचम्भित दुर्योधन के साथ हम सबने हस्तिनापुर की ओर प्रस्थान किया।

उस समस्त यात्रा में मैं रथ में चुप था। दुर्योधन को देखकर लगता था कि उसकी आँखों में घबराहट के साथ–साथ क्रोध भी झलक रहा है। पाण्डवों के जीवित होने से दुर्योधन विचलित हो गया। अर्जुन को ब्राह्मण समझ कर युद्ध के लिए तत्पर हो उठा कर्ण भी अपमान से जल रहा था। दिशाओ कई बार मेरे हृदय में प्रश्न उठता था कि कवच कुण्डल धारी देदीप्यमान कर्ण क्या शूद्र पुत्र हो सकता है? प्रथम दृष्टि में मुझे उस पर स्नेह उपजा था। कर्ण और द्रौपदी युगल रूप में कैसे दिखते? इसी प्रकार के अनेक विचारों के साथ–साथ अनेक प्रश्न हृदय में उठने लगे। क्या यह निश्चित रूप से द्रौपदी का स्वयंवर ही था? दिशाओ तुम्हें क्या लगता है? क्या यह द्रौपदी को अपनी पसन्द का पात्र पाने का अवसर था? अथवा द्रौपदी शर्त जीतने वाले को पारितोषिक रूप में मिली थी?

स्वयंवर के पश्चात हुए युद्ध ने मेरा मन क्षुब्ध कर दिया था। क्या स्त्री हरण करके वश में करने की एक वस्तु मात्र थी। आर्यावर्त की संस्कृति की रक्षा करने वाले, इन राजा–महाराजाओं की स्त्री भोग की यह कैसी मानसिकता थी? मेरे हज़ारों वर्षों के इस विचरण में इस पितृसत्तात्मक समाज की उस द्यूत–सभा की वह मानसिकता भयानक रूप में मेरे सामने बार–बार आ खड़ी होती। मामा शकुनि का छल–कपट, पाँच–पाँच पतियों की उपस्थिति में हुआ द्रौपदी का वस्त्रहरण, दुर्योधन का अहंकार, पितामह भीष्म का लाचार हो नतमस्तक बैठे रहना। राजसभा में विनती करती द्रौपदी, भीम की प्रतिज्ञा, अपमान, द्वेष, प्रतिशोध...दिशाओ यही प्रतीत होता है जैसे युद्ध के वृक्ष में शाखाएँ फूटने लगी थीं।

8

हे दिशाओ हस्तिनापुर में उस दिन उत्सव का वातावरण था। महायज्ञ के बहाने द्यूतसभा का आयोजन किया गया। मामा शकुनि के निरीक्षण में होने वाले इस आयोजन के लिए पाण्डवों को इन्द्रप्रस्थ में विशेष निमन्त्रण भेजा गया। धर्मराज युधिष्ठिर की इच्छा नहीं होते हुए भी, महाराज धृतराष्ट्र की ओर से मिले इस निमन्त्रण को वे ठुकरा न सके। इन्द्रप्रस्थ से कई वर्ष पश्चात हस्तिनापुर पधारने पर पाण्डवों का नगर के नागरिकों ने मंगलगान द्वारा स्वागत किया।

हे दिग्पाल! हे दिशाओ! कृष्ण और विश्वकर्मा के सहयोग से खाण्डव वन में पाण्डवों ने इन्द्रप्रस्थ का निर्माण किया था। दिग्विजय द्वारा पाण्डवों ने अकूत सम्पत्ति संग्रहित की। खाण्डव वन को भस्म करते समय अग्निदेव ने अर्जुन को गाण्डीव नामक धनुष भेंट किया। इन्द्रप्रस्थ वास्तव में देवनगरी से भी सुन्दर था। सुन्दर फल–फूलों से सुसज्जित बना उपवन। गगनचुम्बी भवन व महल। विशाल राजभवन, विशाल राजपथ पर सुगन्धित जल के फ़व्वारे स्वर्ण जड़ित मन्दिर व राजमहल। मयदानव ने अपनी अद्‌भुत कारीगरी से इन्द्रप्रस्थ को एक मायानगरी जैसा बनाया था। नयनाभिराम, सुन्दर अंग–भंगिमाओं वाली नर्तिकाओं की स्वर्ण प्रतिमाएँ, भित्तिचित्र, सुन्दर नक़्क़ाशीदार स्तम्भ। स्तम्भों के बेल–बूटे में जड़ित अमूल्य रत्न। विशाल भवन खण्डों के प्रवेश–द्वारों पर सुन्दर रंगोलियाँ। भूमि को सरोवर और सरोवर को भूमि दर्शाने वाले द्वार को भव्य बनाया गया था। इसी भ्रम में भरमाये दुर्योधन को द्रौपदी के उपहास का पात्र बनना पड़ा। अन्धे का पुत्र अन्धा होता है। अपमान की ज्वाला पूरे शरीर में दौड़ गयी। यह अपमान, पाण्डवों का यह वैभव, इन्द्रप्रस्थ में हस्तिनापुर से अधिक वैभव व सुख–समृद्धि देखकर दुर्योधन ईर्ष्या से जल उठा। पाण्डवों के राजसूय यज्ञ में सम्मिलित होने गये दुर्योधन और सुबल राज पुत्र शकुनि, पाण्डवों की बढ़ती प्रसिद्धि और समृद्धि देखकर बुरी तरह ईर्ष्या से भर गये।

पाण्डवों का वह इन्द्रप्रस्थ हथिया लेने के लिए ही इस द्यूतसभा का आयोजन किया गया।

पाण्डवों और इन्द्रप्रस्थ को विचार में रखकर द्यूतसभा में बैठे शकुनि मामा की चतुराई पूर्ण हँसी मेरे हृदय को भेद गयी थी। कहिए... कहिए...अब इस दाँव पर क्या रखना है...सभा उत्तेजित थी। द्यूतक्रीड़ा के लिए राज्यसभा में सुन्दर आयोजन था। महाराज धृतराष्ट्र, कुरुवंश के स्तम्भरूपी भीष्म पितामह, कृपाचार्य, महात्मा विदुर, पिताश्री द्रोण सभी महानुभाव सभा में उपस्थित थे। सभा के मध्य में बनाये गये मंच को आरामदेह बिछावन से सजाकर चौपड़ बिछाई गयी थी। एक तरफ़ मामा शकुनि, दुर्योधन, दुःशासन, कर्ण उत्तेजना से द्यूतक्रीड़ा देख रहे थे। सामने थे नतमस्तक पाण्डव। बीच–बीच में भीम का क्रोधित स्वर सुनायी दे रहा था। कपट लीला में पारंगत मामा शकुनि द्यूत क्रीड़ा में सब कुछ हार चुके पाण्डवों को सब कुछ वापस प्राप्त कर लेने का लालच देते रहे। युधिष्ठिर एक के बाद एक दाँव हारते रहे। बाद में विजय मद में चूर प्रसन्नता से भरपूर सुबल राज शकुनि का स्वर सुनायी पड़ा। बोलो...बोलो...शीघ्र बोलो राजा युधिष्ठिर। साथ ही वे हाथ में पासे खड़खड़ाने लगे। राजमहल में तो यहाँ तक जनश्रुति थी कि शकुनि के वे पासे मायावी थे।

प्रेक्षागृह में प्रेक्षक श्वास थामे यह सुनने के लिए उत्सुक थे कि अब राजा युधिष्ठिर दाँव पर क्या लगायेंगे। कुछ क्षण बाद युधिष्ठिर ने अपने साथ–साथ अपने भाइयों को भी दाँव पर लगा दिया। वह धीर–गम्भीर स्वर सम्पूर्ण सभा में फैल गया। क्षण भर के लिए मौन छा गया। हाथ से पासों को लुढ़काते हुए शकुनि ने क्षण भर भी विलम्ब किये बिना पाँच का अंक बोला। पाँच–पाँच बोलता हुआ दुःशासन लगभग कूदकर भागा।

हम जीत गये देखो राजा युधिष्ठिर...बोलता हुआ दुःशासन उत्तेजना से कूदने लगा। अब हम पाँचों पाण्डवों को जीत गये। तुम हमारे दास...शकुनि की अहंकार पूर्ण आवाज़ पूरी सभा में गूँज गयी। महाराज धृतराष्ट्र के मुख पर आया हुआ आनन्द छिपा

नहीं रह सका। तुम अब कौरवों के दास हो गये। दुःशासन दास... दास...कहता हुआ ख़ुशी से कुलाँचे भरने लगा। दुर्योधन अपनी जंघा पर थपकी देकर विजय...विजय...का उच्चारण करने लगा। उसकी आँखें ख़ुशी से छलछला उठीं। बाक़ी सारी सभा स्तम्भित थी। नतमस्तक बैठे महाराज युधिष्ठिर को देखकर मामा शकुनि ने पूछा–अब...अब क्या दाँव पर रखोगे महाराज युधिष्ठिर।

मेरे पास अब कुछ शेष नहीं, धीमे स्वर में युधिष्ठिर ने कहा।

नहीं...नहीं...यह क्या कहते हैं आप धर्मराज। अभी आपके पास एक अमूल्य वस्तु है। याज्ञसेनी द्रौपदी पांचाली। आप पाँचों भाइयों की पत्नी।

पांचाली का नाम सुनते ही भीम क्रोध से शकुनि की ओर बढ़ा लेकिन अर्जुन ने उसे पकड़कर वापस बैठा दिया।

धर्मराज द्रौपदी को दाँव पर रखो। मैं सुबलराज पुत्र शकुनि भरी सभा में वचन देता हूँ। यदि आप जीत गये तो आपके द्वारा हारी हुई समस्त सम्पत्ति आपको वापस लौटा दी जायेगी। कहते हुए हाथ में पासे खड़खड़ाने लगा। पासों की खड़खड़ाहट के सिवा उस पूरी सभा में और कोई भी स्वर न था। समस्त सभा की दृष्टि धर्मराज की ओर थी। धर्मराज युधिष्ठिर के मुख पर सम–विषम भाव थे।

आप किस विचार में पड़ गये महाराज युधिष्ठिर! मैं फिर कहता हूँ कि हारी हुई समस्त सम्पत्ति आपको वापस कर दी जायेगी। शकुनि ने फिर कहा। महाराज युधिष्ठिर ने आँखें बन्द कर लीं। मैं उचक–उचक पर युधिष्ठिर को देख रहा था। एक ओर पांचाली और एक ओर समस्त सम्पत्ति, स्वयं और भाई। अब युधिष्ठिर क्या करेंगे। जैसे कोई बहुत दूर से बोल रहा हो इतने धीमे स्वर में युधिष्ठिर ने कहा–

मैं पाण्डु पुत्र युधिष्ठिर पाण्डवों की पत्नी महारानी द्रौपदी को दाँव पर लगाता हूँ।

खचाखच भरी द्यूत सभा जैसे निःस्वास–सी हो गयी। पितामह भीष्म, महात्मा विदुर, कृपाचार्य, सभी की ओर मेरी दृष्टि गयी सभी अपने–अपने आसन पर बेचैन से बैठे ही रहे। परन्तु कोई भी इस द्यूत

क्रीड़ा को रोकने के लिए नहीं उठा। मायावी चौपड़ ने मानो सभी की दृष्टि बाँध दी थी। विस्मय...उत्तेजना...अब क्या होगा? यही विचार लिये सभी की दृष्टि शकुनि पर टिकी थी।

बिछावन पर चौकड़ी जमाकर बैठे मामा शकुनि ने पासे अपने कान के पास लाकर खड़खड़ाये और कहा—चलो—चलो अंक छह मेरे मायावी पासो। यह कहते हुए उन्होंने पासों को उछालते हुए चौपड़ पर फेंका। मुझे लगा जैसे पासों के हवा में उछाले जाने और चौपड़ पर गिरने में ही एक युग बीत गया हो। इन पासों की खड़खड़ाहट में मुझे युद्ध की दुन्दुभी सुनायी पड़ी।

देखो, यह देखो ज्येष्ठ भ्राता छै...छै...पागलों की तरह चीत्कार कर दुशासन ने कहा। सभी की दृष्टि पासों पर स्थिर हो गयी। सभी कौरव राजकुमार तालियाँ बजाने लगे—हम जीत गये। द्रौपदी को भी जीत लिया। कौरवों में उल्लास भर गया। पाण्डव सब कुछ हार गये। द्रौपदी हमारी दासी हो गयी दासी...दासी...का स्वर सभा में गूँज गया। इस विजय के नशे में चूर दुर्योधन ने दासी बन गयी द्रौपदी को सभा में बुलाने के लिए एक सेवक भेज दिया। सभा में आने से द्रौपदी के मना करने पर दुर्योधन ने दुःशासन को आज्ञा दी कि वह द्रौपदी को घसीटकर सभा में लाये।

9

हे प्राची...हे प्रतीची...हे देवी—देवताओ कुरुओं की सभा का यह कैसा लज्जास्पद प्रकरण...। मेरे हृदय को सैकड़ों बार झकझोर गया है यह दृश्य। कुरुओं की कुलवधू का इस प्रकार घोर अपमान। सिसकियाँ भरती, चीत्कार करती, रजस्वला द्रौपदी। मेरे हृदय में अनेक प्रश्न उठते हैं। प्रश्नों के सिवा मेरे पास है ही क्या? यह रक्त और मवाद रिसती हुई देह...और बीत गये सैकड़ों वर्षों में पैदा हुए प्रश्न, जिनके

मेरे पास कोई उत्तर नहीं। उत्तर पूछूँ भी तो किससे पूछूँ...? मुझे अकेले चुपचाप यूँ ही विचरते रहने का श्राप है। द्वेष और ईर्ष्या मनुष्य को किस निम्न स्तर तक गिरा सकती है। इसका साक्षात् प्रमाण थी वह द्यूत सभा। धर्म के ज्ञाता भीष्म और महात्मा विदुर की उपस्थिति में आर्यावर्त की संस्कृति का कैसा अधःपतन उस द्यूत सभा में हुआ था। नारी को शक्ति की तरह पूजने वाली इस संस्कृति में ही अपनी लाज बचाने के लिए आर्तनाद करती द्रौपदी...सुनो पंचभूतो मुझे आज भी वह चीत्कार सुनायी पड़ती है। छोड़ मुझे...छोड़ नराधम...और द्रौपदी के बाल पकड़कर खींचते दुःशासन की विद्रूप हँसी...?

कुरुओं की सभा में बैठे धर्म ज्ञानियो, वयोवृद्धो, गुरुजनो कोई तो बोलो... धर्मराज युधिष्ठिर पहले स्वयं को हारे अथवा मुझे...हिचकी लेती चीत्कार करती रजस्वला, एक वस्त्रा द्रौपदी को दुःशासन केश पकड़कर खींच रहा था और पूरी सभा पाषाणवत् ख़ामोश हो गयी थी। जीत के नशे में चूर दुर्योधन, दुःशासन और कपटी मामा शकुनि दासी–दासी कहकर द्रौपदी का उपहास कर रहे थे। विश्व की अनुपम नारी श्यामवर्णीय कृष्ण सम नीलकमल–सी आँखों वाली द्रौपदी की यह दशा देखकर कर्ण के मुख पर भी आनन्द के भाव थे। स्वयंवर के समय हुए अपमान को कर्ण भी कहाँ भूला था। मस्तक झुकाकर चुप बैठ गये पितामह को देखकर द्रौपदी ज़ोर से सुबकियाँ भरने लगी। दुःशासन से हाथ छुड़ाकर वह महाराज धृतराष्ट्र की ओर बढ़ी। महाराज अपनी पुत्रवधू की लाज रखो। परन्तु वह अन्धी आँखों से द्रौपदी की हालत कहाँ समझते। रक्षा की गुहार लगाती द्रौपदी को दुःशासन हाथों से पकड़कर दुर्योधन के आसन की ओर घसीटने लगा। पितामह यह कैसा अधर्म है। मैं कुरुकुल की वधू...! मैं दासी...! मुझे आप सभी पूज्य जनों के समक्ष यह नराधम दुःशासन घसीट रहा है और आप सभी मौन हैं। उत्तर दो...उत्तर दो...पितामह। धर्म के मर्म को समझने के इस प्रयत्न के आगे पितामह निस्तेज दिखाई दे रहे थे।

हे नराधम दुःशासन! जिन हाथों से तूने द्रौपदी को स्पर्श किया है उन हाथों को तोड़कर रख देने की प्रतिज्ञा मैं आज कुरुओं की

भरी सभा में करता हूँ। तेरी गर्व से फूली हुंकार भरती इस छाती को चीरकर तेरा गर्म ख़ून मैं पिऊँगा...। भीम की इस घोषणा से पूरी सभा हिल उठी। समस्त बुजुर्ग आसनों पर नतमस्तक आसीन थे और मदमस्त दुःशासन द्रौपदी को घसीटता रहा।

इसे यहाँ लाओ दुःशासन। इस दासी की जगह मेरी जंघा पर है। विद्रूप अट्टहास के साथ दुर्योधन ने अपनी जंघा ठोंकी। ठोंकने के साथ ही भीम की गर्जना सुनायी पड़ी—हे कपटी चाण्डाल दुर्योधन समय आने पर मैं तेरी इस जंघा को अपनी गदा के प्रहार से तोड़ डालूँगा स्मरण रहे...दुर्योधन। साथ ही भीम ने अपनी गदा को पूरे आवेश में लहराया।

क्षण भर के लिए दुर्योधन की हँसी अटक गयी वह एकदम कुछ बोल नहीं सका, लेकिन तुरन्त उसने ज़ोर से हँसते हुए कहा—चुप रह भीम। तेरी गदा में अब कोई शक्ति नहीं है। तू मेरा दास है...दास...। मेरी दृष्टि फिर एक बार पूरी सभा में घूम गयी। धर्म ज्ञानियों से भरी हुई द्यूत सभा में कोई भी धर्म रक्षक नहीं था।

मैं पिताश्री भारद्वाज पुत्र द्रोण को देखता रहा। उनका भावशून्य मुख, चौपड़ को घूरती उनकी स्थिर आँखें। द्वेष और इच्छा पूर्ति स्वार्थ से पूर्ण दुर्योधन के समक्ष कोई भी प्रतिरोध करने वाला नहीं था...। विलाप करती, चीत्कार करती द्रौपदी दुःशासन के हाथों से छूटने का प्रयत्न कर रही थी।

अचानक सभा में एक स्वर गूँज उठा—पांचाली को छोड़ दो भ्राता दुःशासन...कुरुओं की सभा में कुरुकुल की कुलवधू का यह अपमान ...कभी भी कुरुओं की सभा में नहीं हुआ...। इस सभा में कभी किसी स्त्री का विलाप सुनायी नहीं दिया। आप सभी पूज्यों से मैं गान्धारी पुत्र विकर्ण पूछता हूँ, आप सभी मौन क्यों...? जो पति स्वयं को ही द्यूत में हार चुका है उसे पत्नी को दाँव पर लगाने का भला क्या अधिकार...? कहता हुआ वह कुछ पल पाण्डवों की ओर देखता रहा और बोला—सती की यह चीत्कार, आर्तनाद, कुरुओं के विनाश का कारण होगी।

अचानक कर्ण खड़ा हुआ और बोला–किसे सती कह रहो हो विकर्ण...। यह...पाँच–पाँच पतियों को भोगने वाली सती कहाँ से हुई? यह कुलटा है। यह यदि वस्त्रहीन भी हो तब भी उसकी लज्जा कैसी...? बस कुछ इसी प्रकार के ही आदेश की प्रतीक्षा करता दुःशासन द्रौपदी के वस्त्र खींचने लगा। समस्त कुरु सभा पाषाणवत् हो गयी। पांचाली अपने दोनों हाथों से अपने वस्त्र सँभालती हुई चीत्कार उठी–हे वासुदेव! ...हे नारायण...! मैं आपकी कृष्णा आपकी शरण में हूँ। मेरी रक्षा करो। द्रौपदी कृष्ण से प्रार्थना करने लगी...।

मैं अनिमेष पांचाली को देखता रहा। किसी दृढ़ संकल्प के साथ–साथ उसकी आँखें अग्निसम चमकने लगीं। क्षण भर को मुझे लगा कि वह अग्नि ज्वाला उगलती आँखें दुःशासन का दहन कर देंगी।

हे प्रभु...आओ मेरी रक्षा करो। प्रार्थना करते हुए करबद्ध कृष्ण को पुकारते हुए द्रौपदी की स्वयं ही स्वयं के वस्त्रों से पकड़ छूट गयी। एक वस्त्रा द्रौपदी के आँचल को खींचता हुआ दुःशासन और अपनी रक्षा का समस्त भार आँख मूँदकर कृष्ण के सुपुर्द कर प्रार्थना करती द्रौपदी को सम्पूर्ण द्यूत सभा देख रही थी। अचानक मुझे महसूस हुआ कि पांचाली को किसी तेज़ोमय प्रकाश पुंज ने चारों ओर से घेर लिया है।

मेघ धनुष–सा वह प्रकाश पुंज पांचाली के शरीर से वस्त्र रूप में सर–सर सरकता रहा। अपनी सुध–बुध खोयी पांचाली कृष्ण को पुकारती रही और उन्मादी दुःशासन उस रंग–बिरंगे वस्त्र को खींचता रहा। द्रौपदी के मुख पर एक अनोखी आभा फैल गयी। पीड़ा और लज्जा से हाहाकार कर उठी समस्त द्यूत सभा किसी वशीकरण के वशीभूत–सी निस्तब्ध थी। मुझे लगा कि धीरे–धीरे पांचाली का रुदन मुरली की कोमल तान में परिवर्तित हो रहा है। सोचने लगा कि यह कैसा कृष्ण नाम का जादू है...यह अवश्य कोई मोहिनी मन्त्र जानता है। यह कृष्ण तो माया जाल बिछाता हुआ कोई बड़ा जादूगर है। पाण्डवों के राजसूय यज्ञ में शिशुपाल वध का दृश्य मेरी स्मृति में उभर आया। आगे–आगे भागता शिशुपाल और उसका पीछा करता सुदर्शन चक्र यज्ञ स्थल पर उस

दृश्य से सभी स्तम्भित थे। एकाएक मुझे कृष्ण के बाल अवस्था की गोकुल में गोवर्धन पर्वत उठा लेने की श्रुति याद आ गयी। मुझे कुछ भी समझ नहीं आया था। किसी अजीब भाव से मेरा रोम–रोम काँप उठा। अनेक प्रयत्न करने के पश्चात भी दुःशासन पांचाली को निर्वस्त्र करने में असमर्थ रहा। हाँफने लगा था दुःशासन...घबराये और थके हुए से दुःशासन ने अपना ही उत्तरीय लगभग खींचकर वहीं पटक दिया था। एकदम पस्त हाल हो अपने आसन पर जा गिरा। वहीं उस रंग–बिरंगे प्रकाश पुंज रूपी वस्त्रों के से ढेर के मध्य में आँखें मूँदें करबद्ध दृढ़ द्रौपदी सभी से अनभिज्ञ निश्चिन्त खड़ी थी।

समस्त द्यूत सभा वशीभूत हो पाषाणवत् हो गयी। कुछ अनोखी कुछ अद्भुत अनुभूति के साक्षात्कार के पश्चात कुरु सभा कुछ अन्य विचार कर पाती इससे पहले ही क्रोध से काँपता भीम का धारदार स्वर सुनायी पड़ा। मैं पाण्डु पुत्र भीमसेन कुरुओं की सभा में फिर से शपथ लेता हूँ। समय आने पर मैं दुःशासन के रक्त से पांचाली के श्याम केस धुलवाऊँगा। मैं अपनी गदा से इस लम्पट दुर्योधन की जंघा तोड़कर रख दूँगा। भीमसेन के क्रोध से द्यूत सभा की दीवारें हिल उठीं। हे दिशाओ समझो यह युद्ध का शंखनाद हुआ था। दूसरे दिन हस्तिनापुर की प्रजा ने बारह वर्ष के वनवास के लिए पाण्डव और खुले केशों वाली द्रौपदी को जाते हुए देखा।

10

हे दिशाओ वह कुरुक्षेत्र में चलते धर्मयुद्ध का दसवाँ दिन था जब पितामह भीष्म शरशय्या पर लेटे हुए थे। एक शोक समस्त कुरुक्षेत्र में व्याप्त था। पितामह शरशय्या पर, कौरवों के सेनापति, कुरुओं के आधार स्तम्भ पितामह भीष्म आज ढह गये। उनके प्रिय अर्जुन ने ही वह शरशय्या तैयार की थी। दोनों ओर की सेनाओं में घोर उदासी थी।

इच्छा मृत्यु का वरदान प्राप्त शरशय्या पर लेटे शान्तनु पुत्र भीष्म को कौरवों और पाण्डवों ने घेर रखा था। समस्त राजा, समस्त सेनापति, रथियों, अर्धरथियों व दोनों सेनाओं के सामान्य सैनिक तक पितामह भीष्म के दर्शन के लिए अधीर थे। सीधे स्वर्ग जाने की इच्छा में भीष्म उत्तरायण की प्रतीक्षा में शरशय्या पर लेटे हुए थे। युद्ध क्षेत्र के एक कोने में खड़ा मैं उस महावीर को नमन करता रहा। अनेक बाणों से घायल उस विशालकाय महावीर की हवा में लहराती वह सफ़ेद दाढ़ी उनके मुख की अलौकिकता में वृद्धि कर रही थी। उनके उन निर्मल नैनों में विषाद के साथ–साथ अभी भी प्रेम भरा था। उन प्रेमपूर्ण नैनों से उन्होंने अर्जुन को अपने मस्तक के लिए बाणों का एक आधार बनाने का आमन्त्रण दिया। मैं अर्जुन की अश्रुपूर्ण आँखों को देख रहा था। विश्व के श्रेष्ठ धनुर्धर अर्जुन को भीष्म को परास्त करने के लिए शिखण्डी का आसरा लेना पड़ा। भगवान परशुराम को युद्ध में परास्त करने के लिए भीष्म ने शिखण्डी के सामने हथियार रख दिये थे। यह सत्य मुझे आश्चर्यचकित करता था। कितना विचित्र। राजा द्रुपद की पहली सन्तान शिखण्डी कैसी–कैसी विचित्र श्रुतियाँ थीं। शिखण्डी के लिए...स्त्री अथवा पुरुष...। एक श्रुति यह भी थी कि अपने अपमान का प्रतिशोध लेने के लिए पूर्व जन्म की अम्बा ने ही यह जन्म शिखण्डी के रूप में लिया था। शिखण्डी को सम्मुख रखकर पीछे से छोड़े गये अर्जुन के बाणों द्वारा पितामह घायल हुए थे।

मैं द्रोणपुत्र अश्वत्थामा उस भयानक रात्रि में शिविर के बाहर बैठा विशाल युद्धभूमि को देख रहा था। वह एकादशी की गहन रात्रि युद्ध भूमि पर पूर्ण अन्धकार छाया हुआ था। युद्धभूमि से रुदन स्वर मेरी ओर आ रहा था। कुरुक्षेत्र की विशाल युद्ध भूमि में पीड़ा से कराहते हुए असंख्य सैनिक, रथों के टूटे–फूटे छत्र...हाथी–घोड़ों के शव...टूटे हुए अस्त्र...रणभेरी, स्वर्णाभूषणों से सज्जित यहाँ–वहाँ बिखरे मानव अंग... मशाल के प्रकाश में मृत्यु को खोजते स्वजन, रुदन–चीख़ें, चीत्कार...। देहों का भक्षण करने को तत्पर गीदड़ और सियार का दूर से सुनायी पड़ता रुदन जैसा स्वर। सड़ते शवों के साथ मृत्यु गन्ध से समस्त

रणक्षेत्र भरा हुआ था। कितना भयंकर...भयावह...। कटे हुए मस्तकों की फटी हुई आँखों को देखकर मैं काँप उठा। हे दिशाओ युद्ध की भयावहता का यह मेरा पहला अनुभव...हृदय खिन्न हो उठा। क्या यह युद्ध रुक नहीं सकता। कृष्ण के शान्ति सन्धि के प्रयत्न के पश्चात यह युद्ध हो रहा था? कृष्ण का स्मरण होते ही मेरा रोयाँ–रोयाँ काँप उठा। हस्तिनापुर की राजसभा में कृष्ण का वह आकाश सम विराट स्वरूप मेरी दृष्टि के समक्ष उपस्थित हो गया। हे दिशाओ वह एकादशी की अन्धकार रात्रि, अग्नि लपटों से घिरा हुआ वह विराट स्वरूप मुझे युद्ध की भयावहता का परिचय देता हुआ आभासित हो रहा था। उस विराट स्वरूप को समझने की मुझमें शक्ति नहीं थी। मेरी आँखें तो बन्द हो गयीं। मेरी बन्द आँखों में भी राजसभा जीवन्त दीख रही थी।

समस्त हस्तिनापुर को भाव विह्वल कर देने वाले द्वारकानाथ कृष्ण ने महात्मा विदुर के साथ शान्ति सन्धि प्रस्ताव के लिए राजसभा में प्रवेश किया। आभास हुआ जैसे कि सारी सभा जीवन्त हो उठी हो। उनका नीलकमल जैसा वर्ण पीताम्बर में शोभायमान था। मस्तक पर मोर मुकुट प्रेमालीन आँखें, मधुर स्मित...केवल वही...एक वह भुवन मोहिनी स्मित एक दृष्टि में जो हमें वश में कर ले। बस ऐसा ही कुछ आभास हुआ था मुझे।

पाण्डवों की ओर से शान्ति दूत बनकर आये थे कृष्ण शान्ति प्रस्ताव में...

द्यूत क्रीड़ा के बाद बारह वर्ष का वनवास और एक वर्ष का अज्ञातवास भोग चुके पाण्डवों ने अपना राज्य वापस माँगा था। कृष्ण के मनमोहक रूप में खोये हुए मुझे बाँसुरी जैसा मधुर धीर–गम्भीर स्वर सुनायी पड़ा।

महाराज धृतराष्ट्र और कुरु महारथियो आज मैं हस्तिनापुर की राजसभा में न्याय के पक्ष में उपस्थित हुआ हूँ। कुरुओं के समस्त महानुभाव पाण्डवों को पूर्ण न्याय देंगे मुझे ऐसी आशा है। उन्होंने क्षण भर के लिए पितामह की ओर देखा।

न्याय क्या कहता है यह आप जानते ही हैं। सत्य यह है कि पाण्डु पुत्रों के साथ सदा ही अन्याय हुआ है। कृष्ण के मधुर स्वर में एक धार पैदा हो गयी।

लाक्षागृह का प्रसंग सर्वविदित है। इस राजसभा ने कुरुओं की कुलवधू का अपमान देखा है। उन्होंने हस्तिनापुर की खचाखच भरी राजसभा पर एक दृष्टि डाली। पूरी सभा एकदम शान्त हो गयी।

भुला दिये जायें ये सभी प्रसंग व भूतकाल की बातें, मैं यहाँ किसी के भी दोष गिनवाने नहीं आया हूँ। शान्ति प्रस्ताव के साथ आया हूँ। पाण्डवों ने अपने वचनानुसार बारह वर्ष का वनवास व एक वर्ष का अज्ञातवास पूरा किया है। अब आप अपने वचनानुसार उनका राज्य उन्हें वापस दें महाराज धृतराष्ट्र। महाराज की ओर से कोई उत्तर नहीं आया परन्तु अधीर दुर्योधन बोला राज्य उनको वापस नहीं मिल सकता। पाण्डवों के साथ हमारा कोई सम्बन्ध नहीं है।

जैसे दुर्योधन की बात कृष्ण ने सुनी ही नहीं उन्होंने दोबारा महाराज धृतराष्ट्र को सम्बोधित करते हुए कहा–भूतकाल को विस्मृत करके शान्ति की इच्छा हो तो महाराज पाण्डवों का इन्द्रप्रस्थ उनको वापस दे दें।

महाराज के स्थान पर दुर्योधन फिर बोला–पाण्डव अपना सब कुछ द्यूत क्रीड़ा में हार चुके हैं। उनको अब कुछ भी वापस नहीं मिल सकता।

मैं इस राजसभा में कहना चाहता हूँ कि पाण्डवों के जीवन–निर्वाह के लिए उन्हें केवल पाँच गाँव दे दीजिए। –कृष्ण का स्वर गम्भीर हो गया था। उन्होंने तीक्ष्ण दृष्टि से दुर्योधन को देखा।

आसन से उठकर दुर्योधन उच्च स्वर में बोला–ऐ ग्वाले! पाँच गाँव तो क्या, पाण्डवों को एक तिनका भर भूमि भी नहीं मिलेगी। शान्ति...न्याय... ओ ढोंगी राजसभा से निकल जा। अन्यथा हस्तिनापुर के कारागृह में...।

दुर्योधन...–कृष्ण की क्रोध भरी हुंकार से राजसभा काँप गयी। सभा में खलबली मच गयी

मुझे बन्दी बनाओगे। इस समस्त राज्य की समस्त ज़ंज़ीरें ले आओ। अपनी पूरी शक्ति लगाकर देख लो ओ अहंकारी पुरुष

...और भरी सभा में कृष्ण का अट्टहास गूँजा उठा। कृष्ण ने अपनी देह को तेज़ोमय करते हुए विराट स्वरूप धारण कर लिया। तेज़ोमय किरणों से भरी उनकी देह आकाश को छू गयी। कृष्ण के अणु–अणु से भी दैवी शक्ति उत्पन्न हो रही थी। कृष्ण के नेत्र, कान और नासिका से अग्नि ज्वाला निकलने लगी। अग्नि ज्वालाओं के तेज़ से पूरी सभा भयग्रस्त हो गयी। इस विराट स्वरूप के समक्ष हाहाकार करती हुई समस्त सभा की आँखें भय से बन्द हो गयीं। मैं व्याकुल हो गया। एक अनजान भय के कारण मेरी आँखें भी मुँद गयीं। ऐसा लगा मानो यह अग्नि ज्वाला पूरी सभा को भस्मीभूत कर देगी। युद्ध की गूँज का स्वर पूरी सभा में भर गया। कृष्ण का विराट स्वरूप जैसे पूरी सभा को मानो चेता रहा था देखो–देखो मुझे...मैं सभी अधर्मियों का नाश करूँगा। तुम्हारे जैसे लोलुप, अहंकारी कपटियों को भस्मीभूत कर दूँगा।

सभी भय और अचम्भे से अवाक् रह गये। दृष्टिहीन महाराज धृतराष्ट्र–क्या हुआ वासुदेव...क्या हुआ वासुदेव...कहते रहे और कृष्ण विदुर के साथ सभा त्याग कर चले गये।

हे दसों दिशाओ मैं आज तक भी नहीं समझ पाया हूँ कि वह सत्य था अथवा सम्मोहन। कौन है यह कृष्ण? दुर्योधन कहता था कि यह कोई मायावी जादूगर...वशीकरण मन्त्र का जानकार है...कौन ...कौन है यह कृष्ण?

दसों दिशाओं ने देखा कि व्याकुल हो उठे अश्वत्थामा ने अपने हाथों से अपना मुख ढँक लिया। माथे के घावों से झर–झर रक्त बह चला।

11

कृष्ण के जाते ही हस्तिनापुर में युद्ध की तैयारियाँ आरम्भ हो गयीं। दुर्योधन, दुःशासन, शकुनि के तो उत्साह का ही पार नहीं था। चारों

दिशाओं में दूत भेजकर सेना को एकत्र करने का प्रयास जारी हो गया। प्रायः गुप्तचर पाण्डवों की ओर होने वाली युद्ध की तैयारियों का गुप्त सन्देश लाते। समाचार यह था कि युद्ध के प्रसंग से सबसे अधिक द्रौपदी प्रसन्न थी। अपमान को भूली नहीं थी वह अग्नि कन्या...तेरह वर्ष तक भोगी यातनाएँ। तेरह वर्षों तक अपने पुत्रों का वियोग सहने के पश्चात उसको अब युद्ध के सिवा कोई राह नहीं दिखती थी। कृष्ण शान्ति दूत बनकर गये, इस बात से सबसे अधिक द्रौपदी ही अप्रसन्न थी। शान्ति दूत के रूप में हस्तिनापुर में कृष्ण के अपमान के बाद युधिष्ठिर द्व ारा की जाने वाली धर्म व अधर्म की चर्चा से भी द्रौपदी बहुत अप्रसन्न थी। वह पाण्डवों की प्रेरणा मूर्ति जैसे समस्त युद्ध की संचालिका थी।

जिसे ग्वाला कहकर अपमानित किया, बन्दी बनाने का विचार किया उसी कृष्ण की अक्षौहिणी सेना दुर्योधन ने अपने पक्ष में युद्ध करने के लिए माँगी थी। युद्ध में अस्त्र नहीं उठाने की प्रतिज्ञा लेने वाले कृष्ण को पाण्डव अपने पक्ष में पाकर प्रसन्न थे।

युद्ध के इस दसवें दिन की रात्रि में शिविर के बाहर बैठे–बैठे मेरे हृदय को अनेक विचारों ने घेर लिया। यह कैसा विचित्र खेल था। दिशाओ युद्ध शुरू होने से पहली रात्रि मैं और कर्ण यूँ ही युद्ध का विशाल मैदान देखते शिविर के बाहर बैठे थे। दोनों पक्षों में उत्साह का पार नहीं था। मार्गशीर्ष की वह हल्की–हल्की शीत की प्रथम रात्रि में मशालों के प्रकाश में असंख्य रावटियाँ चमक रही थीं।

कर्ण थोड़ा उदास व अशान्त था। एकाएक बोला–सुनो अश्वत्थामा मेरा हृदय कहता है कि जिस पक्ष में श्रीकृष्ण हैं उसी पक्ष की जय है। इस युद्ध का परिणाम कौरवों के लिए विनाश बनकर आयेगा। कहते–कहते वह दूर आकाश की ओर ताकने लगा। मैं आश्चर्य से उसकी ओर देखता रहा।

मैंने पूछा–अंगराज क्या आप पितामह भीष्म से अप्रसन्न हैं जो ऐसा कह रहे हैं।

नहीं–नहीं मित्र कोई कुछ भी कहे परन्तु मैं राधेय, कवच कुण्डल के बिना भी सूर्य के पुत्र समान दैदीप्यमान हूँ। मैं रथी होऊँ अथवा अर्धरथ

अब कोई अन्तर नहीं पड़ता। मशाल के प्रकाश में वह मुझे सूर्य के समान तेजस्वी लगा। मैंने उसकी आँखों में कुछ क्षणों के लिए एक रहस्यमयी चमक देखी।

कुछ देर बाद वह फिर बोला–धर्म के लिए लड़े जाने वाले इस युद्ध में, जिस भी पक्ष में श्रीकृष्ण होंगे विजय वहीं होगी। उस अँधेरी रात में मशाल के प्रकाश में मैंने देखा कि कर्ण के मुख पर विषाद छा गया था।

पितामह के नेतृत्व में दस दिनों से युद्ध चल रहा था। युद्ध के प्रथम दिन कौरव सेना में वायु वेग से यह बात फैल गयी थी कि अर्जुन ने युद्ध करने से ही मना कर दिया है। अर्जुन ने कृष्ण से कहा था कि वह अपने बन्धु–बान्धवों, अपने वयोवृद्धों, पितामह भीष्म, गुरु द्रोणाचार्य के रक्तपात के लिए कोई भी शस्त्र उठाने में असमर्थ है। वहीं युद्ध के शंखनाद के बीच कृष्ण ने अर्जुन को युद्ध करने के लिए प्रेरित किया। शान्तिदूत बनकर कृष्ण ने अर्जुन को केवल कर्म करने का बोध कराया। परमात्मा ही कर्ता है। फल की आशा किये बिना केवल कर्म करना ही मनुष्य का धर्म है। इसीलिए क्षत्रिय धर्म के अनुसार युद्ध करना ही क्षत्रिय का कर्तव्य है। जन्म और मृत्यु का चक्र सदा ही चलता है। इस चक्र से छूटकर परमात्मा के समीप पहुँचने का मार्ग अर्जुन को बताया। कृष्ण ने युद्ध भूमि में अपने दिव्य विराट स्वरूप का दर्शन अर्जुन को कराया था। यह चर्चा समस्त कुरुक्षेत्र में फैल गयी थी। प्रथम दिवस दोनों सेनाएँ युद्ध के उत्साह में थीं। कुल चालीस लाख सैनिकों की सेना। पच्चीस लाख कौरवों की और पन्द्रह लाख पाण्डवों की अक्षौहिणी सेना थी। इसके उपरान्त हाथी–घोड़े। दोनों छावनियाँ आमने–सामने थीं। पितामह प्रतिदिन नयी–नयी सैन्य रचनाओं के साथ पाण्डवों की सेना को तहस–नहस कर रहे थे। दस दिनों के युद्ध में लाखों सैनिक मृत्यु को प्राप्त हो चुके थे। भगवान परशुराम को भी पराजित कर चुके पितामह भीष्म अभी तक एक भी पाण्डव को मृत्यु तक नहीं पहुँचा सके थे। इसी कारण अप्रसन्न दुर्योधन ने पितामह को कटु वचन कहे थे। छावनी में यह भी चर्चा

थी कि दुर्योधन के कटु व्यवहार से अप्रसन्न होकर पितामह ने ही पाण्डवों को वह मार्ग बताया जिससे वे पितामह को परास्त कर सकें।

दूर–दूर तक जलती मशालों के बीच महारथी पितामह भीष्म शरशय्या पर इस प्रकार लेटे थे जैसे कोई दिव्य आत्मा भव्य और विशाल देह में लेटी हो। धीरे–धीरे वायु में शीतलता बढ़ गयी। कल भारद्वाज पुत्र द्रोणाचार्य कौरवों की सेना का नेतृत्व करेंगे। पिताश्री के साथ कल युद्ध में कर्ण भी उतरेगा। दिशाओ युद्ध और भविष्य का विचार करता मैं न जाने कितनी देर तक शिविर के बाहर बैठा रहा था।

12

कैसी थी वह कालरात्रि? युद्ध के अठारहवें दिन जैसे कालभैरव ने ताण्डव किया हो। हे दिक्पालो आज हज़ारों वर्षों के पश्चात भी मैं उस कालरात्रि को तनिक भी विस्मृत नहीं कर सका। उसके हर पल को मैंने अनेक बार झेला है। पृथ्वी पर कभी ऐसा महायुद्ध नहीं हुआ। कुरुक्षेत्र की समस्त रणभूमि रक्त से लथपथ हो गयी थी। हाथी, घोड़े व मानव सभी का रक्त एकाकार हो गया...मृत्यु की गन्ध समस्त वातावरण में फैल गयी थी। प्रकृति स्तब्ध थी। कौरवों के लगभग पच्चीस लाख सैनिक मृत्यु को प्राप्त हो चुके थे।

रथी और महारथियों में हम मात्र तीन शेष थे। मात्र हम तीन। मैं अश्वत्थामा, गुरु कृपाचार्य और कृतवर्मा। राजा दुर्योधन बेहद घायल अवस्था में लगभग मूर्च्छित थे। हम तीनों ही उनके समीप बैठे थे। अठारह दिनों के भयानक हाहाकार के बाद वहाँ श्मशान जैसा सन्नाटा था। भंग जंघा से बहते रक्त से भरी राजा दुर्योधन की देह के समीप बैठा मैं बहुत विकल था। द्वेषाग्नि से मेरा रोम–रोम सुलग रहा था। दूर पवन तरंगों में प्रवाहित पाण्डवों के विजय नाद से मेरा

हृदय विक्षिप्त हो रहा था। नराधम पाण्डवो सुनो अभी तुम विजयी नहीं हुए हो...मैं अश्वत्थामा अभी जीवित हूँ। राजा दुर्योधन आँखें खोलो अभी हम तीन योद्धा शेष हैं। मुझे सेनापति नियुक्त करो। मुझे नेतृत्व दो। मैं अश्वत्थामा द्रोणाचार्य का पुत्र पाण्डवों का नाश करूँगा। उनको जीवित नहीं छोड़ूँगा। मृत्यु–मुख में समाते जा रहे दुर्योधन ने धीरे से आँखें खोलीं, आश्चर्य से मुझे देखा। सब कुछ गँवा चुके, हारे–थके दुर्योधन की आँखें क्षण भर के लिए हँस उठीं–मित्र तुम ब्राह्मण...क्षत्रियों से भी अधिक वीर हो। टूटती–टूटती वाणी और काँपते हाथों से दुर्योधन ने स्वयं मेरे माथे पर तिलक किया। राजा दुर्योधन के रक्त का तिलक...मैं दुर्योधन को देखता रहा...राजमहल से दूर रक्त से लथपथ दुर्योधन सरोवर के किनारे पड़ा था। सौ कौरव पुत्रों में ज्येष्ठ...हस्तिनापुर का युवराज...कैसा दुर्भाग्य। माता गान्धारी के सौ पुत्रों में से कोई शेष नहीं। भीष्म गये, पिताश्री गये, कर्ण गया। इन सभी के साथ दुष्ट पाण्डवों ने कपट किया। पिताश्री...कैसी भयावह मृत्यु...अश्वत्थामा हतो हतः अश्वत्थामा हतो हतः की युद्ध में वह घोषणा शंखनाद के बीच से उठी वह आवाज़ आज तक मेरे मस्तक में घन की तरह बजती है। कैसी कपट नीति...धर्मपुत्र कहलाया जाने वाला युधिष्ठिर असत्य बोला। धर्मयुद्ध की बातें करता वह ग्वाला कृष्ण उसी की छलना के कारण मेरे पिताश्री ने घोर युद्ध के मध्य में भी शस्त्र त्याग दिये। उस नराधम निर्लज्ज धृष्टद्युम्न ने पिताश्री की भयानक हत्या की। पाण्डवों ने अपने निःशस्त्र गुरु का मस्तक धड़ से कटवा दिया। अपने गुरु का इस प्रकार कायरतापूर्ण वध। प्रतिशोध...प्रतिशोध...मेरे हृदय की द्वेषाग्नि सुलग उठी।

दिशाओ दुर्योधन के पास बैठे हुए मैंने ऊँचे स्वर में कहा कि–मैं प्रतिशोध अवश्य लूँगा। मित्र दुर्योधन मैं पाण्डवों का वध अवश्य करूँगा। कृतवर्मा और मामाश्री कृपाचार्य मेरी ओर देख रहे थे। आँखें बन्द किये पड़ा हुआ दुर्योधन थोड़ा–सा हिला। मशाल के प्रकाश में उसके होंठ स्मित मुद्रा में फैले। मैं आक्रोश से भरा सामने के वृक्षों पर कौओं को देख रहा था। अपने बच्चों के साथ, कौवे कितने निश्चिन्त, निद्रालीन हैं।

पिताश्री की छत्रछाया में मैं भी निश्चिन्त था। पिताश्री की सुदृढ़ देहयष्टि, विशाल भाल और हवा में फर–फर लहराती उनकी शुभ्र दाढ़ी। वो कितने वीर थे। ब्राह्मण होते हुए भी क्षत्रियों से अधिक शक्तिशाली व अद्‌भुत सेनापति थे। किस–किस प्रकार की व्यूह रचना करके पाण्डवों की सेना को तहस–नहस किया। उनकी चक्रव्यूह की रचना के कारण ही तो प्रथम पाण्डव धराशायी हुआ था। उस कालरात्रि के चक्रव्यूह के विचार के साथ ही मेरी समस्त विचार शृंखला थम गयी। वृक्ष की ओर देखते–देखते मेरी आँखें मुँद गयीं। मेरी मुँदी आँखों में अभिमन्यु का सुकुमार मुख जीवन्त हो गया। अर्जुन और सुभद्रा का वह पुत्र कितना वीर था। अन्तिम क्षण तक वीरता से लड़ा। चक्रव्यूह में घिरा वह अकेला और हम आठ...गदा के वार से मूर्च्छित अभिमन्यु के हमने टुकड़े–टुकड़े करके रख दिये। ऐसा नीच कृत्य करते हुए हमें तनिक भी विचार नहीं आया। सिर्फ़ विकर्ण ने विरोध किया था–यह अधर्म है। एक धराशायी वीर को हम सभी ने मिलकर मार डाला। यह धर्म के विरुद्ध है। परन्तु उसकी बात किसी ने नहीं सुनी। वैसे भी भीष्म के शरशय्या पर लेटते ही युद्ध के समस्त नियम किनारे कर दिये गये थे। अभिमन्यु की मृत्यु के साथ ही कौरव सेना और अधिक उत्साह से भर गयी थी। रात्रि में भी युद्ध जारी रहा।

13

दसों दिशाओ युद्ध के अठारहवें दिन की उस रात्रि को मेरा रोम–रोम चीख़ उठा था कि अश्वत्थामा तू किस धर्म या अधर्म का विचार कर रहा है। क्या अर्जुन ने कर्ण का वध धर्म रीति से किया था? समस्त शरीर में क्रोध की ज्वाला जल उठी। कर्ण कैसा दैदीप्यमान, सूर्य सम...मेरा प्रिय मित्र। कर्ण की मृत्यु पर मेरी आँखें छलक उठी थीं। कर्ण को प्रथम बार पिताश्री की युद्धशाला में देखा था। मैं तभी से उससे

प्रभावित था। उसके चमकदार कवच–कुण्डल जन्मजात थे। मेरे मस्तक की मणि जैसे। विश्व का श्रेष्ठ महारथी, दानवीर, क्षत्रिय से भी अधिक शक्तिशाली। उस सारथी पुत्र ने कैसा–कैसा अपमान सहा था। जब वह द्रौपदी स्वयंवर में अपमानित किया गया, तब उसकी आँखों की वेदना, असहायता...क्रोध...उस रात भी उसकी वो छवि मेरे सम्मुख आ खड़ी हुई। पितामह भीष्म ने जब उसे अर्धरथी नामित किया था। तब उसका शरीर क्रोध से काँप रहा था। सिर्फ़ दुर्योधन ने ही उसे मित्र रूप में स्वीकारा था। अंग देश का राजा नामित किया। कर्ण ने भी अपने जीवन के अन्तिम क्षण तक उसका साथ नहीं छोड़ा था। पिताश्री के प्रिय शिष्य अर्जुन ने क्या किया? कर्ण की पीठ पर वार! कर्ण के रथ का पहिया जब समर भूमि में धँस गया था। वह उसे निकाल रहा था और उसी समय अर्जुन के बाणों ने उसे बींध दिया था। कितना कायर निकला पिताश्री का प्रिय शिष्य अर्जुन।

अवश्य यह भी उस ग्वाले की ही चाल होगी। उस ग्वाले ने तो मेरा नारायण अस्त्र भी विफल कर दिया था। कृष्ण की आज्ञानुसार पाण्डवों की समस्त सेना नतमस्तक होकर भूमि पर बैठ गयी और मेरे द्वारा छोड़ा गया नारायणास्त्र पाण्डव सेना का बाल भी बाँका नहीं कर पाया। मैं असफल रहा। थोड़ी–थोड़ी देर में दर्द से कराहते हुए दुर्योधन को देख–देखकर मुझे मेरी असफलताएँ अन्दर तक कचोटने लगीं। गदा युद्ध के नियमों के विरुद्ध उस काले–कपटी के इशारे मात्र से भीम ने दुर्योधन की जंघा पर गदा से वार किया। दुर्योधन के मुख पर तैरती वेदना को देखकर मेरे प्रतिशोध की ज्वाला प्रबल हो उठी। कपटी...नराधम...पाण्डवो मैं प्रतिशोध लूँगा। अवश्य प्रतिशोध लूँगा...! मैं चीख़–चीख़कर कहना चाहता था। परन्तु सामने के वृक्ष को देखते हुआ मैं हतप्रभ–सा बैठा रहा।

धीरे–धीरे जयनाद थम गया। पाण्डवों की छावनी में शान्ति छा गयी मशालों की अग्नि का हवा में लहकने के स्वर के सिवा कोई स्वर नहीं था। मशालें भी धीरे–धीरे मद्धिम हो गयी थीं। हम तीनों लगभग निश्चेत दुर्योधन के समीप बैठे थे।

तभी अचानक सामने के उस वृक्ष पर सरसराहट हुई। मशाल के प्रकाश के कारण मैं वहाँ देख पा रहा था। एक उल्लूक धीरे–धीरे आगे बढ़ा और काग के सोये हुए बच्चों को ग्रस गया।

कुछ पल मैं आकर्षण में बँधा उधर देखता रहा। अचानक मेरे मुख से निकला चलिए...चलिए...मामा श्री कृपाचार्य। परन्तु वो टकटकी बाँधे मेरी आँखों का उन्माद देख रहे थे। मुझे क्या देख रहे हैं आप उस उल्लूक को देखा...

मामाश्री ने कुछ क्षण वृक्ष की ओर देखा–नहीं–नहीं पुत्र यह कार्य उचित नहीं। निद्रालीन पाण्डवों को मारना उचित नहीं।

मैं क्रोध से पागल हो उठा। आप उचित अथवा अनुचित की बात छोड़िए मैं कौरवों का सेनापति आप से कहता हूँ कि मेरे साथ चलो। मैं क्रोध व आवेश में पाण्डवों की छावनी की ओर तीव्र गति से चल पड़ा था। अठारह दिनों तक चले इस युद्ध में विजयोपरान्त पाण्डव निश्चिन्त सोये हुए थे। पहरेदार भी निद्रालीन थे। छावनी के समीप पहुँचकर मैं क्षण भर के लिए रुक गया। मुझे प्रतीत हुआ कि जैसे छावनी के द्वार पर मुझे आशीर्वाद देने के लिए साक्षात् काल भैरव उपस्थित हों। वहाँ पर प्रथम शिविर द्रुपद पुत्रों का था। उसमें प्रवेश करते ही मैंने शिखण्डी और धृष्टद्युम्न की हत्या की। प्रतिशोध की आग में मैंने पाण्डवों के शिविर में प्रवेश किया और निद्रालीन पाँचों पाण्डवों का मस्तक भी धड़ से अलग कर दिया। पाण्डवों की हत्या के गर्व के उन्माद में मैं पाँचों मस्तक लिये दुर्योधन के समक्ष खड़ा था।

देखो राजा दुर्योधन देखो...मैं पाँचों पाण्डवों का मस्तक ले आया हूँ...देखो...आँखें खोलो राजा...मेरे स्वर में विजय उन्माद था।

मृत्यु मुख में पड़े दुर्योधन ने अपनी समस्त शक्ति एकत्र करके आँखें खोलीं और स्वयं अपने हाथों से उन मस्तकों को टटोला। दुर्योधन औचक–सा उन मस्तकों को देखता रहा–ये पाण्डवों के मस्तक नहीं हैं। ओ मन्दबुद्धि! ये पाण्डव नहीं हैं।

मैंने मशाल का प्रकाश उन मस्तकों की ओर किया। आश्चर्य से

मस्तकों को देखते रहे कृपाचार्य बोल उठे–अश्वत्थामा ये तो द्रौपदी के पाँच पुत्र हैं।

द्रौपदी के पुत्र...अश्वत्थामा यह तुमने क्या किया? द्रौपदी की सन्तानों की हत्या कर दी। दुर्योधन की वह चीत्कार कि तुमने द्रौपदी के पुत्रों की हत्या कर दी। मेरे रिसते नासूरों की तरह ही मेरा पीछा कभी छोड़ती नहीं है। सुन रही हो न दसों दिशाओ वह चीत्कार मुझे कभी भी नहीं छोड़ती।

सरोवर किनारे टूटी जंघा से घायल दुर्योधन ने क्रन्दन करते हुए प्राण त्याग दिये। कोई विजयी नहीं हुआ। यह कोई धर्मयुद्ध नहीं था। जीता कोई नहीं। उसका यह क्रन्दन मुझे अब भी सुनायी देता है।

दिशाओं ने देखा कि अश्वत्थामा ने अपने रक्त–सने हाथों से अपने कान बन्द कर लिए। उसी अवस्था में कुछ पल बैठे–बैठे अश्वत्थामा ने फिर से स्वयं ही स्वयं से वार्ता आरम्भ कर दी।

14

ब्रह्मास्त्र वापस लो अश्वत्थामा...हे अश्वत्थामा ब्रह्मास्त्र वापस लो ...ज़ोर से फुफकारती पवन और बवण्डर की दस हज़ार अग्नि जिह्वाओं के साथ मेरे द्वारा छोड़े गये ब्रह्मास्त्र से समस्त पृथ्वी हिल उठी। पशु–पक्षी भयभीत हो गये। सृष्टि काँप उठी। चारों दिशाओं से अग्नि ज्वाला निकलने लगी। हाथी–घोड़े पागल होकर इधर–उधर भागने लगे।

यह समस्त सृष्टि भस्म हो जायेगी...ओ मूढ़ और मन्दमति अश्वत्थामा... ब्रह्मास्त्र वापस लो। –कृष्ण की चारों दिशाओं से आती इस धीर–गम्भीर आवाज़ ने मुझे घेर लिया।

बीच–बीच में ऋषि वेदव्यास की आवाज़ भी मुझे सुनायी पड़ रही थी–हे द्रोणपुत्र अश्वत्थामा, ब्रह्मास्त्र वापस लो...।

मेरे ही द्वारा छोड़े गये ब्रह्मास्त्र की हज़ारों अग्नि ज्वालाओं को देखकर मैं स्वयं आश्चर्य से स्तम्भित हो गया। मेरे हृदय में द्वेष की सहस्र ज्वालाएँ...विनाश...विनाश...तभी अचानक आकाश मार्ग से एक अन्य ब्रह्मास्त्र मेरे ब्रह्मास्त्र की ओर बढ़ने लगा। पृथ्वी काँप उठी। अर्जुन ने मेरे द्वारा छोड़े गये ब्रह्मास्त्र को नष्ट करने के लिए एक अन्य ब्रह्मास्त्र छोड़ा था। एक–दूसरे की ओर बढ़ते ब्रह्मास्त्र की अग्नि ज्वाला की गर्मी से पशु–पक्षी मरने लगे। ऐसा प्रतीत हुआ जैसे समस्त सृष्टि सुलग उठी हो।

ब्रह्मास्त्र वापस लो अन्यथा यह समस्त सृष्टि नष्ट हो जायेगी। श्रीकृष्ण के आदेश पर क्षण भर विलम्ब किये बिना अर्जुन ने ब्रह्मास्त्र वापस ले लिया।

परन्तु मैं...दिशाओ मैं कैसे वापस लेता। मेरे पास यह ज्ञान कहाँ था? कृष्ण का आदेश मेरे मस्तक पर हथौड़े–सा बजने लगा। परन्तु मैं लाचार था। सुनो दिशाओ मैं लाचार था। अधूरा ज्ञानी मैं मूढ़–सा इस भयानक विनाश के ताण्डव को देख रहा था। समझ लो कि काल भैरव स्वयं अपनी सहस्र जिह्वाओं से पृथ्वी को निगलने के लिए उठ खड़े हो गये हों। मेरे हृदय में भी द्वेष का ऐसा ही ताण्डव चल रहा था। मैं कौरव सेनापति पाण्डवों को मृत्यु के घाट नहीं पहुँचा सका। दुर्योधन को दिया हुआ वचन पूरा नहीं कर सका। धिक्कार है मुझे। मृत्यु मुख में पड़े हुए दुर्योधन को दिये गये वचन के भंग होने के कारण मेरे अन्तर में हाहाकार मचा हुआ था। क्रोध और द्वेष की ज्वाला में जलते हुए मैंने पाण्डवों के शिविर में मध्य रात्रि को प्रवेश किया था। उस प्रवेश–द्वार पर ही मुझे काल भैरव शिव के रुद्र स्वरूप का दर्शन हुआ था। मुझे कितनी प्रसन्नता हुई थी। द्रुपद पुत्रों को मारते समय मुझे कितना आनन्द मिला था। पाँच–पाँच मस्तक हाथों में लिए मैं विजयी मुद्रा में दुर्योधन के सम्मुख खड़ा था...

परन्तु...ओ मन्दबुद्धि अश्वत्थामा तूने यह क्या किया। द्रौपदी के पुत्रों की मृत्यु पर दुर्योधन की चीत्कार। मरते समय दुर्योधन ने मुझे मन्दबुद्धि कहा। दसों दिशाओं प्रतिशोध की ज्वाला में जलते हुए मैंने दुर्योधन को पुकारा।

देखो...दुर्योधन तुम स्वर्ग से देख रहे होगे मेरा वध करने के लिए पाण्डव मुझे खोज रहे हैं। परन्तु उनके सर्वनाश के लिए ही मैंने ब्रह्मास्त्र छोड़ा है। यह ब्रह्मास्त्र मैं वापस नहीं लूँगा...मैं पाण्डवों के वंश का समूल नाश करूँगा। स्वर्ग में बैठे हुए तुम देखो। मैं पाण्डवों के वंश का नाश कर दूँगा।

भयंकर अट्टहास के साथ वह ब्रह्मास्त्र मैंने उत्तरा के गर्भ की ओर मोड़ दिया।

देखो! देखो! कृष्ण मेरा ब्रहमास्त्र उत्तरा के गर्भ को भस्म कर देगा। मेरे पिता...और...मेरे मित्र दुर्योधन का अधर्म रीति द्वारा करे गये वध के कारण अब पाण्डव निर्वंश मरेंगे। मेरा तुम कोई अहित नहीं कर सकते। जन्मजात मणि के साथ जन्मे अश्वत्थामा का कोई दुर्भाग्य नहीं हो सकता।

दिशाओ मेरी यह अन्तिम आशा...यह भी फलीभूत नहीं हुई। कृष्ण जिसका नाम है...उसी ने उत्तरा के गर्भ की रक्षा की। ब्रह्मास्त्र की समस्त ज्वालाएँ कृष्ण के समीप पहुँचते ही शान्त हो गयी। मानो वह जादूगर कालिया समस्त अग्नि स्वयं में समाहित कर गया हो।

जब अर्जुन ने मुझे द्रौपदी के चरणों में फेंका तब मुझे कोई सुध–बुध नहीं थी। मेरे वध की कामना करते हुए भी द्रौपदी विचलित हो गयी नहीं–नहीं गुरु पुत्र का वध करके माता कृपी को पुत्र विहीन न करो पार्थ...पुत्र वियोग की यह असहनीय वेदना किसी को न हो...। कहते–कहते द्रौपदी विलाप करने लगी।

द्रौपदी से कुछ दूर खड़े कृष्ण मुझे अपनी रहस्यमयी आँखों से अपलक देख रहे थे। एकाएक उनका धीर–गम्भीर स्वर सुनायी दिया–तुमने अजन्मे शिशु की हत्या का अक्षम्य अपराध किया है अश्वत्थामा...न तुम ब्राह्मण रहे...न क्षत्रिय हो सके–द्रौपदी के पाँच पुत्रों के इस हत्यारे के मस्तक से मणि निकाल लो अर्जुन...हे शिशु घातक अश्वत्थामा तुम सदा के लिए कोढ़ पीड़ित होकर पृथ्वी पर सदा–सदा घिसटते रहोगे...तुम्हें कभी मृत्यु नहीं आयेगी...तुम्हारे घावों से मवाद और रक्त बहता रहेगा। तुम्हारा शरीर पीव व छालों से भरा

रहेगा। जो तुम्हें तुम्हारे इस अक्षम्य अपराध की सदा याद दिलाते रहेंगे। दुर्गन्धयुक्त अपनी इस देह के साथ...अब तुम सृष्टि की प्रलय तक अकेले भटकोगे। तुम किसी से कोई वार्ता न कर सकोगे और न ही कोई तुम्हें सुन सकेगा।

ओ दिशाओ कृष्ण ने स्वयं अपने मुख से मुझे श्राप दिया है। अब मेरी यही गति है कि काल के अन्त तक मुझे यूँ ही मृत्यु की प्रतीक्षा में भटकते रहना है।

मेरे मस्तक से खींचकर निकाली गयी मणि से हुए घावों से रक्त बहने लगा था। उस बहते रक्त से मेरी दोनों हथेलियाँ भर गयी थीं। मैं पाषाणवत् पृथ्वी पर पड़ा रहा। दुर्गति...भटकाव...रक्त–पीव भरे हुए इस देह में मुझे कभी मृत्यु नहीं मिलेगी...क्या मुझे कभी मृत्यु नहीं आयेगी...कृष्ण द्वारा कहे गये शब्द कील की तरह मेरे कानों में गड़ने लगे। घाव में से धार बनकर फूटे रक्त से सना हुआ मैं कृष्ण की ओर देखता रहा। कृष्ण के विराट स्वरूप के समय देखीं वे रहस्यमयी क्रोध से धधकती ज्वालाओं वाली आँखें मुझे आज फिर से दिखी थीं। मुझे घेर कर पाँचों पाण्डव और सात्यिकी भी वहीं खड़े थे। मुझे अचानक एहसास हुआ। पाण्डव सेना के महारथियों में अब केवल सात ही सदस्य शेष थे। इधर मैं कौरवों का अन्तिम सेनापति रक्त से लथपथ और श्रापित भूमि पर पड़ा था। लड़खड़ाता हुआ मैं खड़ा हुआ। पराजित, थका हुआ, श्रापित, सदियों तक भटकने के लिए प्रलय की प्रतीक्षा में कुरुक्षेत्र छोड़ कर चल दिया।

दिशाएँ देख रही थीं कि अश्वत्थामा की आँखों से अश्रुधारा वह चली। उसकी देह काँप रही थी।

15

ज्येष्ठ भ्राता ठहरो...रुको भ्राता। द्रौपदी गिर गयी है। –हिमाच्छादित हिमालय के ढलान पर चलते हुए भीम ने कहा।

रुकना नहीं भीम आगे बढ़ो। अपने पतन के लिए द्रौपदी स्वयं उत्तरदायी है। उसने हम सभी में अर्जुन को सर्वाधिक प्रेम किया है। यही प्रेम इसके दुर्भाग्य का कारण है। इस पाप के कारण निःसन्देह उसे स्वर्ग प्राप्त नहीं हो सकता। युधिष्ठिर के शब्द पहाड़ों में गूँज उठे।

थोड़ी देर के लिए भीम वहीं थम गया। वह भूमि पर गिर पड़ी कृष्णा को देखता रहा। अपनी प्राणप्रिय को छोड़कर जाने का उसका दिल नहीं हुआ।

तभी युधिष्ठिर का आदेश फिर सुनायी दिया—आगे बढ़ो भीम।

आच्छादित बर्फ़ के बीच पड़ी थी वह याज्ञसेनी अग्निकन्या। जिन पाँच पतियों के लिए जीवन भर संघर्ष किया, वनवास भोगा, पुत्रों का वियोग सहा, उसी को मृत्यु के मुख में छोड़कर स्वर्गारोहण के लिए आगे बढ़ गये उसके पाँचों पति।

हे दसों दिशाओ...मैं अश्वत्थामा छुप—छुपाकर शत्रुओं के अनेक समाचार रखता था। द्रौपदी स्वर्गारोहण के समय भूमि पर गिर गयी इन शब्दों ने मानो मेरे घावों पर मरहम का काम किया हो। मुझे इस समाचार से बहुत आनन्द मिला था। देखो तो विधि की विडम्बना। अग्निकन्या हिम की गोद में जाकर गिरी। रह—रह कर मेरे मन में यही विचार आता कि मेरी इस दशा का कारण द्रौपदी ही है। माता के गर्भ से नहीं बल्कि अग्निकुण्ड से जन्मी थी पांचाली। द्रुपद राजा के प्रतिशोध का मूर्तिवत् स्वरूप। उस काले ग्वाले का क्या हाल किया माता गान्धारी के श्राप ने। जब भी कोई उस ग्वाले को भगवान कहता है तो मेरा मन ज़ोर से हँसने को होता है। वह कालिया भगवान कहाँ से...सबका कर्ता और हर्ता है। उसने एक बहेलिए के बाण से देह त्यागी थी। कहाँ गयी उसकी मायावी शक्ति...सभी कहते हैं कि प्रभु ने यह लीला स्वयं ही रचाई थी और स्वयं में समा ली।

महाभारत के युद्ध के पश्चात अपने सौ पुत्रों की अन्तिम क्रिया करते समय माता गान्धारी कितनी विवश थी। अपने अन्धे पति के समकक्ष रहने के लिए अपनी आँखों पर पट्टी बाँधकर अन्धकार स्वीकार कर लेने वाली नारी को क्या कहें! सौ पुत्रों की माता गान्धारी। जिस

माता ने कभी अपने पुत्रों को आँख भर देखा तक नहीं था। उस माता के मन की थाह लेना कठिन था। भड़भड़ सुलगती चिताओं के बीच सभी को सान्त्वना देते, सभी को धर्मज्ञान देते हुए कृष्ण को सुनकर माता गान्धारी बोल उठी थीं–कृष्ण, तुम चाहते तो यह युद्ध रोक सकते थे। धर्म की बात करने वाले सर्वशक्तिमान...एक युद्ध नहीं रोक सके! तुम चाहते तो मेरे पुत्र बच सकते थे। माता गान्धारी के स्वर में विवशता थी–इतने अधिक विनाश के पश्चात क्या युधिष्ठिर किसी सिंहासन पर विराज सकेगा। नहीं वह सदा ही स्वयं को धिक्कारेगा।

तुम...कृष्ण यह सब रोक सकते थे परन्तु तुमने मेरे पुत्रों को विनाश मार्ग पर जाने दिया...

देवी गान्धारी मैं तो अन्तिम घड़ी तक शान्ति के लिए प्रयत्नशील था। आप जानती हैं कि दुर्योधन ने मेरे शान्ति प्रस्ताव की अवज्ञा की थी।

विलाप करती माता गान्धारी चीत्कार उठी–हे कृष्ण तुम्हें जो ठीक लगे कहो, परन्तु इस सबके मूल में तुम थे। आज जिस प्रकार हमारे वंश का नाश हुआ है, उसी प्रकार तुम्हारे वंश का विनाश होगा। यादव आपस में ही लड़कर मर जायेंगे। द्वारका रसातल में चली जायेगी। द्वारकानाथ श्रीकृष्ण तुम्हें मेरा यह श्राप है।

दिशाओ विलाप करती माता गान्धारी के चीत्कार भरे ये शब्द सुनकर सभी स्तब्ध हो गये। माता गान्धारी का वह श्राप तुमने भी सुना होगा न दिशाओ!

कृष्ण ने धीरे–से कहा–देवी गान्धारी मैं आपके श्राप को स्वीकारता हूँ। कलियुग के आरम्भ में आपका श्राप फलीभूत होगा।

पाण्डवों को हस्तिनापुर का राज्य तो मिला परन्तु शान्ति नहीं मिली। युधिष्ठिर का मन अशान्त था। महाभारत के युद्ध के लिए वह स्वयं को क्षमा नहीं कर सका। कोई स्नेही स्वजन शेष नहीं थे और न ही अपना कोई पुत्र शेष था। परीक्षित के जन्म के साथ हृदय की शान्ति के लिए और वंश की वृद्धि की प्रसन्नता में युधिष्ठिर ने अश्वमेध यज्ञ का आयोजन किया। आर्यावर्त में ऐसा भव्य यज्ञ अभी

तक किसी ने नहीं देखा था। सुचारु रूप से यज्ञ का आयोजन हुआ। राजा युधिष्ठिर ने खुले हाथों से दान धर्म किया। अनेक ब्राह्मणों व ऋषियों ने यज्ञ में भाग लिया।

यज्ञ पूर्ण होने के बाद सभी ऋषि यजमान युधिष्ठिर की यजमानी और स्वागत से तृप्त यज्ञ स्थल से विदा की तैयारी करने लगे। उसी समय उन्होंने एक नेवले को यज्ञ–वेदी में पलटियाँ मारते देखा।

नेवले को बार–बार ऐसा करते देख एक ऋषि ने नेवले से इसका कारण पूछा–ऋषिवर आप देख रहे हैं न कि मेरा आधा शरीर सुनहरा है। मैं अपने शेष आधे शरीर को स्वर्णमय करने का प्रयत्न कर रहा हूँ। परन्तु यह हो नहीं पा रहा है। नेवले ने निराश स्वर में कहा।

परन्तु नेवले यह तो बताओ कि तुम्हारा शरीर स्वर्णमय कैसे हुआ?

आज से कुछ समय पहले एक ग़रीब परिवार ने स्वयं भूखे रहकर अपने द्वार पर आये भूखे अतिथि को भोजन कराया। उस खाली पत्तल के स्पर्श से मेरा यह शरीर सुवर्ण जैसा हो गया। मैं अपने शेष शरीर को सुनहरा बनाने के लिए इस यज्ञ में आया हूँ। मुझे लगा कि राजा युधिष्ठिर के इस महायज्ञ में मेरा शेष शरीर अवश्य ही सुनहरा हो जायेगा। परन्तु इस अश्वमेध यज्ञ में मुझे निराशा ही प्राप्त हुई है। नेवला वहाँ से चला गया।

युधिष्ठिर ने जितना हो सकता था उतना दान–धर्म किया परन्तु अपनी सत्ता के लिए किया गया यह यज्ञ एक नेवले के शरीर को स्वर्णिम आभा नहीं दे सका। दिशाओ युधिष्ठिर का वह यज्ञ भूखों को भोजन करायी गयी पत्तलों से भी हीन साबित हुआ। मुझे जब इस घटना का पता चला तो मेरे ह्रदय में अपार प्रसन्नता हुई।

16

सुनो दिशाओ छत्तीस वर्ष व्यतीत हुए महाभारत के युद्ध को हुए और फिर यादव वंश का विनाश हो गया। कृष्ण ने देह त्याग दी और पाण्डव स्वर्ग

की ओर प्रस्थान कर चले। हिमाच्छादित हिमालय में मैं खड़ा देख रहा था कि युधिष्ठिर के सिवा सभी पाण्डव हिमालय की राह में ही भूमिगत हो गये। अकेले युधिष्ठिर ही सदेह स्वर्ग में प्रवेश कर सके। एकाएक मुझे भान हुआ कि युद्ध में भाग लेने वालों में से अब कोई भी शेष नहीं है। केवल मैं ही शेष हूँ केवल मैं इस सड़ी–गली देह के साथ। साथ ही शेष हैं अनेक प्रश्न?

एक युग समाप्त हो गया। धर्म के नाम पर लड़े गये इस युद्ध में न जाने किसकी विजय हुई और किसकी पराजय? जो कुछ भी घटा क्या सभी कुछ धर्मानुसार था? हे दसों दिशाओ, हे दिक्पालो मैं तुमसे पूछता हूँ क्या वह धर्मयुद्ध था? आज तक मुझे समझ नहीं आया कि इस धर्मयुद्ध में सबसे अधिक अधर्म किस ओर हुआ? धर्म की बात करने वाले पाण्डवों ने अनेक अवसरों पर कपट नीतियाँ अपनायी। क्या वह धर्म था? किसलिए रचा गया यह युद्ध? न्याय के लिए, सत्ता के लिए? अनेक बार हृदय में यह प्रश्न उठता है। क्या दुर्योधन धर्म को नहीं जानता था? अवश्य जानता था। परन्तु उसके अहंकार, उसके लालच ने यह महाविनाश किया। युग के सन्धि काल में हस्तिनापुर की द्यूतसभा में एक नारी, एक कुलवधू का चीरहरण हुआ और धर्म के ज्ञानियों से भरी सभा मौन रही? पिता की प्रसन्नता के लिए जीवन भर ब्रह्मचर्य की प्रतिज्ञा लेने वाले पितामह भीष्म तक को आपद्धर्म का ज्ञान क्यों नहीं हुआ? द्यूत में स्वयं को हार चुके पति ने अपनी पत्नी को दाँव पर लगाया? एक गुरु ने अपने प्रतिशोध को पूरा करने के लिए गुरु दक्षिणा का मार्ग अपनाया। पिताश्री...पिताश्री का प्रतिशोध ही था जिसने हिमखण्डों में दफन हो चुकी द्रौपदी को जन्म दिया था। साथ ही मुझे यह अवगति पूर्ण जीवन जीने का श्राप।

हे पंचभूतो हिमालय की इन ऊँची शृंखलाओं पर खड़ा मैं स्वयं की दुर्गति से काँप उठा। मृत्यु...मुझे मृत्यु नहीं आयेगी! सदियों तक मैं क्या यूँ ही भटकता रहूँगा? वेदना...रक्त...पीव...क्या सत्य में ये ही अब मेरे सदा के सहचर रहेंगे? हिमालय की उस ढलान पर खड़े हुए मुझे लगा कि मैं रिक्त हो गया हूँ। अभी तक पाण्डव मेरे शत्रु

थे तब भी मेरे साथ ही थे। इनके दुर्भाग्य में मैं अपना प्रतिशोध देख रहा था। द्वेष...द्वेषाग्नि मुझमें सुलग रही थी। एक बहेलिए के बाण से कृष्ण का देहत्याग हुआ, यह जानकर मैं प्रसन्न हुआ। यादव आपस में लड़ मरे, मैं बेहद प्रसन्न हुआ। शिशुओं और विधवाओं के सिवा अब कोई शेष नहीं! परन्तु अब क्या...? मेरा हृदय व्यथित हो उठा! मेरी नियति क्या...? हिमालय की इन ऊँचाइयों पर मैं असहाय, निरुद्देश्य शीतल पवन के थपेड़ों में सुलगता खड़ा रहा।

17

पश्चिम के आकाश से लाल–सुर्ख सूर्यदेव रक्त रंजित दया नदी को देख रहे थे। समस्त नदी मानव–रक्त से लाल हो गयी थी। सामने के तट पर ही युद्धक्षेत्र था। जहाँ राजा अशोक और गणतन्त्र कलिंग के बीच युद्ध हुआ था। लाखों सैनिकों का नरसंहार हुआ। मैं दया के तट पर खड़ा मानवीय क्रूरता को देख रहा था। सन्ध्या काल में वह समस्त क्षेत्र और भी अधिक भयावह लग रहा था। लाखों मानवदेह, हज़ारों हाथी, घोड़े, क्षत–विक्षत पड़े थे। कटे हुए अंग, कुचले हुए मस्तक, मस्तक रहित धड़...ओह...भयंकर दृश्य था। मेरे जैसा प्रेमहीन हृदय भी विचलित हो उठा....।

मानवीय लांछन को धो डालने के प्रयत्न में रक्त रंजित दया नदी तीव्र गति से समुद्र की ओर बह रही थी।

युद्ध क्षेत्र में अपने पति, पिता व पुत्रों को खोजती नारियों की हाहाकार! अब किसके सहारे जीवन निर्वाह करेंगी ये हतभागी नारियाँ। हृदय को द्रवित करने वाला रुदन ही सब ओर सुनायी पड़ रहा था। गिद्ध लाशों को नोचने के लिए तैयार थे। मैं वहाँ नदी तट पर वृक्ष के पास बैठ गया। महाभारत का युद्ध मुझे फिर स्मरण हो आया। मुझे महसूस हुआ कि जैसे कुरु वंशज ही अशोक का रूप धारण करके

पुनः पृथ्वी पर आये हों। मेरे हृदय के घावों से फिर रक्त टपकने लगा। मैं विचलित हो गया। मेरे कानों में युद्ध की रणभेरी गूँजने लगी! युद्ध...मानव क्यों नहीं युद्ध की निरर्थकता को समझता?

युद्ध क्या कभी शान्ति लाते हैं...? एक युद्ध दूसरे युद्ध का जन्मदाता होता है। तथागत के ये शब्द मेरे कानों में गूँजने लगे।

अचानक मेरे हृदय के एक कोने में एक प्रश्नवाचक स्वर उठा...सुनो अश्वत्थामा क्या अशोक स्वयं तुम्हारा ही प्रतिबिम्ब तो नहीं...? इस प्रश्न के साथ ही मेरा रोम–रोम जल उठा।

मेरा हृदय अशोक से चीख़–चीख़कर कहना चाहता था कि–देखो...देखो इस अश्वत्थामा को देखो! युद्ध, प्रतिशोध, बैर के इस रूप को देखो...मैं समस्त धरा पर भटकता हुआ अपनी मृत्यु को खोज रहा हूँ। इस पीड़ा से मुक्ति का मार्ग खोजता, भटकता मैं अश्वत्थामा...!

हे दिशाओ अभी कुछ सदियों पहले ही तो गौतम बुद्ध इस भूमि पर विचरण कर रहे थे। उनके शान्ति और करुणापूर्ण सन्देश समस्त वायु मण्डल में तैर रहे थे। बुद्ध, तथागत के प्रथम दर्शन मात्र से मैं अभिभूत हो उठा। यह जानकर मैं आश्चर्यचकित हो गया कि एक युवराज ने शान्ति की खोज के लिए, जन कल्याण के लिए, लोकजन की पीड़ा मुक्ति के लिए, अपनी पत्नी, अपने पुत्र, राज्य–सुख वैभव का त्याग कर दिया। असम्भव–सी बात। शाक्य कुल में जन्मा एक क्षत्रिय राजकुमार...शान्ति की खोज में, दुख के मूल को खोजता हुआ तपस्या करे, असम्भव...! शुद्धोधन के पुत्र युवराज सिद्धार्थ का पालन इस प्रकार हुआ कि दुख स्पर्श तक न कर सके। पुत्र के जन्म के समय महान गणितज्ञों ने गणना करके भविष्यवाणी की थी कि यह पुत्र महाज्ञानी संन्यासी होगा...पुत्र संसार–त्याग न कर सके इसलिए पिता ने सिद्धार्थ को संसार के किसी भी दुख–दर्द का स्पर्श तक न होने दिया। यशोधरा नाम की सुन्दर राजकुमारी के साथ सिद्धार्थ का विवाह किया गया। राजा शुद्धोधन और रानी महामाया के इस पुत्र सिद्धार्थ की अनेक बातें आर्यावर्त में सुनायी पड़ती थीं। कोई कहता था कि उसको सम्पूर्ण ज्ञान प्राप्त हुआ है। मनुष्य मात्र की पीड़ा दूर करने

को ही उन्होंने अपना धर्म स्वीकारा है। ब्राह्मण कहते हैं कि वह तो विष्णु का अवतार है। बुद्ध पीड़ा दूर करते हैं। यह ज्ञात होने पर मैं दर्शनाभिलाषी अपनी हज़ारों वर्षों की पीड़ा लिए जेतवन के उपवन में पहुँच गया। जहाँ वे प्रवचन कर रहे थे।

ओह!! कितनी अद्भुत–शान्त मुखमुद्रा और रोम–रोम से झरती शान्ति। घुँघराले काले केश, सप्रमाण देह, लम्बी अधमुँदी आँखें, गौरवर्णीय मुखारविन्द एक अनोखी आभा से सम्पूर्ण देह प्रकाशित हो रही थी। वृक्ष के नीचे बैठे शिष्यों से घिरे तथागत के दर्शन करते हुए मैं एक वृक्ष के समीप खड़ा रहा। शीतल पवन बह रही थी। तथागत के मुख पर न प्रसन्नता थी और न ही पीड़ा थी। थी तो केवल अनन्त शान्ति। उनके मुख पर एक मधुर लेकिन शान्त स्मित खेल रही थी। पल भर के लिए मैं उस मधुर व सम्मोहक स्मित को स्मरण करते हुए स्थिर हो गया। हज़ारों सदियाँ बीत गयीं। परन्तु वह मन्त्रमुग्ध कर देने वाली दृष्टि और बाँसुरी–सा मधुर स्वर मैं कभी नहीं भूल सकता। बुद्ध का ओंकार नादं स्मरण होते ही ओंकर का गुंजन मुझमें भर गया ओर मैं वर्तमान में लौट आया था।

तथागत ने अर्धोन्मीलित नयनों से ओंकार के साथ प्रवचन आरम्भ कर दिया। वह नाद ब्रह्म जैसा चक्राधार परन्तु मधुर स्वर कलकल बहते झरने जैसा था। वह आजानुबाहु महामानव मनुष्य जाति की पीड़ा दूर करने का महायज्ञ लिये बैठा था। दुख जीवन का सत्य है। दुख से मुक्ति का मार्ग तथागत समझाने लगे...। किसी भी प्रकार की वस्तु का मोह, तृष्णा मानव को दुख ही देता है। मनुष्य को अपने कर्मानुसार सुख–दुख मिलता है। इससे मुक्ति के लिए अष्टांग मार्ग समझाते हुए उन्होंने प्रवचन समाप्त किया। उन्होंने धीरे–से नेत्र खोले। ओह! दिशाओ मैं क्या वर्णन करूँ उनके नेत्रों के उस करुणा सागर का। उनके नेत्रों को देखते हुए कुछ क्षणों के लिए मेरी अपनी समस्त वेदना, समस्त पीड़ा विस्मृत हो गयी। दया, करुणा व प्राणी मात्र पर अनुकम्पा बस यही तो तथागत का रूप व सन्देश है। बालपन में ही अपने चचेरे भाई देवदत्त के बाण से घायल पक्षी की चिकित्सा करने

वाले, उस घायल पक्षी के लिए न्याय माँगने वाली आँखों में कैसा करुणा का सागर छलक रहा था...! गौतम बुद्ध की अनेक प्रचलित कथाएँ उड़ती–उड़ती मेरे कानों में पहुँचीं। केवल सामान्य जन ही नहीं बल्कि साधु–संन्यासी भी इस महामानव की चर्चा करते।

एक बार तथागत अपने शिष्यों के साथ यात्रा कर रहे थे। उन्हें प्यास लगी। गाँव के बाहर कुएँ से एक कन्या को जल खींचते हुए देखा और कहा–माता कृपया थोड़ा जल पिलाओ...

एक शान्त एवं मधुर स्वर कन्या के कानों में पहुँचा। कन्या ने मुड़कर देखा। पीला वस्त्र धारण किये एक श्रमण खड़ा था। तुरन्त घबराकर पीछे हटते हुए कन्या ने कहा–नहीं...नहीं...प्रभु यह सम्भव नहीं।

इतना सुनते ही गौतम बुद्ध ने करुणा भरी दृष्टि से कन्या को देखते हुए पूछा–क्यों माते?

प्रभु मैं एक चाण्डाल...आपको जल अर्पित नहीं कर सकती। आप मेरे हाथों से जल ग्रहण करेंगे तो अपवित्र हो जायेंगे।

गौतम ने स्मित मुख–मुद्रा में उसकी ओर देखा और बोले–माते मैं भी आप जैसा ही एक मानव हूँ। मानव–मानव के बीच कोई भेद नहीं होता। जल पिलाओ माते।

गौतम द्वारा चण्डालिका के हाथों ग्रहण किये गये उस जल में उस कन्या का प्रेम पगा एक आँसू भी अवश्य ही मिश्रित होगा। जब मैंने यह प्रसंग सुना तो क्षण भर के लिए मेरे सामने राजा निषाद का पुत्र एकलव्य का चित्र जीवन्त हो आया। मुझे उस श्यामवर्णी किशोर का रक्त टपकता अँगूठा स्मरण हो आया। पिताश्री द्वारा उसकी वह अवहेलना। सूत पुत्र कर्ण की आँखों से छलके आँसू याद आ गये। कर्ण की ज्ञानार्जन की उत्कट इच्छा और पिताश्री का वह ठुकराना। आर्य प्रजा में स्थापित यह वर्ण भेद का संस्कार। दिशाओ हज़ारों सदियाँ बीत गयीं लेकिन द्रुपद पुत्री पांचाली याज्ञसेनी पाँच–पाँच पाण्डवों की पत्नी, जगत की अनुपम सुन्दरी, मैं तुम्हें भूला नहीं हूँ। मेरे सभी दुख–दर्द और इस अवस्था का मूल कारण वही है। मेरा हृदय चीत्कार कर उठा। सुन रही हो पांचाली, मैं तुम्हें आज तक

विस्मृत नहीं कर सका हूँ। मेरे रोम–रोम से पीड़ा की लहर उठी। स्वयं मेरा हृदय ही पांचाली से संवाद करने लगा। सुनो पांचाली मैं यहाँ पर भी एक अनुपम सुन्दरी की चर्चा सुन रहा हूँ। आम्रपाली... ऐसा कहा जाता है कि इतनी अनुपम सुन्दरी ने अभी तक पृथ्वी पर जन्म नहीं लिया। उसके विषय में अनेक कथाएँ प्रचलित हैं। आम के वृक्ष के नीचे से मिली यह आम्रपाली आज लिच्छवी राज की नगरवधू थी। नगरवधू अर्थात् क्या? यह तो जानती हो न द्रौपदी...! अनुपम सुन्दरता का यह कैसा भीषण दण्ड...तुमने तो पाँच पुरुषों को...परन्तु यहाँ तो...वैशाली की नगरवधू बना दी गयी। कैसे पल–पल मरती होगी आम्रपाली...पुरुषों की अबाधित सत्ता और विलासिता का कैसा विद्रूप रूप...संस्कारी ज्ञानी...अनेक विधाओं में पारंगत आर्यावर्त संस्कृति की यह कैसी मनोदशा...परन्तु द्रौपदी फिर वही आम्रपाली तथागत की अनुयायी हो गयी थी। सुना तुमने द्रौपदी, यह आम्रपाली तथागत का अनुसरण करने लगी।

18

बुद्ध के दर्शन करते हुए, उपवन में खड़े–खड़े मैं विचारों में खोया था। अचानक मैंने देखा कि एक स्त्री आकर गौतम बुद्ध के चरणों में गिर पड़ी।

मेरी अज्ञानता के लिए मुझे क्षमा करो। मुझे गाँव में कोई भी ऐसा घर नहीं मिला जहाँ किसी की मृत्यु न हुई हो। मैं राई का दाना नहीं प्राप्त कर सकी। कहते हुए वह स्त्री रोने लगी।

शान्ति माते...शान्ति...अपने पुत्र की मृत्यु का तुम शोक न करो। जीवन और मृत्यु यही सृष्टि का क्रम है। जो जन्मता है उसकी मृत्यु भी निश्चित है। करुणापूर्ण नेत्रों से उस स्त्री को देखते हुए तथागत ने प्राणियों की पीड़ा व पीड़ा का मूल कारण समझाया। और कहा–मनुष्य अपने कर्मानुसार सुख और दुख प्राप्त करता है।

बुद्ध द्वारा शान्त व मधुर स्वर में प्रस्तुत ये वचन सुनकर मैं जड़–मूल से काँप उठा। मेरी देह का एक–एक भाग पीड़ा से काँप उठा। शरीर के घावों से रक्त बहने लगा। मेरे द्वारा किये गये कर्म...यह महामानव क्या कह रहा है? मानव कर्मानुसार दुख प्राप्त करता है...पाण्डवों के पाँचों पुत्रों के मस्तक मुझे दिखने लगे और ब्रह्मास्त्र...उत्तरा के गर्भ की ओर बढ़ता हुआ वह अस्त्र...घड़ी भर के लिए मैं यह भूल गया कि मैं कहाँ खड़ा हूँ। युद्ध की उस भयंकर हाहाकार ने मुझे घेर लिया। अपने भीतर चल रहे उस हाहाकार के चक्रव्यूह में फँसा मैं तथागत के समीप जाने का साहस ही नहीं कर सका। मेरे पैर जड़वत् हो गये। रक्त टपकते मेरे रोम–रोम ने प्रश्न किया...क्या तूने नीच कर्म किये थे अश्वत्थामा? नीच कर्म...मैंने पाप कर्म किये...क्या वे सभी कर्म करने के लिए मुझे पाण्डवों ने विवश नहीं किया था? क्या पाण्डवों ने कोई कपट नहीं किया...? मेरा हृदय प्रतिप्रश्न करने लगा...प्रश्न और फिर प्रतिप्रश्न। मेरे हृदय में युद्ध चलने लगा परन्तु मैं...मैंने कोई भी अपराध किया है यह स्वीकारने के लिए मेरा हृदय तैयार नहीं था।

मेरी सारी रात इसी ऊहापोह में बीती। सुबह सवेरे लोगों से छुपता–छुपाता मैं वहाँ से चल दिया। तथागत के उन करुणा भरे नेत्रों ने मेरा बहुत दिनों तक पीछा किया।

दिशाओ पहली बार मेरे हृदय का एक कोना बोल उठा था कि अश्वत्थामा, तूने प्रतिशोध की अग्नि में नीच कर्म किया है। उस रात्रि दया नदी के तट पर बैठे–बैठे मैं अनेक प्रश्नों के साथ–साथ तथागत की करुणापूर्ण आँखें याद करने लगा।

सभी जीव हैं। प्रत्येक पर दया...मानव जाति का दुख दूर करने का उनका प्रयत्न कैसा अद्भुत था। रानी यशोधरा और अपने नवजात पुत्र को अर्द्धरात्रि में छोड़कर जाने वाले पति को भिक्षा देने वाली वह पत्नी और अपने किशोर पुत्र को श्रमण बनने की अनुमति देने वाली यह माता...कितनी अद्भुत नारी। तथागत बनने की इस समस्त प्रक्रिया में यशोधरा ने भी गौतम के साथ–साथ तप किया...मेरा हृदय बार–बार यही कहने लगा।

इस भीषण रात्रि में दया नदी के तट पर मेरे ह्रदय में एक प्रश्न आया। मेरे जीवन में कोई नारी क्यों नहीं आयी...माता कृपी और पिताश्री द्रोण ने मेरे लिए कोई कन्या क्यों नहीं खोजी...मेरा विवाह क्यों नहीं हुआ? इस भारद्वाज पुत्र अश्वत्थामा के जीवन में कोई नारी होती तो शायद...ओ अश्वत्थामा...क्या सदियों से भटकते–भटकते तू भ्रमित हो गया है...मेरा ह्रदय अपना ही उपहास करने लगा। क्षण भर के लिए मैं चकित हो गया। मेरा ह्रदय स्वयं पर ही अट्टहास करने लगा। मेरे समस्त तन–मन को रोमांचित करती हुई एक क्षणिक झुरझरी उठी। एक स्त्री का प्रेम...एक कोमल हाथ का स्पर्श...मेरा ह्रदय रोमांचित हो उठा...मैं एक स्वप्नलोक में सैर करने लगा। पर्णकुटी के द्वार पर एक कोमलांगी कन्या मेरी प्रतीक्षा में खड़ी है। मेरे लिए एक कुश आसन बिछाती वह कन्या...मेरे सामने विविध व्यंजनों से सजी थाली परोस कर पंखा झलती बैठी है...विश्वास करना दिशाओ इस स्वप्न लोक में प्रवाहित मैं कुछ पलों के लिए अपने समस्त दुख–दर्द भूल गया।

अचानक कहीं से एक उल्लूक बोल उठा। उसी के साथ एक वृक्ष से एक चील आवाज़ करती हुई उड़ी। उसने मेरा रोम–रोम कँपा दिया। अन्धकार में कलकल बहती दया नदी के तट पर मैं अकेला ख़ामोश बैठा था। मैं प्रतिशोध का प्रतीक! मेरे साथ आज भी एक प्रश्न था, संसार के समस्त वैभव हैं सम्राट अशोक के पास। उनका राज्य उत्तर में गान्धार तक और दक्षिण में लंका तक विस्तारित है। अशोक कौटिल्य के अर्थशास्त्र के ज्ञाता चन्द्रगुप्त मौर्य का पौत्र। राज्य के विस्तार की यह कैसी लालसा है। छोटे–छोटे गणराज्यों को समाप्त कर देने का यह उन्माद। महाभारत के युद्ध के बाद अनेक युद्ध हुए हैं। अनेक राजा आये और गये। हिन्दुकुश, गान्धार के मार्ग से यवनों ने अनेक आक्रमण किये। परन्तु इन सभी आक्रमणों को निष्फल करने के लिए आर्य प्रजा संयुक्त नहीं हो सकी। समय का कैसा भँवर, विधि का कैसा विधान। हूणों की सेना बर्बरतापूर्ण ढंग से देश का विध्वंस करके लूट कर चली गयी। देवी सरस्वती की नगरी तक्षशिला खँडहर

हो गयी। मगध के सम्राट चन्द्रगुप्त ने सिकन्दर को पराजित करने का भरसक प्रयत्न किया। कौटिल्य हाँ उसी महान ब्राह्मण ने ही हमें राजकिय अर्थशास्त्र दिया।

क्षत्रिय सत्ता के मद में डूबे हुए थे। वे अधिक विलासी और क्रूर हो गये थे। ब्राह्मणों की धनलालसा ने कर्मकाण्ड को अधिक बढ़ावा देना आरम्भ कर दिया था। धनिक वैष्णव और अधिक धनवान होते गये। बुद्ध के समयकाल में ही एक अन्य क्षत्रिय धर्म प्रवर्तक हुए। महावीर स्वामी जिन्होंने अहिंसा का मन्त्र दिया। महावीर स्वामी लिच्छवी थे। प्रकृति के सूक्ष्म अति सूक्ष्म जीवों की भी हत्या नहीं करने तथा सभी प्राणियों की रक्षा का ज्ञान देने वाले महावीर स्वामी। युद्ध की निरर्थकता को समझाने का प्रयत्न करते महावीर। मानव के अपने कर्म ही स्वयं के लिए बन्धन हैं। इन बन्धनों से मुक्त होने के लिए देह की समस्त इन्द्रियों को वश में करके संयमित होना ही एक मात्र मार्ग है। केवल ज्ञान द्वारा ही कोई भी मनुष्य तीर्थंकर हो सकता है। कहाँ महावीर स्वामी का वह अहिंसा का सन्देश और कहाँ–यहाँ दया नदी के तट पर यह क्रूरता, यह हिंसा। द्वेष से द्वेष का शमन नहीं होता। बुद्ध के श्रमणों द्वारा दी गयी यह शिक्षा और यह दारुण युद्ध।

पौ फटने लगी थी। दया नदी के तट पर बैठा मैं युद्ध क्षेत्र को देख रहा था। दिशाओ मैंने देखा कि एक अश्व सवार श्मशान हो गयी युद्ध भूमि में घूम रहा था। यह क्या खोज रहा होगा? अवश्य किसी स्वजन को खोज रहा होगा। सम्राट अशोक की यह विस्तृत राज्य की लालसा ने कैसा विनाश किया। राजा बिन्दुसार और मगध राज्य की एक सामान्य स्त्री का पुत्र अशोक एकदम घातक और क्रूर था। यह बात जगत विदित थी।

अपने भाइयों–बान्धवों की हत्या कर सिंहासन पर बैठने वाले अशोक से कोई भी आशा भला कैसे रखी जा सकती थी!

उसे शान्ति–अहिंसा का पाठ समझ नहीं आया। दो वर्ष तक जिसकी शरण में रहा अपने उसी शरणदाता गणतन्त्र कलिंग की उसने क्या स्थिति कर दी। मेरे मन में आया कि कितना घातक है

यह अशोक! कभी इसी दया नदी के तट पर मछुआरिन कौरवाकी के साथ प्रेम क्रीड़ा की होगी। प्रेम क्रीड़ा...दिशाओ प्रेम क्रीड़ा...! प्रेम क्रीड़ा के विचार मात्र से मेरे हृदय में फिर एक मखमली सिहरन उठी।

अश्वत्थामा तुझे किसी ने प्रेम क्यों नहीं किया? अपने ही इस प्रश्न के साथ मैं उछल गया। मानो यह किसी ने मेरे कान में कहा हो और मैं उस स्वर को अपने चारों ओर खोजने लगा। आज मेरे हृदय में यह कैसा भाव जागा है? मेरे हृदय में किसी नारी के लिए कोई भाव क्यों नहीं जागा...? कैसी होती अश्वत्थामा तेरी प्रियतमा...अवश्य कोई परम सुन्दरी...है न...! इसी प्रश्न के साथ मेरे समक्ष द्रौपदी जीवन्त हो गयी श्यामवर्णी नीलकमल नेत्रों वाली गर्वीली नारी। नहीं...नहीं...मुझे तो सुकोमल प्रेमपूर्ण नेत्रों वाली नारी प्रिय है। मेरे हृदय अनुरूप नारी एक सखी...समय व स्थान का भान खोकर मेरा हृदय स्वप्नलोक की मखमली धरती पर डग भरने लगा।

अश्व की हिनहिनाहट के कारण मेरा ध्यान सामने नदी के तट पर गया। एक अश्वारोही नदी तट पर आया। वह रक्त से लाल हुए नदी के पानी को ताकता रहा। अपने हाथ में थामी हुई तलवार उसने धरती पर फेंक दी और अपने दोनों हाथों से अपना चेहरा ढँक लिया। थका–हारा–सा वह नदी तट पर बैठ गया। उसे देखकर मेरे मुख से निकला कि ओह! यह तो राजा अशोक है! बहुत देर तक वह यथास्थिति बैठा रहा। धीरे–धीरे आकाश में उषा की लाली प्रकट होने लगी। दिशाओ मैंने देखा कि फिर बैठे हुए उस पुरुष ने अपने पास पड़ी वह तलवार नदी में फेंक दी।

19

बराबस...बराबस...समस्त भीड़ एक ही नाम चिल्ला रही थी। दिशाओ यीशु को क्षमा कर देने की माँग करते कुछ बहुत थोड़े से स्वर उसी

शोर में दब गये। जेरूसलम के एक भव्य भवन के प्रथम तल पर खड़े रोमन राज्यपाल पाईलेट ने अपने हाथ ऊपर उठाये। जनसमूह शान्त हो गया।

हे यहूदियो! मैं फिर कहता हूँ–वह ऊँचा, गोरा, नीली आँखों वाला राज्यपाल, थोड़ी देर यहूदी धर्मगुरुओं के समूह की ओर टेढ़ी दृष्टि से देखते हुए आगे बोला–नज़रत के इस यहूदी ने कोई अपराध नहीं किया...

भीड़ में से ऐसी कई आवाज़ें आयीं कि यह देशद्रोही है...यह स्वयं को यहूदियों का राजा कहता है...इसको सूली पर चढ़ा दो...

उन्मादी भीड़ को सुनते हुए धर्मगुरुओं के मुख पर कपट स्मित फैल गयी। रोमन राज्यपाल पाईलेट अपने समीप खड़े एक दुबले–पतले मरियल युवक को देख रहा था। शान्त मुख–मुद्रा में आँखें नीची किये खड़े इस युवक ने कोई देशद्रोह किया है यह बात पाईलेट का हृदय स्वीकार करने को तैयार नहीं था। पागलों जैसी विकृत हँसी हँसते, रोम को धिक्कारते...विद्रोही, जुनूनी बराबस की ओर देखते हुए उसने फिर एक बार शान्त व गम्भीर स्वर में कहा–

यहूदियो हमारे इस त्योहार पर एक क़ैदी को मुक्त करने की परम्परा है। मैं सभी से फिर पूछता हूँ कि किसे मुक्त किया जाये।

बराबस...बराबस...के नाम से उस भवन की सभी दीवारें गूँज उठीं। रोम को धिक्कारता बराबस झूमता हुआ भीड़ में शामिल हो गया। कुछ देर तक राज्यपाल उस मानव–उन्माद को देखता रहा...यीशु को दण्डित करने का कलंक उसके अपने ऊपर न आये इसलिए उसने बड़े धर्मगुरु की ओर देखते हुए कहा–यीशु गैलिली का निवासी है। अतः उसके न्याय के लिए उसे राजा हेरोड एंटीपस के समक्ष ले जाया जाये।

हे दिशाओ! काला कम्बल ओढ़े हुए भीड़ में इधर से उधर धक्के खाता मैं अश्वत्थामा यीशु को अनिमेष नेत्रों से देख रहा था। यह! यह! यीशु दीन दुखियों का तारणहार...यह चमत्कार करता है...अन्धे को आँख देता है...मछुआरों के जाल में मछलियाँ भर देता

है...जिसका स्पर्श मात्र कोढ़ियों को स्वस्थ कर देता है...ओह! क्या यही वह यीशु है...! जिसके एक स्पर्श की आशा लिए मैं आर्यावर्त से यहाँ तक घिसटता हुआ आया हूँ क्या यह वही यीशू...? मैं रक्त टपकती, गली हुई इस दुर्गन्धपूर्ण देह से मुक्ति की आशा लिये यहाँ जेरूसलम आया और यहाँ यीशु की यह अवस्था...यहाँ की जनता ही यीशु को सूली पर लटकाना चाहती है। उसी यीशु को मैं अनिमेष निहारता रह गया। मुझे ऐसा प्रतीत हो रहा था कि इस दुबली–पतली मरियल–सी देह में हज़ारों–लाखों सूली एक साथ उठा लेने की सामर्थ्य है। असीम शान्ति और करुणा का भाव उसके मुख पर था। यीशु को घसीटकर राजा हेरोड के पास ले जाते रोमन सैनिकों के पीछे–पीछे जनता चल पड़ी। मेरी जिज्ञासा मुझे उस भीड़ के पीछे–पीछे ले चली।

जेरूसलम में यहूदियों के राजा हेरोड का पत्थरों से बना भव्य महल मैं देखता रह गया। लोगों की पुकार पर राजा हेरोड बाहर आया।

ज़री का क़ीमती पोशाक और हीरे–मोती जड़ित मुकुट पहने हुए राजा हेरोड की आँखों में एक विचित्र उपहास था–यह वही यहूदी है न जो चमत्कार करता है? भारी आवाज़ में उसने अपने दास से पूछा। वहीं उसके साथ एक स्त्री भी आकर खड़ी हो गयी। उसके अंग–प्रत्यंग से मादकता छलक रही थी। उसकी सम्मोहक आँखें यीशु को देख रही थीं। उसके मुख पर विलासी मुस्कान फैली हुई थी। जनसमूह में फुसफुसाहट–सी हुई। हेरोडियस...हेरोडियस...हेरोड की रानी। यीशू के सम्मुख रानी ने हँसते हुए हेरोड से कहा–चमत्कार...इसे अब स्वयं के लिए चमत्कार करने को कहो...हाऽऽऽ हाऽऽऽ हाऽऽऽ हाऽऽऽ हाऽऽऽ चमत्कार...हमारे लिए भी कोई चमत्कार कर।

यीशु आँखें नीची किये चुपचाप खड़े थे। कुछ क्षणों में पूरा जनसमूह शान्त हो गया। यीशु अब भी ख़ामोश रहें। यीशु की ओर देखते हुए हेरोड ने फिर कहा–चमत्कार कर...। लेकिन लम्बा लटकता पैबन्द लगा कुर्ता पहने वह दुबली–पतली देह स्थिर खड़ी रही।

यह चिथड़ेहाल यहूदी स्वयं को मसीहा कहता है।–हेरोड ने बड़े

धर्मगुरु की ओर देखते हुए पूछा। मसीहा कहते हुए हेरोड उपहास भरी हँसी हँसने लगा।

मसीहा यह नज़रत का यहूदी और मसीहा...हा–हा–हा–हा–हा ...जाओ...जाओ ले जाओ वापस इसे। रोमन राज्यपाल पाईलेट के पास इसे वापस ले जाओ। पाईलेट से कहो इस यहूदी के साथ जैसा करना चाहे वैसा करे।

कहते हुए वह रानी का हाथ पकड़कर वापस महल में चला गया। रोमन राज्यपाल ने यीशु पर ख़ूब कोड़े बरसाने का दण्ड दिया।

एक विशाल आँगन में एक स्तम्भ से बाँधे गये नग्न यीशु के शरीर पर ज़ोर–ज़ोर से कोड़े पड़ने लगे। रोमन सैनिक पागलों की तरह यीशु की नग्न देह पर कोड़े बरसाने लगे। एक–एक कोड़े की मार के साथ यीशु की देह से रक्त की धार फूट पड़ती। दिशाओ यीशु की देह पर पड़ते प्रत्येक कोड़े के साथ मेरी देह थरथरा उठती।

प्रत्येक कोड़ा जैसे मेरी देह पर पड़ रहा हो बिल्कुल ऐसे ही मेरी देह के रोम–रोम में पीड़ा उठने लगी। इसी पीड़ा के साथ मेरी देह के फोड़ों से बहता रक्त और अधिक तीव्र गति से बहने लगा। दिशाओ सुनो मेरा हृदय चाहता था कि मैं यहाँ से भागकर कहीं जाकर छिप जाऊँ। बहुत प्रयत्न के बाद भी मैं हिल तक नहीं सका। मुझे प्रतीत हुआ, जैसे मैं ही स्तम्भ से बाँध दिया गया होऊँ। यीशु की एक–एक वेदनापूर्ण चीत्कार पर रोमन सैनिक अधिक शक्ति से कोड़े बरसाते।

यीशु पर पड़ते कोड़ों से भीड़ में अनेक लोग ख़ुशी से चीख़ने लगते। परन्तु इन हुंकारों, ख़ुशियों की चीख़ों और समर्थन भरे स्वरों के बीच ही भीड़ से कुछ दूर काले चोगों और मुख पर काली ओढ़नी ओढ़े तीन–चार स्त्रियाँ अश्रु बहाते हुए विलाप कर रही थीं। कोमल निर्दोष मुख वाली वह वृद्ध स्त्री प्रत्येक कोड़े की मार पर काँप उठती। ओह! उस वृद्ध की कोमल मुख मुद्राएँ...अश्रु भरी उन निर्दोष आँखों में मानो समस्त विश्व के लिए ममता समाई हुई हो। यीशु की देह का कोई भी ऐसा भाग शेष नहीं था जिस पर कोड़ों की मार नहीं पड़ी हो। यीशु के अचेत हो जाने के बाद रोमन अधिकारियों ने उन पर

कोड़े मारने बन्द कर दिये। यहूदियों का राजा...यहूदियों का राजा... कह–कहकर लोग यीशु का उपहास करने लगे। एक सैनिक ने यीशु के मुँह पर थूकते हुए काँटों भरी टहनी का ताज यीशु के मस्तक पर फँसा दिया। यीशु के माथे पर फँसे काँटों से रक्त टपकने लगा। मेरे भी कपाल पर मणि के घाव से रक्त बह चला।

यीशु के दीन–दुखी अनुयायियों का अनुसरण करते हुए मुझे यीशु से सम्बन्धित अनेक चर्चाएँ सुनायी पड़ीं। यीशु के बारह विशेष अनुयायियों में से एक का नाम जूड था। मात्र तीस चाँदी के सिक्कों के लालच में जूड ने यीशु की पहचान सार्वजनिक कर दी थी। यहूदी धर्म गुरुओं ने यीशु को प्रेम करने वाले दीन–दुखियों की सच्ची हार्दिक प्रार्थनाओं को अस्वीकार कर दिया। अन्त में उन्होंने यीशु को वध स्तम्भ पर चढ़ा कर ही साँस ली। स्वयं के ही वध के लिए स्वयं स्तम्भ उठाये टीले पर चढ़ती वह दुर्बल देह और उस पर बरसते कोड़े...। यीशु पर थूकते रोमन सैनिक, उन्माद से चीख़ता जन समूह और प्रसन्नता से चमकती धर्मगुरुओं की आँखें...कोड़ों की मार से लहूलुहान हुई वह पतली–दुबली देह सूली पर लटका दी गयी। देखो सखी देखो, समस्त जगत के पाप अपने मस्तक पर लिए हुए यीशु सूली पर लटक गये। मेरा ह्रदय विचलित होकर सखी को पुकारने लगा। दिशाओ मैं वध स्तम्भ पर लटके यीशु के पाँवों को सहलाती उस वृद्ध स्त्री की वेदना भरी आँखों को देख रहा था। यीशु की हथेलियों में जब कीलें ठोंकी जा रही थीं, उस समय उस स्त्री का स्वयं का शरीर कीलें ठोंकने की वेदना से भर गया। यीशु भी कुछ पल तक उस वृद्धा की ओर देखते रहे।

माँ ये नादान हैं। ये नहीं जानते ये क्या कर रहे हैं? इन्हें क्षमा करना माँ। आकाश की ओर देखते हुए यीशु ने वेदना से कसकते हुए फिर प्रार्थना की–प्रभु इनको क्षमा करना।

यीशु के पाँवों पर माथा टेक कर खड़ी हुई यीशु की माता फफक–फफक कर रो पड़ी। वह कुछ नहीं बोल सकी। मुझे उसका रुदन माता गान्धारी के रुदन जैसा लगा। पूरी रात कुरुक्षेत्र में

अपने पुत्रों के शवों के साथ बैठी माता गान्धारी की वेदना कितनी असहनीय होगी। मुझे पहली बार यह विचार आया कि अच्छा था कि माता गान्धारी की आँखों पर पट्टी थी। अपने सौ पुत्रों को तड़पता हुआ व उनकी छिन्न–भिन्न हुई देह वो नहीं देख पायी। द्रौपदी का अपने पाँच पुत्रों के कटे मस्तक देखकर जो रुदन था अचानक मुझे सुनायी पड़ने लगा। रक्त रिसती अपनी हथेलियों से मैं अपने कान बन्द करने लगा। काँपते शरीर और दुनिया से बेख़बर मैं न जाने कब तक एकटक यीशु को देखता हुआ बैठा रहा।

यीशु का मस्तक धीरे–धीरे चेतना खोने लगा। आकाश एकदम काला हो गया। मानो धरती से प्रकाश लुप्त हो गया हो। मन्द–मन्द बहती पवन ने बवण्डर का रूप ले लिया। मैं मूढ़–सा टीले पर बैठा रहा। क्या करूँ कुछ समझ नहीं आया? मेरा हृदय एक चीख़ के लिए विवश हो छटपटाता रहा। मैं उस रोती–तड़पती माँ को हृदय से लगा लेना चाहता था।

परन्तु मैं असहाय कुछ न कर सका। हे दिशाओ! मुझे यीशु की माता से कहना था, देखो माँ...मुझे देखो...मैं अश्वत्थामा। मुझे आज समझ आया है कि एक माँ की पुत्र खोने की वेदना कितनी असह्य होती है। एक माँ की वेदना...क्षमा करो माँ।

दिशाएँ देख रही थीं कि विचलित अश्वत्थामा असहाय हो मौन हो गया। उसकी आँखों से अविरल अश्रुधारा बह चली थी। उसके मुख पर असह्य वेदना तैर रही थी।

20

सुन रही हो न दिशाओं, दिग्पालों आज मुझे याद नहीं कि जेरूसलम के उस टीले पर उस सूली को देखते हुए, अबूझ एक कोमल प्रेम भावना से भीगा मैं कब तक बैठा रहा। बस हृदय में एक बात थी।

यह यीशु कौन है? जो शत्रु को भी स्वजन जैसा प्रेम करने के लिए कहता है। शत्रु को प्रेम...क्या शत्रुओं से प्रेम होता है? शत्रु पर तो वार होता है। यीशु कहता है कि कोई एक थप्पड़ मारे तो दूसरा गाल भी उसकी तरफ़ कर दो। यह कैसा अचरज है...तू क्या कहती है सखी? अचम्भित–सा मैं सखी से प्रश्न करने लगा। मेरे हृदय के द्वार पर खड़ी सखी कुछ नहीं बोली। यीशु को जानने व समझने के प्रयत्न में मैं बस जेरूसलम की गलियों में भटकता रहा।

यीशु के सूली पर चढ़ाये जाने के पश्चात अब एक अलग ही चर्चा सब तरफ़ थी। वह थी यीशु की क़ब्र में से उसके शव के ग़ायब होने की और यीशु की मैरी नामक सखी के समक्ष उनके पुनः प्रकट होने की। यीशु की भी एक सखी थी जो उनका अनुसरण करती थी। इस विचार मात्र से मैं प्रसन्न हो गया। मैंने प्रसन्नता से भर कर सखी को पुकारा। सुनो सखी यीशु की भी सखी थी। मैं अपने एक नवीन स्वप्न लोक में विहार करने लगा। मेरे इस कल्पना लोक में मुझे ऐसा सुखद एहसास हुआ जैसे सखी के सुकोमल हाथ मेरे घावों को सहला रहे हों। सखी की कल्पना मात्र से मेरा तन–मन मोर पंखी के से कोमल स्पर्श से भर उठा। मेरे सदियों से रिसते घावों पर मानो कोई जादुई लेप–सा हो गया हो। युगों पश्चात हृदय कुछ–समय के लिए अवसाद मुक्त–सा महसूस हुआ।

दिशाओ मैं काला कम्बल ओढ़े जेरूसलम की गलियों में भटकते हुए यीशु और यहूदियों के चर्चे सुनता रहा।

सुनो दिशाओ यह बात तुम भी सुनो–जिसने भी जीवन में कोई पाप न किया हो केवल उसे ही पत्थर मारने का अधिकार है। यीशु की आवाज़ हवा में गूँज उठी।

इसी स्वर के साथ पत्थर उठाये वे सारे हाथ हवा में ही रुके रह गये। भीड़ के बीच ज़मीन पर घुटने पेट में घुसाये डरी–सहमी बैठी स्त्री के माथे से रक्त बह रहा था। लाल रंग का झबला और कानों में लम्बे झुमके पहने वह स्त्री सुन्दर थी। भीड़ में फिर फुसफुसाहट होने लगी। कुलटा है यह स्त्री...वारांगना...

भीड़ में स्त्री के पास खड़े यीशु ने फिर कहा–जिसने कभी भी कोई भी पाप नहीं किया हो, केवल उसे ही पत्थर मारने का अधिकार है।

एक–दूसरे की तरफ़ देखते हुए पुरुषों की उस भीड़ के हाथों से पत्थर छूट गये। कुछ भी अन्यथा करने में असमर्थ वह भीड़ उस स्त्री को और यीशु को देखती रही।

एक कुलटा की रक्षा करता है। यह नज़रत का यीशु...यह जॉन बैप्टिस्ट का शिष्य है। इसका भी जॉन जैसा ही हाल होगा।

भीड़ में होती चर्चा को यीशु सुन रहे थे। उस स्त्री ने यीशु के पाँवों में अपना मस्तक रख दिया। उसके आँसुओं से यीशु के पग भीगने लगे। यीशु ने स्त्री को हाथों का सहारा देकर खड़ा किया और स्वयं धीरे–धीरे बाज़ार की चहल–पहल से दूर जाकर एक पत्थर पर बैठ गये। उनका हृदय पीड़ा से भर गया। यीशु की बन्द आँखों के समक्ष एक चिथड़ेहाल, स्वयं की स्थिति से अनभिज्ञ, अन्याय के विरुद्ध निडर होकर बोलते मानव का रूप मूर्त हो आया। जॉन दि बैप्टिस्ट यीशु का मार्गदर्शक, उनका बचपन का साथी। आँखें बन्द किये बैठे यीशु के मुख पर असीम वेदना फैल गयी।

सुनो दिशाओ राजा हेरोड एंटीपास ने ही तो जॉन का वध कराया था। जॉन की देह व उसका मस्तक राजा ने कहाँ दफ़न किया, यह आज तक किसी को ज्ञात नहीं। न्याय के लिए स्वर ऊँचा करने वाले उस जॉन को राजा–रानी के आदेश पर महल के बन्दीगृह में बन्दी बना दिया गया। औलिया जैसा था वह जॉन। स्वयं अपनी उसे कोई भी परवाह नहीं थी। लम्बे–बिखरे बाल, पशुओं की खाल के वस्त्र पहने जॉन, नदी पर खड़े होकर सबसे कहता था कि मोज़ेज़ की आचार संहिता के अनुसार आचरण करो। अपने–अपने पाप स्वीकार करो। मेरे अनुयायी बनो, प्रभु का पुत्र तुम्हारे उद्धार के लिए आने वाला है। जल हाथ में लेकर सब के ऊपर छिड़कता हुआ सबको शान्ति पहुँचाने का प्रयत्न करता। वो खुलकर राजा हेरोड को पापी कहता था। राजा ने पाप किया है। अपने जीवित भाई की पत्नी के साथ विवाह किया है। वह मोज़ेज़ की आचार संहिता को नहीं मानता। वह पापी है। जनता

में हेरोड एंटीपास को पापी कहने के कारण जॉन को रानी ने बन्दी बनाकर रखा हुआ था।

दिशाओ उस दिन राजा हेरोड के जन्मदिन का उत्सव...समस्त राजमहल उत्सव के रंग में डूबा हुआ था। दावतों का दौर चल रहा था। इस उत्सव के वातावरण में भी राजा हेरोड एंटीपास को कहीं दूर से सुनायी देता "हेरोड पापी...हेरोड पापी'' का स्वर भयभीत कर रहा था। राजा हेरोड शराब की प्याली पर प्याली खाली करने लगा। विलासी हेरोड अपनी सौतेली नवयौवना पुत्री सोलेम के पीछे पागल होकर पड़ा हुआ था। उसको देखते ही हेरोड की आँखों में साँप उतर आता। सोलेम के अंग–अंग से कामुकता छलकती। उत्सव में राजा की नशे से चूर आँखें सोलेम को ढूँढ़ने लगीं।

अचानक ज़ोरदार डफ की उच्च संगीत ध्वनि के बीच एक नृत्यांगना राजा को रिझाने के लिए नृत्य करने लगी। नागिन की तरह अपने अंगों को लोच देती, उस नर्तकी के पीछे–पीछे राजा भी झूमने लगा। नर्तकी का नृत्य और अधिक मादक होता गया। नृत्य करते–करते राजा की सौतेली पुत्री राजा के पास सरक आयी। राजा की नशे में डूबी आँखों में अपनी कामुक आँखों से उतरते हुए उसने इनाम में जॉन बैप्टिस्ट का मस्तक माँग लिया। समस्त सभा स्तब्ध हो गयी। क्षणभर के लिए हेरोड थोड़ा डर गया। उसको "पापी...पापी...'' स्वर ने फिर से घेर लिया। परन्तु नैनों के तीर चलाती सोलेम के जादू को वह तोड़ नहीं सका। इसलिए हेरोड ने थाल में सजाकर जॉन का मस्तक सोलेम को भेंट किया। जॉन की यादों में खोए यीशु की आँखों से अश्रुधारा बह चली। किसी कोमल स्पर्श द्वारा अश्रु पोंछने के एहसास से यीशु ने आँखें खोलीं तो देखा कि वही लाल झबला पहने स्त्री समक्ष बैठी थी। यीशु प्रेम से मुस्कुराये। यीशु खड़े होकर चलने लगे तो वह स्त्री भी यीशु का अनुकरण करने लगी।

हे दिशाओ कभी वृक्षों, दीवारों अथवा स्तम्भों की ओट से मैंने यीशु के बहुत से दीन–दुखी अनुयायियों के मुख से अनेक क़िस्से व चर्चे सुने। मेरे लिए तो यह एक अचरजपूर्ण दुनिया थी। यीशु के

जन्म का प्रसंग भी कम चमत्कारी नहीं था। मरियम की कुँवारी कोख से जन्मा यीशु, गैलिली निवासी जोसफ़ और मरियम की सन्तान।

बेथलेहम नगर के बाहर वातावरण आह्लादपूर्ण था। नगर से आने वाले गीत–संगीत के स्वर अभी भी हवा में तैर रहे थे। अचानक गायें रम्भाने लगीं। नवजात शिशु के रुदन स्वर को सुनते ही बछड़े अपनी माँ के थनों से थूथनी लगाकर दूध पीने लगे। आस–पास समस्त निद्रालीन ग्वाले एक नवजात का रुदन सुनकर गौशालाओं की ओर दौड़ चले। आकाश में एक अद्भुत तारा चमकने लगा था। शिशु को बाँहों में लेकर जोसफ़ गौशाला से बाहर आया। जोसफ़ समझ नहीं सका कि आकाश का वह तारा अधिक प्रकाशमान है अथवा उसकी बाँहों में लिया हुआ यह शिशु। उस अत्यन्त प्रकाशित तारे की दिशा में चलते–चलते तीन ज्ञानी पुरुष उस शिशु के दर्शन के लिए आ पहुँचे। यह शिशु मानव जाति का तारणहार होगा। इस प्रकार का आशीर्वाद देकर उन ज्ञानियों ने जोसफ़ और मरियम को यीशु की रक्षा के लिए बेथलेहम छोड़ देने की सलाह दी। महल में बैठे हुए राजा हेरोड द ग्रेट ने भी वही अतिप्रकाशित तारा देखा था। तीनों ज्ञानियों की भविष्यवाणी भी सुनी थी। इसीलिए उसने बेथलेहम में जन्मे सभी नवजात शिशुओं की हत्या करने का आदेश दे दिया।

21

दिशाओ जब मैंने यीशु के जन्म की बात सुनी तो मुझे कृष्ण के जन्म की कथा याद आ गयी। मैं कृष्ण के विचारों में ही घिर गया। कितना कुछ स्मृतियों से लुप्त हो गया। परन्तु मैं कृष्ण को नहीं भूल सका न ही द्रौपदी को भूल सका, न ही अभिमन्यु और न ही उत्तरा को और न ही द्रौपदी की सन्तानों के कटे हुए मस्तकों की उन अधखुली आँखों को भूला। मैंने सखी को पुकारा। सुन सखी एक प्रश्न मेरे हृदय को

सदा सताता है। द्रौपदी ने मुझे जीवित किसलिए छोड़ा...? मेरे उन कृत्यों की सज़ा मुझे क्यों नहीं दी...? आख़िर क्यों...? मुझ पर पंखा झलती सखी का हाथ थम गया। वो मुझे देखती रही। मेरे सामने विलाप करती द्रौपदी आ खड़ी हुई।

विलाप करती द्रौपदी के सामने लाकर अर्जुन ने जब मुझे धकेला, तब क्रोध से सुलगती आँखों से मुझे देखती द्रौपदी के मुख से निकला था–गुरु पुत्र!!! उसने कुछ पल मेरी ओर देखा। फिर वह मुँह मोड़ कर बोली थी–नहीं नहीं नहीं! इसे मत मारो पार्थ। मैं गुरु पत्नी को पुत्र विहीन नहीं करना चाहती। पुत्र विहीन होने का असह्य दुख किसी को नहीं भोगना पड़े। उसकी आवाज़ सिसकियों से भर गयी थी।

हे दसो दिशाओ, हे पंचमहाभूतो जेरूसलम में एक टीले पर बैठा मैं सखी से बातें करते हुए वेदना विह्वल हो गया था। मेरा अस्तित्व हिल उठा। सखी मुझे दण्ड नहीं देकर द्रौपदी ने माता कृपी को यातना दी है...यातना।

वेदना से व्याकुल होकर मैंने सखी से कहा–जब से मैंने यीशु की माता को कलपते हुए देखा है तब से माता कृपी की ख़ामोश क्रन्दन करती छवि पल–पल मुझे दृश्यमान होती है। जगत के कर्ता–धर्ता कहलाये जाने वाले कृष्ण के मुख से सड़ी–गली देह के साथ सृष्टि के अन्त तक भटकते रहने का यह श्राप। एक माता के लिए यह कितनी असह्य वेदना है...। मेरे इन रक्त टपकते घावों से अधिक पीड़ा तो माता कृपी के हृदय में होगी न सखी...। शापित पुत्र की माँ...। मैंने सखी का हाथ पकड़कर पूछा...मुझसे अधिक असह्य वेदना मेरी माता ने भोगी है। उत्तर दो न सखी...सखी आश्चर्य से मुझे देखती रही।

सखी की छलछलायी आँखों में मुझे बुद्ध की करुणा और यीशु का क्षमा भाव दिखाई पड़ने लगा। दुख इस जीवन का सत्य है। यह तुम्हारे कर्मों का फल है। अपने पापों को स्वीकारना और शत्रु पर दया–भाव...मेरे हृदय में अनेक बातें उभरने लगीं। मुझे ऐसा प्रतीत हुआ मानो मैं किसी विशाल भँवर में फँस गया हूँ। कर्म की बात दुख

और सुख, शत्रु पर दया, अपने पापों का स्वीकार...प्रभु पर विश्वास... मुझे कुछ यह भी समझ नहीं आता सखी। मैंने अपना मस्तक पकड़ लिया। मेरी हथेलियों के घावों से रक्त फूट कर बह चला।

सखी तुमने सुनी वह बात जो यीशु ने उस रोमन अधिकारी से कही थी...जाओ...अपने घर जाओ...बस तुम्हारा मेरे प्रति यह विश्वास ही तुम्हारे स्वजनों को मृत्यु के मुख से बचायेगा। प्रभु पर विश्वास मेरी समझ में कतई भी नहीं आ सके यह ऐसी बात...मैं सखी को देखता रहा।

थोड़ी देर बाद सखी ने कहा—क्या कृष्ण ने भी यही बात नहीं कही थी?

सखी का कोमल स्वर मेरे हृदय में घूमने लगा। मैं सखी के मुस्कुराते मुख को देखता रह गया। मैं कोई उत्तर नहीं दे सका। मेरा हृदय क्रोध से भर गया। कृष्ण का विश्वास...सखी के मुख पर प्रपंची कृष्ण का नाम...क्या सखी भी कृष्ण ही की बातें करने लगी। मेरी सखी और बातें कृष्ण की...। सखी तुम भी...विचारों के भँवर में फँसा मेरा हृदय चीत्कार कर उठा...मूर्ख हो तुम सखी। विश्वास वह भी उस कपटी कृष्ण का...मैं अट्टहास कर उठा। दिशाओ मुझे महसूस हुआ कि मेरा अट्टहास समस्त दिशाओं में गूँज रहा है। सखी से रुष्ट होकर मैं जेरूसलम की एक कन्दरा में जा छिपा।

मेरे चारों ओर यहूदियों की क़ब्रें थीं। प्रलय के दिन प्रभु न्याय करेंगे इसी आशा से यहूदी यहाँ दफ़न थे। प्रभु के पास न्याय। सखी की तरह ये यहूदी भी मूर्ख है। दिशाओ विधि का यह कैसा विचित्र विधान है। चारों ओर क़ब्रें और इनके बीच मृत्यु की कामना करता मैं...। यीशु की मृत्यु के पश्चात जेरूसलम के उस टीले पर मैंने बहुत वर्ष बिताये।

22

सूर्य की प्रथम किरणों के कारण यूफ्रेटिस नदी का जल चमक रहा था। मैं एकान्त में एक पत्थर पर पानी में पैर डालकर बैठ गया। सुबह सवेरे सब ओर शान्ति थी। यह अपार जलराशि। कलकल बहते इस जल को मैं अन्यमनस्क–सा देख रहा था। मेरा मन बेचैन हो गया। मेरा मन गंगा–जमुना के किनारे पहुँच गया। हज़ारों वर्ष पहले माँ गंगा के किनारे खेलता मैं और साथ में सौ कौरव और पाँच पाण्डव। हस्तिनापुर के वे मधुर दिन! वह कुमार आयु की चपलता। यूफ्रेटिस के कलकल बहते जल पर पाण्डवों और कौरवों की मुखाकृतियाँ उभर आयीं। उन दिनों की मधुर यादों में खोये–खोये मुझे दूर से एक नौका आती दिखाई पड़ी। चप्पू की छप–छप का स्वर और नाविक का गायन वातावरण को ख़ुशनुमा बना रहे थे। लहरों द्वारा मुझ तक पहुँचते गीतों के स्वर व लय द्वारा मैंने अनुमान लगाया कि नाविक यहूदी था। इस बेबीलोन नगर में यूफ्रेटिस के जल में तैरती एक यहूदी की नौका। अवश्य ही मछुआरा होगा। लम्बा झबला पहने और सिर पर टोपी पहने यह यहूदी, मछली बेचकर अपने कुटुम्ब का भरण–पोषण करता होगा। कैसा होगा इसका घर...कौन–कौन होंगे इसके परिवार में...पुत्र होगा...पुत्री भी होगी...जीवन के जंजाल में फँसे पति–पत्नी शाम को देवालय में प्रार्थना के लिए जाते होंगे। ये सामान्य मानव बेबीलोन में गुलाम रूप से लाये गये यहूदियों के वंशज होंगे। कैसे हैं ये यहूदी...हज़ारों वर्षों तक दास बनाकर रखे गये। चारों दिशाओं में बिखर गये लेकिन जेरूसलम के लिए इनका प्रेम, इनके हृदय का भाव अटूट रहा। जेरूसलम के देवालय में जाकर प्रार्थना करने की इनके जीवन भर की मनोकामना रही।

दिशाओ जेरूसलम में उस भयानक अग्नि काण्ड की रात्रि के बाद मैंने जेरूसलम छोड़ दिया था...उसके बाद बहुत वर्षों तक मैं बेबीलोन में ही भटकता रहा। एक युग का सुमेरियन संस्कृति का प्रख्यात नगर

आज भी अतीत की अपनी भव्यता लिये खड़ा था। उस भयानक अग्नि काण्ड से व्यथित हो मैं जेरूसलम से पलायन कर गया। मैं समझ नहीं पा रहा था कि मैं किससे पलायन कर रहा हूँ। उस रात हुए भयावह काण्ड से अथवा स्वयं से...। व्याकुल व व्यथित मैं वन–वन और रण–रण भटकने लगा। मरुभूमि की तपती उस ग्रीष्म ऋतु में मेरे समस्त घाव...। तपती लू के थपेड़े खाता, उस झुलसती गर्मी में मैं कृष्ण को सम्बोधित करता।

देखो कृष्ण तुम्हारे वचन सत्य हो गये...मैं पृथ्वी पर घिसट रहा हूँ।

रेगिस्तान के उस रेतीले बवण्डर में मुझे कृष्ण के वचन सुनायी पड़ने लगते–अश्वत्थामा तू सृष्टि के अन्त तक पृथ्वी पर वन–वन और रण–रण यूँही घिसटता रहेगा। आर्यावर्त छोड़ने के बाद से मैं सच में ही पृथ्वी पर घिसट ही रहा हूँ। मरुभूमि में उठती ये आँधियाँ तक मुझे मिटा नहीं सकीं।

सदियों के भटकाव ने मुझे एक अजीब शक्ति दे दी थी। रेगिस्तान में भटकते हुए मैंने बंजारों के छोटे–बड़े काफ़िले देखे। अपरिचित भाषाओं को समझने की क्षमता तो नहीं थी मुझमें परन्तु अब मैं मानव मन के भाव उसके मुख व तन के हाव–भाव देखकर बहुत कुछ समझने लगा था। जेरूसलम से निकले कितना समय हो गया था मुझे स्मरण भी नहीं था। मेरे लिए तो दिवस व रात्रि समान ही हैं। समय ही समय तो शेष है मेरे पास। बंजारों के काफ़िले मुझे कम्बल ओढ़े रेगिस्तान में घिसटते देखते थे। भटका हुआ राहगीर समझकर वो मेरे पास आते परन्तु मेरा भयावह रूप देखकर मुझे भूत–पिशाच समझकर वहाँ से एकदम भाग जाते। मैं स्वयं पर अट्टहास कर उठता। मेरे अट्टहास को मरुधूलि अपने साथ उड़ाये लिए चली जाती। देखो...सखी देखो मेरा कैसा भाग्य। हृदय के द्वार पर खड़ी सखी अपने करुणामयी नेत्रों से मुझे देखा करती। मुझे उसकी दृष्टि में एक दयाभाव दिखाई देता जिससे मैं और अधिक अट्टहास कर उठता।

जेरूसलम छोड़कर मरुभूमि में घिसटते–घिसटते मैं धीरे–धीरे एक हरे–भरे प्रदेश में आ पहुँचा। एक दिन एक नगर के भव्य द्वार

पर पहुँचा। मैं आश्चर्यचकित हो निःशब्द हो गया। पत्थर की भव्य ऊँची दीवार के बीच में बहुत बड़ा काँसा जड़ित द्वार था। क़िले के चारों ओर अनेक द्वार थे। अन्दर और बाहर दोनों ओर दो दीवारों से सुरक्षित था यह क़िला। नगर की रक्षा करती उन दो दीवारों के बीच इतना अन्तर था कि ऊपर आठ–दस रथ साथ–साथ दौड़ सकते थे।

दिशाओ कहा जाता है कि जल प्रलय के बाद जब फिर से मानव संस्कृति का विकास हुआ तभी से यह नगर स्थापित है। इसके भव्य भवनों को मैं मुँह खोले देखता रह गया था। मेसोपोटामिया का यह नगर यूफ्रेटिस के कलकल बहते प्रवाह के तट पर विकसित संस्कृति का प्रतीक, ऊँची–ऊँची बड़ी दीवारों और सुन्दर भवनों से शोभित था। कहा जाता है कि यह नगर प्राचीन काल में इतना भव्य और रसिक था कि प्रेम की देवी 'इशतर' नगर में घूमती और मस्ती में झूमते रसिकों को चुम्बन करती थी। आज भी यहाँ उस भव्यता के अवशेष दिखाई पड़ रहे थे।

ज्ञात है वरुण पत्नी प्रचिती, हे पश्चिम दिशा, जब सन्ध्याकाल में सूर्यदेव तुम्हारी ओर बढ़ते हैं तब मैं भूत जैसा खँडहरों में घिसटता हूँ। सूर्य की अन्तिम किरण से भी कभी–कभी खँडहरों की कोई अक्षुण्ण रह गयी रंग–बिरंगी ईंट चमक उठती। बिल्कुल ऐसे जैसे हस्तिनापुर और इन्द्रप्रस्थ के महलों के स्वर्ण कलश सूर्य की किरणों से चमक उठते थे। इन अवशेषों में घिसटते हुए मुझे हस्तिनापुर और इन्द्रप्रस्थ याद आया करते। इसी प्रकार के भव्य राजमहल तथा विशाल भवन तथा राजमार्ग पर रथों का आवागमन और इन्द्रप्रस्थ का वह मायावी राजमहल। देवनगर भी उसके सामने फीका पड़ता।

अन्धे का पुत्र अन्धा ही होता है। इसके साथ ही द्रौपदी की ज़ोर–ज़ोर से हँसी यहाँ बेबीलोन के खँडहरों की दीवारों में भी मेरे कानों में गूँजने लगती। पाण्डवों के महल में फ़र्श पर मयदानव द्वारा रची गयी चकित करती अद्‌भुत छलना को दुर्योधन समझ नहीं सका। जल में थल का भ्रम होने के कारण उसका जल में पाँव पड़ गया। द्रौपदी की उपहासपूर्ण हँसी...दुर्योधन के हृदय के आर–पार होता वह

विष बाण...कुरु वंश का विनाश और यादव कुल का आपस में ही लड़ मरना। यह सभी कुछ स्मरण कर–करके मैं विक्षिप्त हो जाता। भारतवर्ष की याद में मैं और अधिक व्याकुल हो जाता।

हज़ारों वर्षों पहले सिन्धु नदी के तट पर विकसित हुई यह आर्य संस्कृति कितनी सुव्यवस्थित थी। क्षीर सागर में शेषनाग शय्या पर विराजित नारायण की नाभि में से उत्पन्न कमल पर विराजे ब्रह्मा द्वारा इस मानव–सृष्टि की रचना हुई। उनकी ही चेतना उनका ही अंश प्रत्येक प्राणी मात्र में है। इसी विचार द्वारा आर्यों की आध्यात्मिक चेतना प्रबल हुई। स्वयं ब्रह्मा के मुखारविन्द द्वारा दिया गया सृष्टि रचना का ज्ञान, ऋषि–मुनियों द्वारा वेद और उपनिषदों के रूप में प्रकट हुआ। यहाँ की विकसित प्रजा को ब्रह्माण्ड की व्यापकता का ज्ञान था। खगोल शास्त्र के ज्ञाता...अन्तरिक्ष के ग्रह और नक्षत्रों की गति के द्वारा ऋतुओं के परिवर्तन को भली भाँति समझ सकते थे। ग्रह–नक्षत्रों की गति मनुष्य के भविष्य पर भी प्रभाव डालती है। यह सम्पूर्ण ज्ञान आर्यों को था। प्रकृति की शक्ति से प्रभावित आर्यों ने प्रकृति के प्रत्येक तत्त्व को शक्ति रूप में पूजा। चार वर्ण व्यवस्था में बँधा समाज सुव्यवस्थित था। गणित ज्ञान, औषधि ज्ञान और ऐसा कौन–सा ज्ञान था जो आर्य नहीं जानते थे? खँडहरों में घिसटते हुए मेरा हृदय अपने बाल्यकाल की यादों में खोकर गुरुकुल पहुँच जाता। मेरे ही सामने यज्ञशाला में यज्ञ हेतु समिधा लेने जाता बाल अश्वत्थामा आ खड़ा होता है। गौशाला में रंभाती गायों का स्वर सुनने के लिए मेरा हृदय तरसता। प्रभात काल गुरुकुल में उच्चारित ऋचाएँ मेरा हृदय स्वयं ही उच्चारने लगा–

ॐ सह नाववतु।
सह नौ भुनक्तु।
सह वीर्यं करवावहै।
तेजस्वि नावधीतमस्तु मा विद्विषावहै।

ॐ शान्ति शान्ति शान्ति

यज्ञकुण्ड से उठता सुगन्धित धुआँ मुझे घेर लेता। उसी घेरे में एक बार मुझे युधिष्ठिर का राजसूय यज्ञ दिखने लगा। यज्ञ में हज़ारों ब्राह्मणों द्वारा उच्चारित श्लोक मेरे कानों में गूँजने लगे। दिशाओ अद्भुत था वह यज्ञ। विशाल मण्डप के मध्य में यज्ञकुण्ड था। अनेक ऋषि यज्ञ में उपस्थित थे। यज्ञकुण्ड को सुन्दर रंगोलियों से सजाया गया था। कुण्ड के चारों ओर ऋषि गण बैठे थे। महाराज द्रुपद, भोज, कृतवर्मा, शिशुपाल जैसे राजाओं के साथ दुर्योधन और कर्ण भी विराजमान थे। राजसूय यज्ञ के यजमान थे कृष्ण। कृष्ण के स्मरण के साथ ही घर्र–घर्र करता एक कर्कश स्वर तन–मन में घूमने लगा। यज्ञ मण्डप में भागता शिशुपाल और उसके पीछे घर्र–घर्र करता सुदर्शन चक्र। समस्त मण्डप में भगदड़ फैल गयी क्षण भर में ही शिशुपाल का मस्तक काटकर सुदर्शन चक्र अदृश्य हो गया। यज्ञ मण्डप में मन्द–मन्द मुस्कुराते कृष्ण सिंहासन पर बैठे थे। कृष्ण का मुस्कुराता मुख मुझे खँडहर की दीवारों पर उभरा हुआ दिखने लगा। वह मुस्कान याद आते ही मेरी समस्त देह दहक उठी। पीड़ा की लहर मेरे रोम–रोम से उठने लगी। मैं ढेर होकर एक शंकु आकार की खँडहर मीनार से सटकर बैठ गया।

धीरे–धीरे रात्रि का अन्धकार पसरने लगा। दूर से हार्प पर बजता संगीत सुनायी पड़ रहा था। हज़ारों सदियों से धूप झेलती मीनार की दीवार को सहलाता हुआ मैं बैठा रहा। अचानक हृदय में एक प्रश्न उठा कि इस मीनार का निर्माण किस उद्देश्य से हुआ होगा। हज़ारों सदियों के इतिहास की साक्षी यह दीवार...काश! बोल सकती।

दिशाओ मुझे मेरे ही प्रश्न पर हँसने की इच्छा हुई। दीवार के सहारे पड़े–पड़े मुझे न जाने कब तन्द्रा ने घेर लिया। सुनो हे परदेसी...मुझे लगा कोई मेरे कान के पास कह रहा है। मैंने आश्चर्य से इधर–उधर देखा। मुझे लगा कि भ्रम हुआ है। मुझे कौन पुकारेगा! मुझे हँसी आयी। फिर से आँखें बन्द कर लीं। फिर एक आवाज़ मुझे सम्बोधित करने लगी। सुनो परदेसी सुनो...! उफ् यह तो खँडहर की ही दीवार...खँडहर की दीवार मुझे सम्बोधित कर रही थी। मेरे साथ

बात कर रही थी। आश्चर्य से मैं दीवार की झिलमिलाती ईंटों को देखता रहा।

23

सुनो ओ परदेसी! तुम जहाँ बैठे हो वह खँडहर बेबीलोन का जिगुरत है। मैं धरती और स्वर्ग को एक करने के लिए निर्मित मीनार...। मानवीय महत्वाकांक्षाओं और मानव के अथक प्रयत्न का प्रतीक। दीवार के स्वर में आनन्द की लहर थी।

जल प्रलय के कारण समस्त पृथ्वी डूब गयी थी। ईश्वरीय आज्ञा के अनुसार केवल नोहा की नौका ही शेष बची थी। इस यूफ्रेटिस के किनारे सिनार प्रदेश को मानव ने दोबारा बसाया। यहाँ समता और शान्ति थी। सभी एक–सी भाषा बोलते थे। एक ही धर्म का पालन होता था। न कोई दुख था, न कोई कष्ट। पक्की ईंटों से घर बनाकर मानव–समूह ने यहाँ एक नगर बसाया। इसका राजा निमरोद जो नोहा का प्रपौत्र था। वह बहुत घमण्डी तथा महत्वाकांक्षी था।

हे दिशाओ मैं पूरा ध्यान लगाकर दीवार की बातें सुनने लगा। परदेसी जानते हो! कितना अद्‌भुत था वह दिन। क्षण भर के लिए दीवार की आवाज़ थम गयी। मैं दीवार की ओर देखने लगा। अपने भव्य अतीत को याद करते हुए खँडहर की जर्जर हो चुकी दीवारें भी नयी नवेली दीवारों की तरह चमकने लगीं। उस दिन राजा निमरोद मीनार की अर्थात् मेरे शिखर की शेष ईंटों को चिनने वाला था। सभी नगर जन एकत्रित हुए थे। उत्सव का वातावरण था। रंग–बिरंगे वस्त्रों से सजे नगर जनों को स्वर्ग में जाने की उत्सुकता थी। एक–दूसरे से भेंट करते, एक–दूसरे का अभिनन्दन करते लोगों की ख़ुशी का पारावार नहीं था...और ऐसा क्यों न होता, सभी लोगों ने साथ मिलकर मीनार का निर्माण किया था।

एक ऊँचे विशाल चौक में सभी ने मीनार का निर्माण तय किया था। राजा निमरोद जनता को उत्साह देता और प्रजा उत्साहित होकर निर्माण कार्य में लग जाती। निमरोद का स्वप्न था--दैविक स्वर्ग में जाने का। निमरोद दक्ष व शक्तिशाली शिकारी था। कुशलतापूर्वक तीर चलाता। उसकी उपस्थिति मात्र से ही प्रजा में उत्साह भर जाता। बार–बार आकाश की ओर देखती उसकी दृष्टि में देवताओं के लिए तुच्छ भाव दिखता। रंग–बिरंगी ईंटों से बने इस जिगुरत की ऊँचाई अधिक थी। आकाश को लगभग छूता हुआ इसका शिखर भूमि पर खड़े हुए लोगों की आँखों से ओझल हो चुका था।

बार–बार जयघोष का स्वर उठता। सभी की दृष्टि मेरे शिखर पर थी। तभी राजा की सवारी आयी। राज सवारी आते ही चारों ओर जयघोष होने लगा था। रथ से बहुमूल्य पोशाक और सिर पर ताज पहने सुदृढ़ देहवाला गर्वीला राजा निमरोद उतरा। उसके मुख पर आनन्द छलक रहा था। विजयोन्माद से भरी उसकी आँखें समस्त जनसमूह को देख रही थीं।

बेबीलोन वासियो आज हम इस इमारत के शेष शिखर खण्ड की ईंटों द्वारा चिनाई करेंगे। यह निर्मित इमारत हमें दैवी स्वर्ग में ले जायेगी।

चारों दिशाओं से जयघोष का स्वर उठा–हम लोग भी स्वर्ग में रहेंगे। स्वर्ग पर क्या केवल देवताओं का ही अधिकार है...बोलो नगरवासियो...। चारों ओर से राजा के कथन की सहमति का स्वर उठा।

प्रलय द्वारा पृथ्वी को नष्ट करने वाले देवताओ, देखो मानवीय शक्ति। राजा ने दोनों हाथों से आकाश को इंगित किया।

आकाश की ओर देखते हुए एक बार फिर गर्व से घोषणा की...देखो... देखो मेरी शक्ति और मुख्य पुजारी तथा अन्य श्रेष्ठ जनों को लेकर इमारत की सीढ़ियाँ चढ़ने लगा। राजा के पीछे–पीछे जनसमूह भी ऊपर चढ़ने के लिए उतावला हो उठा। लेकिन यह सम्भव न हो सका। निराश होकर जनसमूह तितर–बितर हो गया। उस रात मुझे देखने देवता स्वर्ग से धरती पर उतर आये। मानव की इस रचना को

देखकर देवता अचम्भित हो गये। अपने अथक प्रयास से मानव कुछ भी प्राप्त कर सकता है यह बात देवताओं की समझ में आ गयी जिससे वे क्रोधित हो गये। स्वर्ग में पहुँचने के राजा निमरोद के स्वप्न से अप्रसन्न देवताओं ने जनता में फूट डालकर बेबीलोन की शान्ति भंग करने का निश्चय किया। जनता में जो लोग मीनार तक नहीं पहुँच पाये उनमें ईर्ष्या व द्वेष के बीज देवताओं ने डाल दिये। बेबीलोन में बसे एक धर्म व एक भाषा बोलने वाले मानव समूह में फूट पड़ गयी। अनेक भाषाएँ पैदा हो गयीं मानव की स्वर्ग जाने की, देवताओं के साथ रहने की लालसा, ईश्वरीय सत्ता को ललकार कर निमरोद के अहंकार ने बेबीलोन की एकता को भंग कर दिया।

अचानक कुछ क्षणों के लिए खँडहर की दीवार फिर चुप हो गयी कान लगाकर सुना और आख़िर मैं ही पूछ बैठा कि...आगे के कुछ क्षण यूँ ही बीत गये। धीमे स्वर में खँडहर ने आगे कहा—मैं हज़ारों सदियों से यूँ ही खड़े—खड़े धूप, हवा और बारिशों को झेलते हुए खँडहर हो गया।

अनेक राजा आये और गये। अनेक युद्ध हुए। परन्तु राजा हम्मुराबी जैसा न्यायप्रिय कोई राजा नहीं हुआ। हम्मुराबी काल, बेबीलोन का स्वर्ण काल था। दीवार के स्वर में प्रसन्नता भर गयी हे परदेसी...जिस नगर, चौक और बाज़ार में तुम घूम रहे थे, उन स्थानों पर हम्मुराबी ने नियमावली शिलालेख लगवाये। शायद विश्व में प्रथम बार किसी राजा ने नगर के मध्य में नियमावली शिला लगवायी थी। बेबीलोन के चारों ओर उसने मज़बूत सुरक्षा दीवारें बनवायीं। दीवारें इतनी चौड़ी व मज़बूत थीं कि उन पर रथ स्पर्धा होती थी। घोड़ों की हिनहिनाहट से सारा बेबीलोन गूँज उठता। रथ प्रतिस्पर्धा देखने आये लोग सुन्दर—सुन्दर वस्त्रों से सजे होते और इत्र की सुगन्ध से बेबीलोन महक उठता। इत्र और प्रसाधन के शौक़ीन नगर जन सज—धज कर नगर में घूमते। सभी को देवी इशतर के चुम्बन की प्रतीक्षा रहती। खँडहर की आवाज़ में एक उत्तेजना थी। जैसे देवी इशतर उसे ही चुम्बन करने वाली हो।

नगर चौक का बाज़ार अनेक प्रकार के प्रसाधनों, वस्त्रों व इत्र से महकता रहता। रंग–बिरंगे वस्त्र पहने स्त्रियाँ अपने व्यवसाय करतीं। सुमेरियन संस्कृति से प्रभावित बेबीलोनवासी शिक्षा को महत्त्व देते थे। लेखन, कला और गणित के ज्ञाता थे। संगीत व ज्योतिषशास्त्र ज्ञाताओं का बोलबाला था। सुनो परदेसी...लोग अपने स्वप्नों का अर्थ व अभिप्राय तक खोजते थे। धर्म प्रिय बेबीलोन वासी प्रकृति के प्रत्येक अंग विशेष के देवताओं की पूजा करते थे। ऊँचे विशाल चौक पर मन्दिर निर्माण करते। मेरे जैसी इमारतों का निर्माण करके उसके शिखर पर विशेष देव मार्डुक को स्थापित करते। वह दिन कितना सुखदायी होता था जब देवताओं को बलि चढ़ाई जाती थी। सच परदेसी वह बहुत ही सुनहरा काल था। दीवार की आवाज़ में आनन्द का पुट था।

तुम्हें पता है परदेसी कि राजा हम्मुराबी के समय की एक घटना लोग आज भी याद करते हैं। एक दिन अपनी एक लहूलुहान आँख के साथ राजा हम्मुराबी के दरबार में एक बेबीलोनवासी उपस्थित हुआ। फूटी आँख से बहते रक्त से उसका चेहरा भरा हुआ था। जिसे देखकर सारे दरबारी असहज हो उठे। उसके साथ में आयी रोती–कलपती स्त्री ने राजा से न्याय की गुहार लगायी। उसके पीछे–पीछे राजा के सैनिक एक आदमी को पकड़ लाये थे। सैनिकों की पकड़ से छूटकर भागने का प्रयत्न कर रहा था वह मनुष्य। राजा ने उससे घुमा–फिराकर अनेक प्रश्न पूछे। अपराधी अपना बचाव नहीं कर सका। फरियादी की पत्नी ने राजा को बताया कि इस अपराधी ने मुझे अपशब्द कहे और मेरे साथ अभद्र व्यवहार किया। जब मेरे पति ने उसे रोकने का प्रयत्न किया तब उसने पत्थर से मेरे पति की आँख फोड़ दी।

हे! न्यायप्रिय राजा, आप न्याय करें।

सारा दरबार राजा को देखता रहा। कुछ क्षण पश्चात विचारमग्न राजा की गम्भीर आवाज़ दरबार में गूँज उठी

इस अपराधी की एक आँख फोड़ दी जाये।

सारे दरबार को मानो साँप सूँघ गया। दरबारी आश्चर्य से एक–दूसरे का मुँह देखने लगे। अपराधी थर–थर काँपने लगा।

कुछ पल अपराधी को घूरते हुए राजा हम्मुराबी ने कहा, अपशब्द कहने के लिए इसका मुँह तोड़ दिया जाये। अपराधी ने फरियादी की आँखें फोड़ी हैं, उसके बदले उसकी आँख फोड़ दी जायें। यही न्याय होगा। सो आज से सभी स्मरण रखें कि आँख के बदले आँख और दाँत के बदले दाँत...

भरे दरबार में अपराधी की आँख फोड़ दी गयी तब से घर–घर में एक ही बात कही जाती है कि आँख के बदले आँख और दाँत के बदले दाँत।

24

दिग्पालो मैं रस लेकर दीवार की बातें सुन रहा था। थोड़ी देर चुप रहकर दीवार ने आगे कहा।

बेबीलोन में एक और शक्तिशाली राजा हुआ था जिसका नाम था–नैबोनिडस। उस राजा ने बेबीलोन की शोभा बढ़ाई थी। नगर के द्वार के पास वाली दीवार को उसने चित्रकारी द्वारा सुन्दर बनाया। महल में शेरों की बड़ी–बड़ी प्रतिमाएँ बनायीं। ग्रीष्मकाल के लिए महल में स्वयं झूलने वाले बाग़ बनवाये। अद्‌भुत अनोखी रचना...उसने मेरे जैसी ही भूरी ईंटों से एक सात मंज़िला इमारत बनायी। शिखर पर अपने प्रिय देवता मर्डुंक को स्थापित किया। जिस नैबोनिडस ने बेबीलोन को सजाया–सँवारा उसी नैबोनिडस ने यहूदियों के वतन जेरूसलम को मिटाया। खँडहर का स्वर दुखी हो गया। कितना भयंकर विनाश...दिक्पालो मुझे दीवार काँपती हुई महसूस हुई। अचानक दीवार की आवाज़ आक्रोश से भर गयी...। भयंकर विनाश...प्रभु मोज़ेज़ के वचनों वाला वह प्रदेश...। यहूदियों को प्रभु द्वारा सौंपा गया वतन।

उस जेरूसलम को नैबोनिडस ने नेस्तनाबूद कर दिया था। अब्राहम के वंशज यहूदियों का जेरूसलम के मन्दिर में प्रार्थना करने का स्वप्न मिट्टी में मिला दिया। हे परदेसी! मैं उस भयानक घटना को बयान नहीं कर सकूँगी...! भयानक युद्ध की घटना...! खँडहर की दीवार ख़ामोश हो गयी। वहाँ सन्नाटा पसर गया।

चमगादड़ों की आवाज़ के सिवा वहाँ कोई और आवाज़ शेष नहीं थी। तन्द्रा से जागा मैं अश्वत्थामा खँडहर की दीवारों को अपनी उँगलियों से स्पर्श करता हुआ महसूस करने का प्रयत्न करता रहा। थोड़ी देर बाद दीवार के पार से किसी के बोलने की आवाज़ आयी।

अठारह–अठारह महीने...नैबोनिडस अठारह महीनों तक जेरूसलम की घेराबन्दी करके बैठा रहा। नगर में लोग भूख से बेहाल हो गये। आदमी ही आदमी को खाने लगा। दीवार के स्वर में वेदना थी। सुन रहे हो न परदेसी मानव, भक्षी मानव। एक दिन नैबोनिडस ने नगर में आग लगा दी। उसकी सेना के अग्नि बाणों से नगर जल उठा। अनेक मौतें हुईं। जिनकी मृत्यु हुई लगता है वे भाग्यशाली थे। दीवार की आवाज़ क्षण भर के लिए रुकी। जो जीवित रहे उन्होंने जीवित रहकर नरक की यातना भोगी। सैनिकों ने पलायन करते हुए यहूदियों के राजा को बन्दी बनाकर नैबोनिडस के सामने प्रस्तुत किया। उस ख़तरनाक नैबोनिडस ने राजा के पुत्रों का राजा के सामने ही वध कर दिया।

दीवार को सहलाता मेरा हाथ थम गया। कुछ क्षणों तक दीवार ने क्या कहा मैं सुनने में असमर्थ था। क्षण भर मुझे लगा दीवार कुछ न कहे। बस चुप हो जाये। चुप एकदम चुप...

बच्चों की हत्याएँ...मेरा सारा शरीर काँप उठा। परन्तु दीवार बोलती रही। मेरे घाव रिसते रहे। जिन आँखों ने अपने पुत्रों की हत्या देखी राजा नैबोनिडस ने वे आँखें भी फोड़ डालीं। सुनते हो परदेसी मेरी कथा...नैबोनिडस ने यहूदियों के राजा की आँखें फोड़ डालीं। जीते जी मुर्दे समान हो गया यहूदियों का राजा...

दीवार की आवाज़ में क्रोध के साथ--साथ वेदना भी थी। नैबोनिडस हज़ारों यहूदियों को गुलाम बनाकर बेबीलोन ले आया।

साथ ही ले आया देवालय की धन सम्पत्ति। देवालय के सोने–चाँदी के बर्तनों के लिए उसने यहूदी धर्मगुरुओं की हत्या कर दी थी। यहूदियों का अत्यन्त पवित्र "आर्क ऑफ़ कन्वेंट'' सदा–सदा के लिए लुप्त हो गया। राजा सोलोमन द्वारा निर्मित यहूदियों के धर्मस्थल को नेस्तनाबूद कर दिया। अपने सुन्दर और भव्य नगर बेबीलोन से प्रेम करने वाले नैबोनिडस ने जेरूसलम का नामोनिशान मिटा दिया। परन्तु यहूदी... विनाश के पार पहुँच गये यहूदी। मानो अपनी ही भस्म से पुनर्जीवित हुए और पहले से भी अधिक मनोबल और दृढ़ता से जेरूसलम को प्रेम करने लगे। देवालय का पुनः निर्माण हो यही प्रार्थना उनके हृदय में सदा रहने लगी। सुनो परदेसी! कभी–कभी खँडहरों में घूमते हुए गुलाम यहूदियों के हृदय में उनके वतन की तड़प मैंने देखी है।

एक दिन राजा नैबोनिडस की मति भ्रमित हो गयी। लोग कहते हैं कि वह जंगलों में पशुओं की तरह घास खाता था। उसके हाथ व पाँव पशुओं के पंजों जैसे हो गये थे। परदेसी! सत्ता और धन की लोलुपता मानव को कितना घातक बना देती है। कितनी अधमता...

दिशाओ मुझे ऐसा लग रहा था जैसे दीवार सिसकियाँ भर रही थीं। दीवार एकदम ख़ामोश हो गयी दीपों की जगमगाहट बुझ गयी परन्तु मुझे तब भी अधमता...अधमता...की गूँज सुनायी पड़ती रही। मैं व्याकुल हो गया।

25

हे दिक्पालो...हे दिशा देवियो...मैंने मानव की इससे भी अधिक अधमता देखी है। जेरूसलम के महाविनाश की वह रात खँडहर की दीवार को थपथपाते हुए मैंने कहा–

सुनो! ओ खँडहर हो गयी दीवार मैंने भी जेरूसलम को भयंकर लपटों में घिरे देखा है। महाविनाश की वह रात। मानो खँडहर की

दीवार पर एक चित्र उभर आया हो। मेरे सामने अग्नि ज्वाला नृत्य करने लगी। उस महाविनाश रात्रि में यीशु के वध के पश्चात मैं एक टीले पर बैठा हुआ ऊँची उठती अग्नि की लपटों को देखता रहा। सामने चौक में जेरूसलम के देवालय का द्वार सुलग उठा। उस चाँदी के द्वार और उन खिड़कियों की सुलगती अग्नि धीरे–धीरे मन्दिर के अन्दर फैलने लगी। चार महीनों तक घेराबन्दी के पश्चात रोमन सत्ताधीश टाइटस ने मन्दिर को अग्नि के हवाले कर दिया। साठ हज़ार सैनिकों के साथ जेरूसलम की घेराबन्दी किये बैठे टाइटस ने अब विनाश के लिए भी कुछ शेष नहीं छोड़ा था। एक ओर देवालय में फैली आग और दूसरी ओर टीले पर मृत्यु के लिए तड़पते, सूली पर लटके अनेक यहूदी। देवालय की उस अग्नि ज्वाला में मैं अनेक वधस्तम्भों को देख रहा था। समस्त ऑलिवस टीला वधस्तम्भों से भरा पड़ा था। अब और वधस्तम्भ बनाने के लिए लकड़ी भी शेष नहीं रही थी। क़िले की दीवार के बाहर अनेक लाशें अटी पड़ी थीं। सड़ी–गली लाशों को कुत्ते और सियार खा रहे थे। नगर में भूख से त्रस्त नगरवासी...। रोमन सत्ता के विद्रोहियों और नगर के उपद्रवियों के गृहयुद्ध ने नगर को बर्बाद कर दिया था। ये दहशतगर्द धनवानों के घर लूटते और स्त्री वेश धर कर मदमस्त होकर जेरूसलम की गलियों में घूमते हुए उपद्रव करते। वे बिना एक पल भी विचार किये लोगों की हत्या कर देते थे।

ईश्वर के वरदान वाले इस नगर की इस दुर्दशा के पश्चात भी इसकी पवित्रता पर लोगों की श्रद्धा दृढ़ थी। पासोवर त्योहार पर देश–विदेश से यहूदी अपने प्राणप्रिय देवता को बलि चढ़ाने आते। टाइटस की घेराबन्दी के बावजूद भी पासोवर के अवसर पर हज़ारों श्रद्धालु नगर में पहुँच गये। इन हज़ारों श्रद्धालुओं की आस्था को टाइटस ने घेरने का प्रयत्न किया था। लेकिन रोमन सेना के आगमन के कारण आपस में ही युद्ध करते उपद्रवी संगठित हो गये। मैं टीले पर बैठा देख रहा था कि ये लोग संगठित होकर रोमन सेना के समक्ष कई माह तक डटे रहे। धीरे–धीरे नगर में भोजन की कमी के कारण

प्रजा बहुत अधिक त्रस्त हो गयी, नगर में लूटपाट आरम्भ हो गयी। असन्तोष के कारण प्रजा सड़कों पर उतर आयी।

सभी एक–दूसरे को शंकित दृष्टि से देखने लगे। माताएँ स्वयं बच्चों के हाथों से निवाला छीनने लगीं। संगठित होकर लड़ने वाले उन उपद्रवियों के पास भी अनाज ख़त्म हो गया था।

एक दिन समस्त नगर में हाहाकर मच गया। एक माँ ने ...खँडहर की दीवार तुम सुन रही है न...खँडहर में बैठे हुए मैंने दीवार को थपथपाया। एक माँ ने अपने बच्चे की हत्या करके उसे भूनकर खाया। दिशाओ मानव मांस भूने जाने की वह गन्ध असहनीय थी। मैं द्रवित हो गया तो मैंने सखी को पुकारा परन्तु भयभीत हो गयी सखी हृदय के ही एक कोने में छिप गयी थी। मानव मांस के भूनने की गन्ध से लोग खिंचे चले आये। उस बालक की आधी जली लाश को देखकर सभी थर्रा गये। सारा जेरूसलम जानवर की तरह एक–दूसरे को नोच रहा था। खँडहर में बैठे–बैठे मैं भी थर्रा गया। हाथ–पैरों के घावों से रक्त व पीप की धार बह निकली। जेरूसलम का यह महाविनाश...

दिशाओं ने देखा कि अश्वत्थामा बोलता–बोलता अटक गया। उसके विकृत हो आये चेहरे पर वेदना की गहरी झुर्रियाँ उभर आयीं। थोड़ी देर चुप बैठे अश्वत्थामा ने आकाश की ओर देखते हुए बोलना शुरू किया...

हे पंचमहाभूतो यीशु के वध के समय देखी थी मैंने जेरूसलम की भव्यता। कितनी अद्‌भुत थी। धवल पत्थरों से निर्मित झिलमिलाता देवालय मेरे सामने खँडहरों की दीवार पर उभर आया। अपनी सुरक्षित दीवारों से घिरे जेरूसलम की भव्यता व वैभव चरम सीमा पर था। जब पहली बार मेरी दृष्टि देवालय पर पड़ी तो मैं मन्त्रमुग्ध–सा उसे फटी–फटी आँखों से आश्चर्यचकित हो देखता रह गया था। चाँदी के द्वार वाली वह विशाल दीवार अन्दर के परिसर की रक्षा में खड़ी थी। सूर्य किरणों के पड़ने के कारण बाहर से चमकता वह सफ़ेद पत्थरों वाला देवालय मेरी आँखों में बस गया। चाँदी का वह विशाल द्वार,

देव रक्षा के लिए प्रतिबद्ध खड़ा था। यहूदियों के राजा हेरोड द ग्रेट ने बहुत सुन्दर देवालय का निर्माण कराया था। देवालय के मध्य में एक पवित्र कक्ष था जहाँ यहूदियों के निराकार ईश्वर का वास था। यहोवा...यह कक्ष अत्यन्त पवित्र माना जाता था। जहाँ बड़े–बड़े धर्म गुरुओं का भी वर्ष में केवल एक बार ही प्रवेश होता। उस भयानक रात अग्नि ज्वालाएँ वहाँ भी पहुँच गयीं। देवालय में स्वर्ण वस्तुएँ देखकर रोमन सैनिक इतना अधिक लालच से भर गये कि जिसे भी देखते उसी का वध कर देते। परिसर में लूटपाट के कारण भगदड़ मच गयी। समस्त परिसर रक्त से भर गया। मरते हुए लोगों की चीत्कार, सैनिकों की हुंकार व जयकार...असंख्य लोगों की हत्या हुई। दूर टीले पर बैठे, ऊँची–ऊँची लपटों को देखकर मुझे लग रहा था मानो देवालय का समस्त चौक जल उठा है। सारी रात टीले पर बैठा मैं अग्नि ताण्डव देखता रहा। कृष्ण की प्रशंसा करने के कारण मैं सखी से रुष्ट इस टीले की एक कन्दरा में ख़ुद को छुपाये था।

यीशु को सूली पर चढ़ाये गये अभी बहुत वर्ष नहीं हुए थे। मैं जेरूसलम के आस–पास ही भटक रहा था। मेरे शरीर से रक्त टपकते घावों को देखकर मुझे कोढ़ी मानकर कोई मेरे समीप नहीं आता था।

आकाश में पौ फटने को ही थी। मुझे टीले पर खड़ी तीन मानव आकृतियाँ दिखीं जो भस्म होते देवालय को देख रही थीं।

मेरा हृदय घृणा से भर गया। उन आकृतियों में एक थी टाइटस के साथ खड़ी यहूदी राजकुमारी बर्निस...रोमन सत्ताधारी की रखैल...और दूसरी आकृति थी, दो–दो विवाह कर चुकी उस बर्निस की सुन्दरता पर मोहित टाइटस की। तीसरी आकृति थी देश के गद्दार...रोमनों का चमचा, यहूदी राजा अग्रिपा द्वितीय की...।

उन आकृतियों को देखते ही मानो जेरूसलम की आग ने मुझे घेर लिया। हज़ारों लोगों की पीड़ा जैसे मेरे शरीर में उतर आयी हो। मेरे घावों में जलन उठने लगी। मैं स्वयं पाषाणवत् हुआ टीले पर बैठा रहा। अचानक टीले के पास उठती भयंकर चीत्कारों से मैं विचलित हो उठा। सामने चौक में कुछ शेष रह गये यहूदियों की अंतड़ियाँ खींचते

रोमन सैनिकों को देखकर मैं काँप उठा। शरीर से खींच कर निकाली गयी अंतड़ियों में सिक्के खोजते क्रूर सैनिकों के मुख से निकलती हर्ष ध्वनियों ने मुझे विक्षिप्त कर दिया। तड़पते यहूदियों को देखकर मेरा रोम–रोम क्रन्दन कर उठा। यह कैसा पाशविक कर्म...क्रूरता का यह कैसा ताण्डव....मेरा जन्मजात स्वभाव क्रोध जाग उठा। मेरे हृदय में क्रोध की ज्वाला जल उठी।

हे दिशाओ समीप पड़ा घास का तिनका उठाते ही मेरा पूरा शरीर स्वयं ही सधकर मन्त्र उच्चारने लगा। आँखें बन्द किये मैं अपने शस्त्र का आवाहन करने लगा। मैं कुरुक्षेत्र में पहुँच गया था। युद्ध की हाहाकार मुझे सुनायी देने लगी। तभी सखी की चीख़ भरे स्वर से मेरे कान भर गये...

यह क्या कर रहे हो अश्वत्थामा। यह मत करो...यह मत करो। यह भयानक भूल मत करना।

मैं इस तरह पृथ्वी पर ढेर होकर गिरा मानो सखी ने मुझे धक्का देकर गिरा दिया हो। शस्त्र वापस लो...अश्वत्थामा...शस्त्र वापस लो...। कृष्ण का स्वर मुझे सुनायी देने लगा। मेरा हृदय चीत्कार कर उठा। यह तू क्या करने जा रहा था अश्वत्थामा...? वापस वही भयंकर भूल। मेरा हर श्वास मुझे धिक्कारने लगा। मैं पता नहीं कब तक पाषाणवत् टीले पर बैठा रहा। चारों ओर मृत्यु का ताण्डव जारी था। सखी की आँखों में से अश्रु धारा बह रही थी। मेरा हृदय कह उठा... भाग अश्वत्थामा....भाग...जेरूसलम की इस भयावहता से भाग।

बेबीलोन के खँडहर में मैं जेरूसलम की उस भयानक रात को याद करता चुपचाप बैठा रहा। हृदय में अचानक एक प्रश्न उठा। सत्य बता अश्वत्थामा...तू किससे दूर भागा...तेरी अपनी प्रकृति से अथवा उस रात की भयावहता से...

मेरा हृदय छटपटाने लगा।

बहुत कठिन समय देखा तूने यहाँ अश्वत्थामा...अब बस और नहीं...बहुत देख लिया बेबीलोन...चल मृत्यु की खोज में...मृत्यु....इस विचार मात्र से मैं पागलों की तरह ज़ोर–ज़ोर से अट्टहास कर उठा।

दिशाओ उन खँडहरों में मैं मेरा गूँजता अट्टहास छोड़कर, कृष्ण के श्राप को विफल करने की प्रचण्ड इच्छा लिए मृत्यु की खोज में मैं बेबीलोन से निकल पड़ा।

26

एक बड़े रेतीले टीले के पीछे खड़ा मैं उन मनुष्यों को देख रहा था। रात अँधेरी थी और आकाश तारों से भरा हुआ था। उन्होंने धीरे–धीरे अनेक वस्तुओं को बाहर लाकर एक बड़ा ढेर लगा दिया जिसके कारण उनके लुटेरे होने का आभास मुझे हो चुका था। तारों की रोशनी में चमकती वस्तुएँ मुझे सोने–चाँदी के बर्तनों जैसी प्रतीत हुईं। आठ से दस अन्य मनुष्यों का आना–जाना भी मैं दूर से देख रहा था। थोड़ी दूरी पर अनेक ऊँट बँधे हुए थे।

हे दिशाओ मैं अश्वत्थामा अपना कौतूहल रोक न सका। छिपते–छिपाते मैं उस इमारत के पास पहुँच गया। मुझे देखकर कुछ पलों के लिए वह घबराया। वह लुटेरा तुरन्त छुरी लेकर मेरी ओर बढ़ आया। परन्तु उसका छुरी वाला हाथ हवा में ही उठा रह गया। उसके मुँह से निकली चीख़ सुनकर उसके अन्य साथी भी मेरी ओर बढ़ आये। परन्तु मुझे देखते ही सभी जड़ हो गये। कपाल के घाव से बहता रक्त व विकृत मुख तथा फोड़ों और मवाद से भरा मेरा शरीर।

उसके हाथ में छुरी देखकर मैं लुटेरे से बोल उठा–हाँ! मेरी हत्या कर डालो...मेरी हत्या...मुझे केवल मृत्यु चाहिए। मेरे हाथ हिलाने मात्र से कम्बल मेरे शरीर से खिसककर गिर गया। जिस कारण मेरे घावों से निकलती दुर्गन्ध चारों ओर फैल गयी। मैं ज्यों–ज्यों उनके समीप जाने लगा, वे पीछे खिसकने लगे। कोई काँपती–डरती हुई आवाज़ में बोला–भागो–भागो भूत...! और वे सभी भाग गये। लूट का माल भी साथ ले जाना भूल गये।

हे दसों दिशाओ उस रात एक छोटे–से द्वार के बाहर बैठा मैं अपने पास पड़े सोने–चाँदी के बर्तनों के ढेर को देखता रहा। अँधेरी रात, तारों भरा आकाश और दूर–दूर तक फैले इस रेगिस्तान में मैं अकेला। हे देवी प्राची, इन्द्र पत्नी पूर्व दिशा तुम्हें तो पता है सुबह सवेरे की सूर्य की किरणों में मरुभूमि कितनी स्वर्णमयी होकर चमकती है। सूर्य देव प्रत्येक सुबह अचूक पधारते हैं। गर्मी होती है। बारिश आती है। रेगिस्तान के इस सूखे विस्तार में भी कभी–कभी कहीं–कहीं तो हरी–भरी कोपल फूटती ही हैं। क्रमानुसार रात–दिन होते हैं। पृथ्वी अपनी धुरी पर अभी भी सतत घूमती है। पशु, पक्षी, ऋतु अनुसार घोंसले बनाते हैं। आज हज़ारों सदियाँ बीत गयीं, प्रकृति के क्रम में कुछ भी परिवर्तन नहीं हुआ। परन्तु मनुष्य...मनुष्य...

दिशाओं ने देखा कि मनुष्य–मनुष्य कहते–कहते अश्वत्थामा चारों ओर अपना मस्तक हिला रहा था। जैसे उसे किसी उत्तर की आशा हो। कुछ देर चुप बैठकर अश्वत्थामा ने फिर बात आगे बढ़ाई...

मैं रेगिस्तान में उस विशाल निर्माण के पास बैठा रहा...मुझे बीती रात के लुटेरे याद आ गये। पत्थर हटाकर खोला गया वह छोटा–सा द्वार मैं देख रहा था। अजीब प्रकार का वास्तु निर्माण था। कहीं भी कोई भी खिड़की नहीं थी। बड़े–बड़े पत्थरों द्वारा बनाये गये इस ज्यामितीय वास्तु निर्माण की समस्त दीवारों के किनारे ऊपर उठते हुए एक–दूसरे के साथ मिलते जाते थे। मुझे लगा यह कैसा सदन...और यह सोने–चाँदी के बर्तन...अन्दर क्या होगा? अन्दर कौन होगा...विचार करते हुए मैं अन्दर प्रवेश कर गया। दिशाओ मुझे भला क्या और किसका भय था?

सब कुछ अद्‌भुत था। जीवन जीने के लिए समस्त आवश्यक सुख सामग्री वहाँ उपस्थित थी। चोरी के अभिप्राय से आये लुटेरों द्व ारा छोड़ी गयी मशाल के प्रकाश में मैं दीवारों पर उकेरे गये चित्रों को देखता रहा। जीवन के सभी महत्त्वपूर्ण प्रसंगों के चित्र उकेरे गये थे। किसी अपरिचित लिपि में बहुत कुछ लिखा गया था। रंग अभी भी चमकदार थे। मशाल लेकर मैं वह सब देखने लगा। मुझे महसूस

हुआ कि बहुत वर्षों से सभी कुछ सँभालकर रखा गया है। दीवारों पर जन्म से लेकर मृत्यु तक के चित्र बनाये गये थे। जीवन जीने के समस्त साधन उस भवन में थे। देखते–देखते मैं भवन के मध्य भाग में पहुँच गया। वहाँ थोड़ा प्रकाश था। मैंने ऊपर की ओर देखा। आपस में जुड़ी हुई दीवारों के छिद्र में से सूर्य की सीधी किरण मध्य भाग को प्रकाशित कर रही थी। इस प्रकाशित भाग को देखकर मैं स्तम्भित रह गया। एक विशाल पलँग पर एक मानव देह विश्राम कर रही थी। मेरे पूरे शरीर में कँपकँपी छूट गयी। कुछ समय के लिए जो पीड़ा मेरी देह भूल गयी थी वह वापस आ बसी। कुछ पल स्थिर खड़ा रहा। धीरे–धीरे उसके समीप जाते हुए प्रतीत हुआ कि वह व्यक्ति मृतप्राय है। एक शव है...सुन्दर तरीक़े से सजाया गया...मुझे ऐसा लगा कि यह मृतक देह सहेजने का कैसा अनूठा तरीका था।

कुछ पल यूँ ही बीत गये। मेरे विचारों की गति थम गयी थी। मैं अचम्भित–सा चारों दिशाओं में देखता रहा। ये बहुमूल्य वस्त्र और आभूषण, सिंहासन, साथ में दण्ड, अनेक खाद्यपदार्थ. ....और स्वर्ण निर्मित पालकी भी थी। मुझे एहसास हुआ कि यह मृतक अवश्य ही कोई राजवंशी होगा। थोड़ी ही दूरी पर पृथ्वी पर एक अन्य लम्बा–चौड़ा मृतक शरीर था। यह मृतक अवश्य ही धनी नहीं होगा। प्रतीत हुआ अवश्य ही राजा का दास होगा। मृत्यु उपरान्त के लिए इतने अधिक साधन...इतनी अधिक व्यवस्थाएँ... मानो मृत्यु कोई महोत्सव हो। मस्तिष्क में हज़ारों प्रश्न उठने लगे। मेरी हज़ारों वर्षों की थकान मेरे तन–मन में उतरने लगी। दिशाओ मेरा हृदय चाहा कि इस मृतक को हटाकर मैं यहाँ लेट जाऊँ। हो सकता है ऊपर के छिद्र से आने वाली सूर्य किरण मुझे मृत्यु मार्ग पर ले जायें। परन्तु मैं पास में पड़े आसन पर पसर गया। बहुत समय तक मैं अपने ही हृदय की गुम्फित वीथिकाओं के गुम्फित सिरे को खोजता रहा।

यह सब क्या है...सत्य है अथवा मात्र आभास...मृत्यु का महोत्सव...आसन के स्वर्ण हत्थे पर मेरा हाथ अटक गया। मुझे भान

हुआ कि मैं एक सिंहासन पर बैठा हूँ। जैसे बिच्छू ने डंक मारा हो मैं यूँ उठकर खड़ा हो गया। सिंहासन...दो सिंहों के मुख वाला कौरवों का सिंहासन, दृष्टि के समक्ष आ गया। कैसा अद्भुत था वह सिंहासन। उस पर अनेक प्रतापी राजा बैठे थे। उस सिंहासन पर बैठने की दुर्योधन की महत्वाकांक्षा, उसकी सत्ता की लालसा और उस समस्त खेल का एक मोहरा मैं...! जिसे काल के अन्त तक अपने सड़े–गले शरीर के साथ पृथ्वी पर भटकने का दण्ड मिला है। श्राप का स्मरण होते ही मैं तुरन्त उस मृत्यु सदन से बाहर आ गया। दोपहर का सूर्य मेरी आँखों में चुभने लगा। चारों ओर उड़ती रेगिस्तान की रेत के मध्य में मैं थका हुआ उस स्थापत्य के बाहर बैठा रहा। बहुत बड़े–बड़े पत्थरों से बना वह प्राचीन स्थापत्य एक क़ब्र के सिवा कुछ नहीं था। सूर्यास्त होने वाला था। अचानक मेरे मस्तिष्क में कौंधा! पिरामिड...यह तो पिरामिड है। मृतक राजाओं की यशोगाथा का प्रतीक। दिशाओ इसका अर्थ था कि मैं अब मिस्र में भटक रहा था। बेबीलोन के लोगों से सुनी थी यहाँ की चर्चा...मैंने सखी को पुकारा। सुनो सखी...ये तो पिरामिड हैं अर्थात् मिस्र...सखी...मिस्र के मृत फैरौन की यशोगाथाओं का प्रतीक...नील नदी के किनारे विकसित मिस्र की संस्कृति...सखी को सम्बोधित करते हुए मेरे स्वर में एक उत्तेजना थी...स्मरण है न सखी बेबीलोन के खँडहरों में सुनी राजकुमार मोज़ेज़ की चर्चा...मैं अपने हृदय के एक कोने में बैठी सखी को देखने लगा।

सखी ने धीरे–से कहा...हाँ! सब कुछ स्मरण है। भूली नहीं हूँ तुम्हारा वो क्रोधित होना...मोज़ेज़ की चर्चा सुनते समय जब मैंने कहा था कि नदी में छोड़ दिये गये इस मोज़ेज़ की कथा तुम्हारे मित्र कर्ण से मिलती है...और तुम्हारा क्रोध से लाल हो गया वो मुख मुझे याद है...नहीं...नहीं...मोज़ेज़ की माँ ने अपने पुत्र की रक्षा के लिए उसे नदी में बहाया था। कुन्ती ने अपने सम्मान के लिए, अपने स्वार्थ के लिए कर्ण को नदी में बहाया था। तुम चीख़ उठे थे। परन्तु मैंने क्या झूठ कहा। पिरामिड के बाहर बैठे मैंने उत्तेजित होकर सखी से पूछा। कुछ देर के लिए दोनों चुप हो गये। हाँ! शायद तुम्हारी बात सत्य

है...परन्तु माँ कुन्ती ने अपने समस्त जीवन में जो पीड़ा भोगी थी। कहते हुए सखी की आँखों में करुणा तैर गयी।

अस्त होते सूर्य देव को मैं देखता रहा। सूर्य देव को अर्घ्य देता कर्ण मेरे ह्रदय पटल पर उभर आया। कर्ण...कर्ण की स्मृतियाँ आज भी मेरे ह्रदय में बँधी हुई थीं। अपने माता–पिता से अनभिज्ञ सूर्य पुत्र कर्ण सुबह–सवेरे नदी में स्नान के पश्चात उगते सूर्य को अर्घ्य देता था। सूर्य की पहली किरण में उसके कवच और कुण्डल जगमगा उठते थे। सूर्य पुत्र कर्ण का लालन–पालन एक सारथी के घर में सूत पुत्र की तरह हुआ था। जबकि मोज़ेज़ एक यहूदी माता के इस पुत्र का लालन–पालन राजमहल में एक राजकुमार की तरह हुआ था।

27

उस दिन नील नदी के किनारे बहुत चहल–पहल थी। राजकुमारियाँ नदी में क्रीड़ा करते हुए एक–दूसरे को जल में भिगो रही थीं। हिलोरें लेती नदी में एक टोकरी दूर से आकर किनारे पर पहुँच गयी साथ ही एक नन्हे शिशु का रुदन भी सुनायी पड़ने लगा। एक राजकुमारी ने टोकरी को अपनी ओर खींचकर उसमें लेटे शिशु को बाँहों में उठा लिया। बाँहों में आकर शान्त हो गये बालक के मुख को राजकुमारी कुछ पल तक निहारती रही। शिशु के कोमल हाथों को चूमकर उसे सीने से लगाकर राजकुमारी महल की ओर चल दी। नदी के दूसरे किनारे एक पेड़ की ओट में खड़ी एक दुखियारी यहूदी स्त्री के मुख पर सन्तोष के चिह्न उभर आये। एक यहूदी माता के पुत्र का राजमहल में राजकुमार की तरह पालन–पोषण होने लगा।

युवा होते मोज़ेज़ नामक इस युवक को ज्ञात था कि वह एक यहूदी माता का पुत्र है। इसी कारण यहूदियों पर होने वाले अत्याचारों को देख कर वह द्रवित हो जाता। गुलाम यहूदियों की हत्या करने

वाले एक अधिकारी का उसने एक दिन वध कर दिया। इसके बाद वह मिस्र छोड़कर चल दिया। उसके साथ–साथ चल दिये अनेक यहूदी।

दिशाओ उस रात पिरामिड के बाहर बैठा मैं रेगिस्तान में बने मिस्रवासियों के इस अनूठे स्थापत्य को देख रहा था। इस अथाह मरुभूमि में असंख्य तारों के सान्निध्य में यह स्थापत्य मानव विकास की अद्‌भुत गाथा कह रहा था। हृदय के एक कोने में फिर भी एक वेदना बसी हुई थी। इन बड़े–बड़े पत्थरों द्वारा निर्मित इस विशाल पिरामिड में न जाने कितने दीन यहूदियों का रक्त व स्वेद मिला होगा। यह विचार हृदय में टीस पैदा कर रहा था।

अनेक सदियों तक गुलाम जीवन भोगा इन यहूदियों ने। अनेक देशों में शरण लेनी पड़ी। विस्थापित होकर भी अपनी मान्यताएँ कभी नहीं छोड़ी। दिशाओ मुझे अक्सर यह विचार आता है कि यहूदी प्रजा भी मेरी तरह श्रापित है। जन्मजात शुभ संकेत मस्तक पर मणि के साथ जन्मा मैं...और हज़ारों वर्षों की मेरी वेदना....यह श्राप...और ईश्वर की विशेष कृपा के पात्र अब्राहिम के वंशज यहूदियों की यह पीड़ा...प्रभु के वचन...यहूदियों के साथ अपने वतन की ओर कूच करता मोज़ेज़...!

दिशाएँ देख रही थीं कि थोड़ी देर की बेचैन–सी चुप्पी के बाद अश्वत्थामा कुछ सहज हो गया। लगता था कि स्मृतियों का कोई विशेष काल खण्ड खुला हो। दिग्पालो उस रात मैं यूँ तो पिरामिडों के सामने रेत पर ही पड़ा रहा। परन्तु मेरा हृदय बेबीलोन की मीनार में जा पहुँचा था। जिन दिनों मैं बेबीलोन में था तब एक दिन मीनार की दीवार के पार से एक बालक का स्वर सुनायी पड़ा था।

बापू यह जेरूसलम कहाँ है? बालक के स्वर में कौतूहल भरा था।

शश्श्श्श....धीरे बोल बेटा धीरे। हम यहूदी अब्राहम के वंशज हैं। ईश्वर के विशेष प्रिय अब्राहम के वंशज...। प्रभु ने मानव जाति के उद्धार के लिए ही अब्राहम को नियुक्त किया है। अब्राहम के पुत्र जैकब के बारह पुत्रों के वंश से हैं हम यहूदी। यहूदियों को ईश्वर के प्रति वफ़ादार रहना है। साथ ही ईश्वर के वचनों में अपना विश्वास दृढ़ रखना है। यही ईश्वर का आदेश है। इसीलिए ईश्वर

भी हमारा विशेष ध्यान रखता है। वरदान के रूप में वह हमारा वतन हमें वापस दिलायेगा। यह अनुबन्ध ईश्वर और यहूदियों के मसीहा के बीच हो चुका है। ईश्वर ने जेरूसलम हमें हमारे वतन के रूप में दिया है। सुना ना! बेटा हमारा वतन जेरूसलम। उसी जेरूसलम के देवालय में पासओवर त्योहार के अवसर पर बलि चढ़ाने की हार्दिक इच्छा प्रत्येक यहूदी के हृदय में बसी रहती है। जेरूसलम का नाम लेते हुए बापू के स्वर में श्रद्धा भाव था। भावुक स्वर में बापू ने आगे कहा–

तुझे ज्ञात है जेशुआ हमारे अपने वतन की ओर हमें कौन लेकर गया?

कौन बापू?

मोज़ेज़...! मोज़ेज़ का नाम लेते हुए बापू के स्वर में गर्व का भाव था। यहूदी माता के पेट से जन्मा और मिस्र में राजकुमार की तरह पला–बड़ा हुआ मोज़ेज़ प्रभु का विशेष दूत था। यहूदियों का मसीहा...राजकुमार जैसा जीवन जीने वाला मोज़ेज़ गुलाम यहूदियों पर होते अत्याचारों से व्यथित था। एक दिन एक मिस्र के अधिकारी को उसने एक यहूदी को कोड़े मारते हुए देखा। उस अधिकारी का वध करके वह मिस्र छोड़कर चल दिया।

जेशुआ सुन एक दिन बकरियाँ चराते समय मोज़ेज़ ने एक टीले पर एक वृक्ष में अग्नि देखी। आश्चर्यचकित मोज़ेज़ अग्नि के समीप पहुँचा। उस अग्नि प्रकाशित वृक्ष से एक ईश्वरीय आवाज़ ने मिस्र में सदियों से गुलाम यहूदियों को मुक्ति दिलाकर वतन की ओर ले जाने का आदेश दिया। मोज़ेज़ की शक्ति से भयभीत होकर मिस्र के राजाओं ने यहूदियों को मुक्त कर दिया। साठ लाख यहूदी...जेशुआ ...साठ लाख...सभी मोज़ेज़ के पीछे–पीछे चल दिये।

बापू मसीहा ने क्या–क्या चमत्कार किये थे? मेरी ही तरह सारी बात सुनते हुए जेशुआ ने जिज्ञासा से पूछा था।

ध्यान से सुन जेशुआ...सबसे बड़ा चमत्कार तो मोज़ेज़ ने समुद्र में मार्ग बनाने का किया।

कुछ क्षणों के लिए बापू कुछ विचार करता हुआ सा ख़ामोश रहा। मुझे भी कथा जानने की जिज्ञासा थी। विचार आया कि मैं ही पूछ लूँ कि आगे क्या हुआ बाबू...?

बापू की आवाज़ फिर सुनायी दी। यहूदियों के तारणहार मोज़ेज़ के साथ लाखों यहूदी अपने वतन की खोज में चल पड़े। जेशुआ अनेक मुश्किलों, अनेक यातनाओं के झेलते हुए जब वो सब जा रहे थे तब उनके मार्ग में एक विशाल समुद्र आया। लाखों लोग और विशाल समुद्र कहते हुए बापू के स्वर में भी बेचैनी उतर आयी। सामने था एक विशाल समुद्र और पीछा कर रही थी मिस्र की सेना। साथ आये बहुत से लोगों का मोज़ेज़ में विश्वास भी कुछ कम होता जा रहा था। मोज़ेज़ ने उन सभी को दयालु दृष्टि से देखते हुए प्रभु की प्रार्थना करनी आरम्भ की और अपना दण्ड ऊपर आकाश की ओर उठाया। स्वच्छ आकाश...ऊँची उठती समुद्र की लहरें...दण्ड आकाश की ओर उठाये मोज़ेज़...जेशुआ इस अद्‌भुत दृश्य को देखकर समस्त मानव समूह स्तब्ध था।

बापू की भावपूर्ण आवाज़ व आरोह–अवरोह के कारण मुझे सब कुछ आँखों के समक्ष घटित होता–सा प्रतीत होने लगा।

अचानक चमत्कार हुआ जेशुआ...समुद्र की लहरें दोनों ओर दीवारों की तरह खड़ी हो गयीं...और समुद्र के मध्य में मार्ग बन गया...जल निर्मित उन दीवारों के मध्य से पार उतरे लाखों यहूदी...!

बापू इतने सारे मनुष्यों को समुद्र पार करने में तो बहुत समय लगा होगा? जेशुआ का मासूम सा प्रश्न था।

हाँ बेटा...हाँ...परन्तु सबसे अनोखी बात यह थी कि पीछा करती हुई मिस्र की सेना को समुद्र ने मार्ग नहीं दिया। अनेक कष्ट झेलते हुए बरसों यात्रा करने के पश्चात यहूदियों का वो क़ाफ़िला सिनोय की पहाड़ियों के समीप पहुँचा।

बेटा एक और चमत्कार हुआ प्रभु ने स्वयं लिखित दस आचार संहिता मोज़ेज़ को सौंपीं। ईश्वर की आज्ञानुसार इस आचार संहिता के साथ ही यहूदियों को जेरूसलम में प्रवेश करना था। पहाड़ों, झरनों

व उपजाऊ मिट्टी वाले इस प्रदेश को यहूदियों ने अपना वतन बनाया। अब्राहम के वंशजों को उनका अपना वतन मिल गया।

बापू ईश्वर द्वारा मोज़ेज़ को सौंपी गयी आचार संहिता में क्या लिखा था? जेशुआ ने प्रश्न किया।

जेशुआ बेटा आचार संहिता यहूदी धर्म का आधार स्तम्भ है। सच्चे यहूदी को किस प्रकार जीवन जीना चाहिए ये समस्त नियम उस आचार संहिता में स्वयं ईश्वर ने लिखे हैं। जैसे...तुम केवल मेरी आराधना करोगे अन्य किसी की भी नहीं। मूर्ति पूजा नहीं करोगे। छुट्टी के दिन ईश्वर का स्मरण अवश्य करोगे। माता–पिता को सम्मान दोगे। कभी झूठ नहीं बोलोगे। लोभ से दूर रहोगे। अनैतिक सम्बन्ध नहीं बनाओगे। तुम किसी की हत्या नहीं करोगे। हम सभी यहूदियों को ये सभी नियम पालन करने होते हैं। समझे जेशुआ...!

थोड़ी देर की चुप्पी के बाद जेशुआ ने एकाएक बापू से पूछा–हम यहूदियों ने फिर यीशु को सूली पर क्यों चढ़ाया? यीशु का वध क्यों किया बापू? बोलो बापू...

एक छोटे से बालक की कोमल आवाज़ पूरे खँडहर में सुनायी पड़ रही थी। खँडहर भी इस प्रकार मौन हो गये जैसे उन्हें भी उत्तर की प्रतीक्षा हो। बापू का उत्तर सुनने के लिए मैं दीवार से कान सटा कर बैठ गया। थोड़ी देर बाद बस खँडहर में खँडहर से दूर जाते पाँवों की आहटें सुनायी पड़ रही थीं।

हे दिशाओ मैं अनेक वर्षों तक नील नदी के तट पर भटकता रहा। इस नदी के दोनों ओर मरुधान भी हैं और रेगिस्तान भी है। मिस्रवासियों के लिए यह नदी माता के समान है। बिल्कुल गंगा माता जैसी। नील नदी के कारण ही मिस्र धन–धान्य से भरपूर देश बना।

नील नदी के किनारे पिरामिड जैसे विशाल निर्माण जिस देश ने किये उस देश की जनता की ज्ञान पिपासा कितनी प्रबल रही होगी। मिस्र के इन अद्‌भुत कार्यों को देखकर मुझे महसूस होता कि इस सृष्टि में मानव ईश्वर का एक महत्त्वपूर्ण सर्जन है। मिस्रवासियों का यह विश्वास रहा की मृत्यु जीवन का अन्त नहीं

हैं। मृत्यु आत्मा का स्वरूप बदलने की यात्रा का एक पड़ाव भर है। इसी कारण क़ब्रगाहों को अनन्त का घर कहते थे। इस यात्रा को सुगम बनाने के लिए सुख–साधन की प्रत्येक वस्तु मृतक के साथ दफ़न करते थे। मृतक की प्रिय वस्तुओं को चित्र रूप में क़ब्र की दीवारों पर अंकित करते थे। आर्यों की तरह ये लोग अनेक देवी–देवताओं की आराधना करते थे। आर्यों की तरह इन्होंने भी खगोल विद्या और वैदिक शास्त्र में भी बहुत ज्ञान अर्जित किया था। कितना भव्य था मिस्र का अतीत...!

मिस्र की अनूठी संस्कृति में थी एक रानी क्लियोपैट्रा। सौन्दर्य व बुद्धिमत्ता से जिसने रोमन सत्ताधीश को भी वश में कर लिया था। परन्तु क्लियोपैट्रा का अन्त उसकी मृत्यु...। पपायरस के मिश्रण से बनी भव्य नौका में विहार करती रानी। उसकी नौका के आगे–पीछे सेवक–सेविकाओं की नौकाएँ विहार करती हुई उसकी सेवा में तत्पर थीं। नौका में विलासी क्षण व्यतीत करती मिस्रवासियों की प्रिय रानी ने अंजीर की टोकरी में हाथ डाला और सर्प दंश....! यह चर्चा जब प्रथम बार मैंने सुनी तो मुझे लगा कि जैसे मेरे रोम–रोम में एक साथ अनेक सर्प दंश मार रहे हों।

जब एक दिन सच में ही एक बिच्छू ने मेरे हाथ में दंश मारा तब मैंने कितनी शीघ्रता से उसे झटक कर अपने हाथ से दूर फेंक दिया था। मृत्यु का भय...जिस मृत्यु की हर पल कामना करता हूँ उसी मृत्यु से भय...! छद्म...स्वयं से छद्म...अश्वत्थामा? रेगिस्तान का कण–कण मेरा उपहास करने लगा। स्वयं पर ही फूट–फूटकर रोते हुए मैंने देखा कि रेत पर पड़ा हुआ बिच्छू मृत्यु के समीप...और मत्यु के लिए तड़पता मैं.....!

मैं असंख्य रात और दिन नील नदी के तट पर था। मेरी देह तप–तप जाती थी। अपनी इस पीड़ा के कारण नदी में पाँव डुबाकर बैठे–बैठे उसके प्रवाह को देखा करता था। नदी के जल को देखकर सोचता रहता कि जिस जल को मैं देख रहा हूँ वो हर क्षण नवीन जल होता है। इसका अनन्त प्रवाह...! मैं नदी से प्रश्न कर बैठता–

सदियों से प्रवाहित होते हुए भी तुम थकी नहीं हो नदी...?

यही मेरी नियति है। यही मेरा धर्म है परदेसी...कि बस प्रवाहित होती रहूँ। मुझे नदी की कल–कल सखी की मन्द–मन्द हँसी जैसी प्रतीत होती।

मुझे एहसास होता कि समय की गति ही समय की भी नियति है। बीत जाते अनेक पल अनेक क्षणों की अनेक शृंखलाएँ...और रुक जाते मेरे विचार...। पीड़ा की तीव्र लहर उठती। हृदय में एक ही प्रश्न उठता काल का अन्त कब होगा? मैं सहम जाता। मेरे सड़े–गले तन की दुर्गन्ध और तीव्र हो जाती।

मैं सखी से पूछता कि हे सखी काल का अन्त आयेगा न...? क्या फिर कोई कमल खिलेगा जल में...? किसी खिले कमल को देखकर मैं नाभि नाल से खिले कमल की कल्पना में खो जाता। नदी में तैरती नौकाओं को देखकर मैं यूँही विचारों में खोया उद्भ्रान्त–सा हो जाता...!

28

वनों और रेगिस्तान में भटकते हुए मैं अनेक वर्षों तक इन पिरामिडों के देश में भटकता रहा। मुझे बहुत बार आर्यावर्त की याद आती थी। उस आर्यावर्त में जहाँ मैंने अनेक सदियाँ बितायी थीं। मुझे अक्सर एहसास होता कि जैसे गिरनार के वनों की शीतल छाया और रेवा का तट मुझे पुकार रहे हैं।

दूर क्षितिज में गिरनार की शृंखला उभर आती। कहीं मृगजल–सी बहती रेवा भी दिख जाती। रण की उड़ती धूलि में मुझे उस बहेलिये का प्रलाप सुनायी पड़ता। पीपल के वृक्ष के नीचे बैठा–वह बहेलिया मेरे समक्ष खड़ा होता।

दसों दिशाओ सुन रही हो न पाण्डवों के स्वर्गारोहण के बाद मैं अन्दर से रिक्त हो गया था। हिमालय में भटकता रहा। हिमालय के

हिम–प्रपात भी मेरे क्रोध व मेरी वेदना को शान्त न कर सके। कृष्ण का दिया श्राप मेरे रोएँ–रोएँ में दौड़ता रहता। कपटी कृष्ण ने केवल मेरे तन ही नहीं बल्कि मेरे मन पर भी कब्ज़ा कर लिया। कृष्ण के नाम से ही मेरी देह में दाह उठने लगती। एक बहेलिये के बाण के कारण कृष्ण ने देह त्यागी। पीड़ा तो अवश्य हुई होगी कृष्ण को... कृष्ण और उसकी पीड़ा के विचार से मेरे हृदय को कुछ सान्त्वना–सी मिलती। एक दिन मैं बहेलिये को खोजते–खोजते प्रभास पाटन के उस पीपल के वृक्ष के नीचे पहुँच गया। वृक्ष की छाया में एक वृद्ध बैठा था। सफ़ेद घुँघराले बालों तथा श्यामवर्णी झुर्रियों से भरा उसका चेहरा शान्त था।

उसने आहट महसूस होते ही कहा–कौन है?

उसने चारों ओर चेहरा घुमाया मुझे महसूस हुआ कि वृद्ध देख नहीं सकता। मैं थोड़ा उसके समीप गया।

ख़बरदार...समीप नहीं आना। मैं इस स्थान का रक्षक हूँ...देखो इस वृक्ष को। यहीं तो कृष्ण सोये हुए थे।

उसने वृक्ष के तने को यूँ सहलाया जैसे कोई माँ बालक को सहलाती हो। कुछ कहने के प्रयत्न में उसका मस्तक हिल रहा था। उसने कुछ यूँ कहना शुरू किया–मेरे कृष्ण यहीं बैठे हैं। यहीं...यहीं... यहाँ मेरे बाण ने उनके कोमल चरण को बींधा था। मुझे क्षमा करो हे वासुदेव! मुझे तो दूर से हिरण के कान के जैसा आभास हुआ था। सत्य कह रहा हूँ। उसका स्वर पीड़ा में डूबा हुआ था। हे कृष्ण! मुझे क्षमा करना। हिरण को मारकर उसके चमड़े को बेचकर धन लेने की लालसा में मैं समीप गया। देखा तो कृष्ण वासुदेव...!

बहेलिया बोलते–बोलते अटक गया। मानो अभी भी कृष्ण उसके समक्ष साक्षात् हों।

उसने आगे कहा–लेशमात्र भी वेदना मेरे कृष्ण के मुख पर नहीं थी। उनके तो अंग–अंग से मधुरता झर रही थी। उनकी नीलवर्णी आँखों में भी भरपूर प्रेम था। मैंने क्षमा माँगने का बहुत प्रत्यन किया परन्तु मुख से एक शब्द भी न निकाल सका। बस मेरी आँखों से

आँसू बहते रहे। अश्रुपूरित आँखों से ही मैंने देखा कि वे मुस्कुरा रहे हैं। इसमें तुम्हारा दोष नहीं है। शोक मत करो। आशीर्वाद के लिए हाथ ऊँचा करते हुए उनके नेत्र बन्द हो गये। बस, तभी से मैं यहाँ बैठा हूँ....मैं यहाँ अपने कृष्ण को सहेजे हुए।

कहते हुए वह फिर वापस वृक्ष को सहलाने लगा। हवा में हिलते वृक्ष के पत्तों की मर–मर सुनते हुए मैं भौचक खड़ा रहा। अचानक जरा नामक वो बहेलिया बोला ये दुर्गन्ध...कहाँ से आ रही है यह दुर्गन्ध।

वह हाँफते हुए उठा और चारों ओर दृष्टि दौड़ाई। मेरी ओर दृष्टि डाल कर बोला–निकट नहीं आना...नहीं आना...और एक पत्थर मुझ पर फेंक कर मारते हुए बोला–मेरा कृष्ण तो सुगन्ध का दरिया था...सुगन्ध का दरिया...।

मेरे माथे पर पत्थर से हुए घाव से रक्त बह चला। मैं मूर्खवत बहेलिये के मुख से 'हे कृष्ण हे कृष्ण'' सुनता हुआ बैठा रहा। कृष्ण के नामोच्चार को सुनते हुए मेरे रोम–रोम में लहू रिसने लगा। वहाँ से घिसटता हुआ मैं गिरनार के घने जंगलों की ओर चल दिया। गिरनार के वनों में वृक्षों के झुरमुटों के लहराते पत्तों के बीच से आती–जाती सूर्य की किरणों को देखा करता। धरती पर प्रकाश का हर पल नया रंग। पक्षियों के कलरव के साथ सूर्य देवता उपस्थित हो जाते। मेरी बिल्कुल इच्छा नहीं थी कि कर्ण के पिता मेरी यह दशा देखें। मैं और अधिक गहन जंगल में प्रवेश कर गया। जहाँ तक कोई नहीं पहुँच पाता था।

वनों में अँधेरी रात में सिंह की चमकती आँखें मुझे घृणा से देखतीं और आगे चल देतीं। मेरा अंग–अंग सुलग उठता। गिरनार के घने जंगलों की शीतलता भी मुझे शान्ति नहीं दे सकी। मैं रेवा के तट पर भटकने लगा। घण्टों तक मैं अपनी जलती देह को रेवा के जल में डुबाये रखता था। हे दिशाओ रेवा के तट पर मुझे बुद्ध की चर्चाएँ सुनने को मिलीं।

दिशाओ आर्यावर्त में वापस आने की इच्छा के साथ–साथ ही मुझे युद्ध के शंखनाद का स्वर घेर लेता। पिताश्री का भूमि पर पड़ा मस्तक,

द्रौपदी का विलाप, 'ब्रह्मास्त्र वापस लो अश्वत्थामा' कृष्ण की चारों दिशाओं से आती प्रचण्ड आवाज़ मुझे घेरने लगती। वापसी के लिए उठाये क़दम वहीं स्थिर हो जाते। अनेक बार विचार आता कि भारत वर्ष में भी बहुत बदलाव आये हैं। गुप्त वंश के राज्यकाल में कला व साहित्य का स्वर्णिमकाल चल रहा है। यह चर्चा भारत के साथ व्यापार करने वाले व्यापारियों से सुनी है। मिस्र के व्यापारियों के रण से गुज़रते हुए संवादों से मन में आनन्द की लहरें उठतीं।

टाइटस द्वारा किये गये अत्याचार और विनाश के बाद मिस्र का अलेक्जेंड्रिया नगर यहूदी धर्म के रीति–रिवाजों का केन्द्र बन गया। धीरे–धीरे मिस्र का भव्य भूतकाल क्षीण होने लगा। रोमन सत्ता के अधीन मिस्रवासी अपना धर्म भूलकर रोमन सत्ता के ईसाई धर्म की ओर बढ़ने लगे। रोमन सत्ता द्वारा थोपे गये भारी करों के नीचे दबी मिस्र की सामान्य जनता अपने देवी–देवताओं को भूलकर सिर्फ़ ईसाई धर्म में आशा देखने लगी। बहुत बार मैं रण में श्याम वस्त्र धारी ईसाई सन्तों को देखता। सांसारिक सुख त्यागकर मरुभूमि का कठिन जीवन जीते और साधना करते इन सन्तों को देखकर मुझे बुद्ध और महावीर काल के श्रमणों का स्मरण हो आता।

नील नदी के किनारे भटकते हुए ही मैंने एक नवीन धर्मगुरु की चर्चाएँ सुनीं। अरब के समस्त प्रदेश में एक नया ज्वार आया हुआ था। मोहम्मद पैगम्बर उनका नाम था। रेगिस्तान के छोटे–छोटे क़बीलों को इस नये धर्म ने एकता के सूत्र में पिरोना शुरू किया। अब्राहम मोज़ेज़ और यीशु की ईश्वरीय सत्ता को मान्यता देते हुए पैगम्बर ने एक ईश्वर की मान्यता पर ज़ोर दिया। ईश्वर सर्वज्ञ है। निर्गुण और निरंकार ईश्वर सभी को देखता है। अच्छे कर्म करो क्योंकि कयामत की रात ईश्वर पृथ्वी पर आयेगा और सभी को कर्मों के अनुसार न्याय देगा। केवल एक ईश्वर की पूजा करो। मूर्ति पूजा मत करो। अनेक देवी–देवताओं को मानने वाले ये अरब के क़बीले, एक–दूसरे से लड़ते रहने वाली यह प्रजा, इस्लाम धर्म के झण्डे के नीचे एक होकर इस्लाम के प्रचार के लिए निकल पड़ी। मोहम्मद पैगम्बर के

चमत्कार की अनेक चर्चाएँ सुनायी देती थीं। अरब देशों में आँधी की तरह फैले इस्लाम धर्म ने ईसाई धर्म के केन्द्र बिन्दु रोमन सत्ता को उखाड़ फेंका।

यीशु के वध के समय से ही मैंने रोम की अनेक चर्चाएँ सुनी थीं। अनेक सदियों से विशाल साम्राज्य पर राज करने वाली यह महाशक्ति युद्ध कला में प्रवीण थी। ग्रीक संस्कृति से प्रभावित रोम में भी लोकशाही थी।

अनेक दन्तकथाओं का स्वामी वह जूलियस सीजर का देश। वह नगर देखने को मेरा मन लालायित हुआ।

29

मिस्र से रोम की ओर चला तो दिल में एक बार और जेरूसलम देखने की इच्छा को रोक नहीं सका। कितना अजीब नगर है जेरूसलम। मोज़ेज़ को वरदान में मिली स्वप्न नगरी।

यीशु के वध व पुनरुत्थान की महिमा गाती यह नगरी। पैगम्बर की स्वर्ग यात्रा की रात्रि का केन्द्र स्थान। पैगम्बर, यीशु और मोज़ेज़ के मिलन की कथा कहता यह नगर। एक मूल से निकले तीन धर्मों का केन्द्र स्थान। जहाँ कयामत की रात प्रभु आकर सभी को न्याय देंगे इसी विश्वास के कारण लोग मृत्यु पश्चात वहाँ दफ़न होना पसन्द करते हैं। कितनी विलक्षण है यह धरती। कितने ही सत्ताधीश आये और काल के गर्त में समा गये। न जाने कितनी ही बार जेरूसलम ध्वस्त हुआ। कितना अधिक विनाश जिसमें लाखों जेरूसलम वासी मारे गये। हेरेडियन नाम के रोमन राजा ने तो जेरूसलम को दुनिया से मिटाकर इसका नाम बदलकर एलिया कैपिटालिना कर दिया था। पुराना नगर ध्वस्त करके नया नगर बसाने का आदेश दिया था। विद्रोही यहूदियों के दमन के लिए लाखों यहूदियों का कत्ल किया। अनेक यहूदियों को गुलाम बनाया। तब भी वह पूरी दुनिया में बिखरे

हुए यहूदियों के दिल से जेरूसलम का नाम नहीं मिटा सका। यहूदी और अधिक जुनून से जेरूसलम को प्रेम करने लगे। अनेक कथाएँ व दन्तकथाएँ स्वयं में सँजोये था जेरूसलम।

हे दिशाओ रोमन राजा कांस्टेंटाइन के एक निर्णय ने जेरूसलम का भविष्य बदल दिया। राजा और उसकी माता रानी हेलेना ने ईसाई धर्म अपनाया और यीशु की कर्मभूमि जेरूसलम की ओर प्रस्थान किया। रानी हेलेना के प्रयासों ने जेरूसलम का नक़्शा बदल दिया। यीशु की क़ब्र और वधस्तम्भ खोजने के लिए उसने गोलगोथा टीले पर, जहाँ यीशु को सूली पर चढ़ाया गया था, वहाँ खुदाई कार्य आरम्भ कराया। उसने राजा हेरेडियन द्वारा निर्मित एफ्रोडाइट के देवालय के नीचे दबी यीशु की क़ब्र खोदकर निकाली। लोक कथा यह भी है कि एक साथ तीन वधस्तम्भ मिले थे। तीनों में कौन–सा यीशु का वधस्तम्भ है यह निर्णय लेने के लिए रानी ने एक मृतप्राय व्यक्ति को एक–एक करके तीनों स्तम्भों का स्पर्श कराया। तब एक चमत्कार हुआ। तीसरे वधस्तम्भ से वह व्यक्ति स्वस्थ हो गया। वही यीशु का वधस्तम्भ था। यीशु की क़ब्र के पास चर्च निर्मित कराये जो कि होली सेपल्कर के नाम से प्रसिद्ध है। रोमन साम्राज्य में ईसाई धर्म के प्रचार के कारण जेरूसलम ईसाइयों का भी यात्रा स्थल बन गया। जहाँ अब ईसाई धर्म की अधिकता थी। ईसाइयों के त्योहार व उत्सव भी वहाँ मनाये जाने लगे। चर्च निर्माण कार्य शुरू हुआ। उसके बाद भी यहूदी नष्ट हुए अपने देवालय के परिसर व अवशेषों के समीप एकत्र होकर उसके पुनर्निर्माण की ईश्वर से प्रार्थना करते। आशा और निराशा के बीच झूलते यहूदियों की अपनी मान्यताएँ अटल रहीं। पैगम्बर के आगमन से इस्लाम धर्म का झण्डा उठाये अरबियों की आँधी समूचे अरब देशों में फैल गयी इससे जेरूसलम भी अछूता नहीं था।

दिशाओ रोम जाने की इच्छा लिए मैं फिर वापस जेरूसलम पहुँच गया। मैं स्वयं पर आश्चर्यचकित था।

एक टीले के पीछे से निकल आये सूर्य देव की प्रथम किरणों से प्रकाशवान होती उस अष्टकोणीय इमारत को मैं देख रहा था। अद्‌भुत

थी वह इमारत। इसके सुनहरे गोल गुम्बद को देखकर मैं चकाचौंध हो गया। सुनहरे गुम्बद और सुन्दर नक़्क़ाशी व मीनाकारी वाली दीवारें और उनके बीच स्थित एक शिला जहाँ से पैगम्बर रात को स्वर्ग यात्रा पर गये थे। एक वह शिला थी जहाँ अब्राहम ने अपने पुत्र के बलिदान का प्रयत्न किया था। एक स्थान वह था जहाँ कभी सोलोमन द्वारा बनाया गया यहूदियों का देवालय हुआ करता था। बिल्कुल वही स्थान जहाँ मैंने हेरोड द्वारा निर्मित देवालय भस्म होते देखा था।

वह धवल देवालय और इसका चाँदी का द्वार मैंने भयंकर रूप से जलता हुआ देखा था। तीनों धर्म इस शिला को जगत का केन्द्र मानते थे। जहाँ कयामत के दिन प्रभु आकर सबको न्याय देंगे। डोम ऑफ़ रॉक का निर्माण अदब–अल–मलिक द्वारा कराया गया था। इस निर्माण कार्य के साथ ही जेरूसलम की समस्त दुनिया बदल गयी। उससे ही थोड़ी दूर पर अल–अक्षा मस्जिद थी। सामने ही गोलगोथा के चबूतरे पर स्थापित था रानी हेलेना द्वारा निर्मित चर्च सेपल्कर। यह वही स्थान था जहाँ मैंने यीशु को वधस्तम्भ पर टँगे हुए देखा था।

तीनों धर्मों के लिए यह पवित्र भूमि और खुद को सर्वोपरि सिद्ध करने के लिए तीनों धर्मों में संघर्ष...अनेक हत्याएँ हुईं अनेक गुलाम बने। अनेक लोगों ने धर्म परिवर्तन किया। कितने ही मनुष्य धर्म परिवर्तन नहीं करने के कारण मृत्यु को प्राप्त हुए।

जिस उत्कण्ठा के साथ मैं जेरूसलम आया था, वह उत्कण्ठा पता नहीं कैसे खिन्नता में बदल गयी। यीशु काल का जेरूसलम खोजते–खोजते मैं बहुत समय तक जेरूसलम की गलियों में भटकता रहा। बहुत बार सखी से पूछता कि कहाँ गया वह जेरूसलम। धर्म की सर्वोपरिता का यह क्या अर्थ है...? जब मैंने रोम की ओर चलना शुरू किया तो हृदय विषाद से भरा हुआ था। वेदना तन–मन में निरन्तर डंक मारती रही।

30

सुन रही हो न दसों दिशाओ, हे पंचमहाभूतो आज हिरोशिमा के इस महाविनाश के बीच बैठा मैं अश्वत्थामा तुमसे कह रहा हूँ कि—मैं काल के अन्त की प्रतीक्षा में वनों में और खँडहरों में भटकता और घिसटता रहा हूँ। क्या अतीत की परतें उखाड़ते रहना ही मेरी नियति का शेष है। यूँ ही भटकते—भटकते मैं एक दिन रोम शहर के कोलोसियम में पहुँच गया। एक समय लोगों की चीत्कारों, भयंकर हुंकारों, पुकारों से भरा यह क्रीड़ा आँगन आज खँडहर था। बिल्कुल मेरे जैसा। मेरे सड़े—गले शरीर पर अनेक रिसते और अनेक पपड़ा गये नासूरों—सी ही इस खँडहर की दीवारों की भी परतें उखड़ आयी थीं। वर्षों से अपने सड़े—गले खँडहरों को ढो रहा मैं...

मैंने चारों ओर दृष्टि घुमाई। टूटे—फूटे कंगूरे और जगह—जगह से उखड़ गये पत्थर, प्रेक्षागार के चारों ओर स्थापित खण्डित हो गयी प्रतिमाएँ और क्रीड़ा आँगन के गहरे गड्ढों में से दीखता उसमें बना हुआ भूमिगत तल।

एक विचित्र ही निर्माण था। विशाल गोलाकार क्रीड़ा आँगन। हज़ारों दर्शकों के साथ बैठकर मनोरंजन करने की भव्य व्यवस्था। कहा जाता है कि इस क्रीड़ा स्थल पर भयंकर रक्त रंजित खेल होते थे। रक्त रंजित मनोरंजन। इस क्रीड़ा आँगन में रक्त के प्यासे हज़ारों लोग और अपनी ही जान की बाज़ी लगाते हुए मल्ल, ग्लैडिएटर के नाम से जाने जाते थे। गुलामों और अपराधियों को इस खेल में झोंका जाता। कहा जाता है कि भूखे जंगली जानवरों को इस क्रीड़ा आँगन में उन मल्लों के साथ छोड़ दिया जाता था।

कोलोसियम को देखते हुए मेरी दृष्टि के सामने सदियों पूर्व देखा हुआ टाइटस आ खड़ा हुआ। जेरूसलम के देवालय को भस्म करने वाला टाइटस...गोरे व गोल चेहरे वाले टाइटस की आँखों की क्रूरता का स्मरण होते ही मैं काँप गया। वही तो निर्माता था इस

कोलोसियम का। जेरूसलम को नेस्तनाबूद करने वाला, देवालय को लूटने वाला, लाखों यहूदियों का हत्यारा टाइटस।

कोलोसियम में आयोजित प्रथम खेल स्पर्धा पर वह कितना अधिक प्रसन्न हुआ होगा। मेरी आँखों में कल्पना चित्र से चलने लगे कि कोलोसियम में बैठे हज़ारों रोम वासी प्रथम खेल स्पर्धा देख रहे हैं। हवा में एक उन्माद था। उचक–उचककर मारो–मारो कहते–कहते रोमवासी और अधिक उन्मादी हो गये। अनेक बहुमूल्य पत्थरों से निर्मित प्रेक्षागृह के चारों ओर नयी–नयी प्रतिमाएँ चमक रही थीं। क्रीड़ा स्थल पर धातु निर्मित विशाल दरवाज़ों के पीछे थे ग्लैडिएटर। सामने पूरी साज–सज्जा में विराजे सत्ताधीश व राजपरिवार की जय–जयकार हो रही थी।

टाइटस के प्रवेश के बाद स्पर्धा शुरू हुई। विशेष प्रशिक्षण प्राप्त ग्लैडिएटर का नाम प्रेक्षागृह में गूँज उठा। रक्त के प्यासे रोमवासी उचक–उचक कर मारो–मारो कहते हुए चीख़ने लगे। अचानक आवाज़ें थम गयी। हज़ारों आँखें ज़मीन पर घायल पड़े ग्लैडिएटर को देख रही थीं। खंजर हाथ में लिये विजयी ग्लैडिएटर प्रतिस्पर्धी की छाती में अन्तिम वार करने के लिए, राजा की आज्ञा लेने के लिए राजा की ओर देखता रहा। राजकक्ष पूरा भरा हुआ था। रक्त रंजित खेल देखते हुए सभी की आँखों में एक उन्मादी चमक थी। कुछ पलों के लिए समस्त प्रेक्षागृह श्वास थामे राजा की ओर देख रहा था। नीचे क्रीड़ा आँगन में विजयी ग्लैडिएटर खंजर हाथ में उठाये लगातार राजा के हाथ के अँगूठे को देख रहा था। राजा के अँगूठे की जुंबिश के साथ ही विजयी ग्लैडिएटर ने ज़मीन पर पड़े, पराजित ग्लैडिएटर के सीने में खंजर घोंप दिया। समस्त प्रेक्षागृह हर्ष और उल्लास से गूँज उठा। क्रीड़ा स्थल पर रक्त से लथपथ एक शरीर काँपते हुए धीरे–धीरे शान्त हो गया। खंजर ऊँचा उठाकर लोगों से अभिवादन का आदान–प्रदान करते हुए ग्लैडिएटर जानता था कि शायद कल इस मृत शरीर की जगह उसका शरीर पड़ा होगा।

इस तरह हज़ारों लोग इन खेलों का आनन्द लेते थे। राजपरिवार के लिए बने विशेष सज्जित खण्ड से टाइटस रोमवासियों के मूर्खतापूर्ण उन्माद को देख रहा था। उसके मुख पर एक कटाक्ष युक्त स्मित आ गयी। उसने अपने निकट बैठी रत्नाभूषणों से सुसज्जित एक सुन्दर स्त्री की ओर देखा। वह राजा का हाथ अपने हाथों में लेकर थपथपाने लगी। राजा का हाथ थपथपाती वह स्त्री यहूदियों की राजकुमारी बर्निस थी। उसे देखते हुए मेरा ह्रदय घृणा से भर गया। तभी घन की आवाज़ के साथ डंके पर एक चोट हुई। दूर रोमन देवालय से आने वाली डंकों की आवाज़ मुझे खींचकर वर्तमान में वापस ले आयी थी।

कोलोसियम के खँडहर में बीती रातों में मुझे मानव व पशुओं के बीच होने वाली खेल–स्पर्धा ही याद आती थी। भूखे जंगली जानवरों की दहाड़ मुझे सुनायी पड़ती। मैं क्रीड़ा आँगन में पशुओं को देख रहा था जो मनुष्य को चीर कर खा रहे थे। ऐसी ही एक रात को घूमते हुए पशुओं द्वारा ग्लैडिएटर को चीरते हुए महसूस कर रहा था।

एकाएक ''मारो भ्राता मारो'' की एक ज़ोरदार आवाज़ सुनायी दी। अरे यह तो दुःशासन की आवाज़ है। मैंने राजपरिवार के कक्ष की ओर देखा। वहाँ पर कौरवों का सिंहासन था। "मारो भ्राता दुर्योधन मारो। ''सूर्य के प्रकाश से प्रकाशित क्रीड़ा आँगन में हस्तिनापुर वासियों के जयघोष से आनन्दित दुर्योधन, धरती पर पड़े भीम की छाती पर गदा रखे खड़ा था। राजकक्ष में कुरुओं के सिंहासन पर बैठे अन्धे महाराज धृतराष्ट्र के मुख पर अनोखी प्रसन्नता थी। क्रीड़ा आँगन के किनारे खड़ा राजकुमार युधिष्ठिर धृतराष्ट्र के समीप बैठे भीष्म की गम्भीर मुखमुद्रा को देख रहा था। युधिष्ठिर के साथ ही खड़े थे अर्जुन, सहदेव और नकुल। सहदेव की दृष्टि माता कुन्ती के व्याकुल मुख पर थी।

''मारो राजकुमार दुर्योधन मारो। चलाओ अपनी गदा...इस वृकोदर को छोड़ना नहीं। चलाओ अपनी गदा...।'' लाल मणिधारी एक ब्राह्मण कुमार का स्वर–क्रीड़ा आँगन में हज़ारों पशुओं की चीत्कार के समान गुंजित हुआ। उसके मस्तक पर लालमणि अग्नि जैसी चमक रही थी।

उसने अपने सीधे हाथ के लम्बवत अँगूठे को नीचे किया। समस्त कोलोसियम स्तब्ध हो गया। कोलोसियम के चारों ओर सज्जित प्रतिमाएँ हाहाकार कर उठीं। सौ–सौ राजकुमार मारो–मारो कहते हुए चीख़ने लगे। हाथी समान काया वाले भीम को धरती पर पड़ा देखकर मामा शकुनि अट्टहास करने लगे। लाल मणि के प्रकाश से भौचक लोगों ने देखा कि गदा हवा में घूमी और एक धमाका हुआ।

आधी रात को खँडहर में उखड़े हुए पत्थरों के गिरने से धम की आवाज़ से मैं चौक गया। दो मोटे–मोटे मूषक मेरे पाँव पर से दौड़ गये। मैं जड़वत् उन दौड़ते मूषको को देखता रहा। मैंने चारों ओर देखा तो व्याकुल हो गया कि कौरवों का सिंहासन कहाँ गया...मैं आँखें फाड़कर राजकक्ष की ओर देखता रहा। जैसे किसी ने जादू की छड़ी घुमा दी हो बिल्कुल ऐसे ही सब कुछ पल भर में ग़ायब हो गया। सामने थीं केवल खण्डित दीवारें और अन्धकार में डूबा निर्जन–नीरव क्रीड़ा आँगन...वहाँ न दुर्योधन था न ही भीम। उस मस्तक पर लालमणि भी नहीं थी...मेरे हाथ स्वयं ही मस्तक के घाव पर पहुँच गये। एक वेदना की लहर उठी। उसमें से लगातार रक्त बह चला। यह कैसी भटकन, मैं राह भूल गया...या मतिभ्रमित तो नहीं हो गया हूँ मैं...यह मैंने क्या देखा। मन में अनेक प्रश्न आने लगे। जिसमें एक प्रश्न यह भी था कि यदि पाण्डु पुत्र पराजित हुए होते तो...! दिशाओ इतनी व्याकुलता के पश्चात भी इस विचार मात्र से हृदय को कुछ सान्त्वना मिली। पूरी रात अनेक विचित्र–विचित्र कल्पनाओं में बीती थी। बाद में मैं स्वयं तन्द्रालीन हो गया।

मैं पाँचों पाण्डवों के मस्तक लिये दुर्योधन के समक्ष पहुँचा। उठो राजा दुर्योधन। देखो...देखो...मैं आपका सेनापति अश्वत्थामा आपके लिए कितना अमूल्य उपहार लाया हूँ। देखो...देखो...यह भीम का मस्तक। अमृत सरोवर किनारे लेटे घायल अर्धमूर्च्छित राजा का तन हिला। उठो राजा उठो और अपनी गदा से भीम का मस्तक कुचल डालो। पाण्डवों के मस्तक देखकर दुर्योधन में स्फूर्ति आ गयी। उन कंजी आँखों में उन्माद भर आया। शाबाश...मेरे सेनापति शाबाश। मैं

हस्तिनापुर का राजा आदेश देता हूँ। जाओ गुरुपुत्र अश्वत्थामा जाओ, पाण्डवों के वंश में कोई शेष न रहे। जाओ...कृपाचार्य व कृतवर्मा ने जयघोष किया। सेनापति अश्वत्थामा की जय हो...विजयोन्माद में मैं उठ खड़ा हुआ। मेरा कम्बल खिसक गया। मेरे सड़े–गले तन की दुर्गन्ध ने मुझे ही घेर लिया। भौचक–सा चारों ओर देखता हुआ मैं कोलोसियम के खँडहरों में पड़ा रहा। अब मुझे स्वयं से ही भय लगने लगा था।

हज़ारों वर्षों पश्चात भी मेरा हृदय उसी स्थान पर खड़ा था... इस विचार के साथ ही मेरा समस्त शरीर संकुचित–सा हो गया। मैं सखी को भी न पुकार सका। मतिभ्रमित हो गया है अश्वत्थामा तू... मतिभ्रमित। मुझे लगा कि खँडहर की प्रतिमाएँ मुझे पागल–पागल कहते हुए उपहास रही हैं। मैं काँप गया। समय से बेख़बर मैं पत्थर जैसा वहीं पड़ा रहा। अश्वत्थामा यदि तूने पाण्डवों के पक्ष में युद्ध किया होता तब...कोई कोमल स्वर मेरे कानों में पड़ा। खँडहर में सिकुड़े हुए पड़े–पड़े मैंने आँखें खोलीं। भोर का हल्का उजाला आकाश में उतर आया था।

कोलोसियम के खँडहरों में बैठे हुए मुझे एहसास हुआ कि कृष्ण का श्राप मेरे तन ही नहीं मन को भी सड़ा देगा।

खँडहरों के समक्ष खड़े हुए मुझे टाइटस की जेरूसलम विजय की यशोगाथा कहती सदियों पहले मेरी देखी हुई जेरूसलम के महाविनाश की वह रात्रि फिर याद आ गयी। उस रात्रि में लोगों के उन्माद की यादें मेरे हृदय पर घाव सरीखी थीं। सखी का कोमल स्पर्श भी मुझे शीतलता नहीं दे सकता था। मैं रात भर दूर खँडहर में एक कोने में टिमटिमाती मोमबत्ती के प्रकाश को देखते हुए बैठा रहा।

यह रोम शहर था। रक्त रंजित मनोरंजन प्रिय रोमवासी अब यीशु की यशोगाथा गाते थे। रोम नगर मेरी कल्पना से एकदम भिन्न निकला। मेरे देखे हुए सभी नगरों में इतना विशाल–भव्य नगर कोई नहीं था। कम जनसंख्या वाला यह नगर रोमन कैथोलिक धर्म का केन्द्र था। अनूठी वास्तुकला द्वारा निर्मित ईसाई देवालय थे।

इनमें सेंट पीटर बेसिलिका मुख्य था। रोम की कुँवारी माँ मरियम के देवालय की ओर मेरे क़दम बार–बार चल पड़ते। लगता जैसे कोई मुझे पुकार रहा हो।

शिशु यीशु को बाँहों में लिये खड़ी मरियम की प्रतिमा देखते हुए मैं भाव विभोर हो जाता। करुणा और ममता छलकाती मरियम की आँखें मुझे शीतलता देतीं।

देखो न दिशाओं समय का यह कैसा चक्र घूमा यीशु को वध स्तम्भ पर चढ़ाने में सहयोगी रोमवासी, यीशु को कोड़े मारते हुए रोमवासी और...प्रभु का पुत्र मानकर यीशु की आराधना करते हुए रोमवासी।

दूसरी ओर अब उस जेरूसलम में इस्लाम का प्रचार बढ़ रहा था। एक समय का अत्यन्त विशाल साम्राज्य का भव्य व मुख्य नगर अपना इतिहास समेटे खँडहर बना खड़ा था। सदियाँ बीत गयीं। न रहा जूलियस सीजर न रहा रोमन संथागार, न रहे वे रोमन लोकशाही का अनुसरण करते रोमन महाजन। टाइटस भी शेष नहीं है और न ही शेष है उन्मादी प्रेक्षकों से भरा कोलोसियम।

जहाँ प्रतिदिन रक्त रंजित खेल होते थे। जहाँ सत्ताधीश अपनी सत्ता को अबाधित रखने के लिए प्रजा को इन उन्मादी खेलों में ही व्यस्त रखता। वह सत्ता भी शेष नहीं है। केवल शेष है धर्म की सेंधमारी और अपने धर्म को सर्वोपरि सिद्ध करने की स्पर्धा। केवल युद्ध...धर्म...धर्म...धर्म की सर्वोपरिता...धर्म अथवा अधर्म। दूर देवालय में बजता घण्टा अक्सर मेरे मस्तक पर प्रहार करता प्रतीत होता। मैं अपना मस्तक थामे कोलोसियम में बैठा रह जाता।

हिरोशिमा की धरती पर अपना मस्तक पकड़े सिकुड़े–सहमे बैठे अश्वत्थामा को दिशाएँ देख रही थीं। एकाएक चारों ओर देखते हुए उसकी आँखों में एकदम चमक आ गयी।

31

रेगिस्तान पार करता हुआ मैं रोम की ओर चल दिया। मेरी बात सुन रही हो न तुम दिशाओ। सन्ध्या समय था। आकाश लाल होते–होते पीले प्रकाश से भर गया था। रणभूमि की रेत पर सुनहरा काँच बिखरा हुआ प्रतीत होता था। अनेक सन्ध्याएँ मरुभूमि में बितायीं। मरुभूमि की सन्ध्या की सुन्दरता देखते हुए अक्सर अपनी पीड़ा भूल जाता था। रेत के टीलों पर बैठा मैं अक्सर सूर्यास्त देखा करता। सूर्य देव मेरे समूचे अस्तित्व से परिचित थे। सूर्य के दर्शन से मुझे स्मरण हो आता था कि मैं हज़ारों वर्षों पहले जन्मा द्रोण पुत्र अश्वत्थामा हूँ। यह भी कुछ ऐसी ही सन्ध्या थी। अभी पूर्ण सूर्यास्त नहीं हुआ था। अस्त होते सूर्य को देखते हुए एकाएक मेरे सम्मुख एक छाया उभर आयी।

जैसे रेत की ढूह में से उठकर चली आयी हो। सन्ध्या के प्रकाश में चमकती रेत के बीच हरा–लम्बा कुर्ता पहने उस व्यक्ति को मैं देख रहा था। मेरी ओर छोटे–छोटे क़दम भरते उस व्यक्ति को देखकर मेरा मन क़िले के पीछे छुप जाने का हुआ। परन्तु मैं हिल भी नहीं सका। फिर विचार आया कि मुझे समीप से देखते ही हरे कुर्ते वाला व्यक्ति अवश्य ही डर कर भाग जायेगा। मैंने ज़ोर से हँसने का प्रयत्न किया परन्तु मैं हँस भी न सका। अस्त होते सूर्य के मन्द प्रकाश में मेरी ओर धीमे क़दमों से बढ़ते उस व्यक्ति को मैं एकटक देखता रहा। सुन्दर मुख, श्वेत दाढ़ी और मुख पर एक आभापूर्ण स्मित थी। उसकी आँखें प्रेम से भरपूर थीं। मैं अवश–सा अपनी दृष्टि उसके मुख से हटा भी न सका। मुझे लगा यह चेतनापूर्ण व्यक्ति कौन होगा। मानो उसे मेरे हृदय की बात पता चल गयी हो। उसने मुझे सम्बोधित किया।

हे परदेसी! मैं ख़ुदा का दूत...खिद्र हूँ...ख़ुदा की आज्ञा से मैं सदा–सदा के लिए धरती पर विचरण करने वाला हूँ। ईश्वर प्राप्ति की इच्छा लिए तप करते प्राणियों का मैं रहबर हूँ।

उसकी प्रेम भरी आँखें मुझे अपलक देखती रहीं। हज़ारों वर्षों बाद कोई मुझे प्रेमपूर्ण दृष्टि से देख रहा था। मेरे हृदय में अनेक प्रश्न उठने लगे।

तुम्हें यह ज्ञात है परदेसी कि मनुष्य चाहे कितना भी ज्ञानी हो परन्तु ईश्वर इच्छा को समझ नहीं सकता। इस जीवन की गतिविधियाँ विरोधाभासी हैं। बहुत बार जिसे हम अपने जीवन की निष्फलता समझते हैं उसी के पीछे सच्ची सफलता छिपी होती है। जिसे हम स्वयं पर हुई निर्दयता समझते हैं वही कृपा साबित होती है। प्रभु की इस विचित्र लीला को हम समझ नहीं सकते।

मैं तो मूर्खवत–सा उसे देखता रहा। उसकी धीर–गम्भीर आवाज़ में एक अनोखी खनक थी। लगा जैसे रेत का एक–एक कण स्वर्ण–सा चमक उठा है। हम दोनों बहुत देर तक एक–दूसरे के सान्निध्य में बैठे रहे। अँधेरा उतर आया। हरे कुर्ते वाला वह प्रभु का दूत कब उठकर अदृश्य हो गया इसका मुझे पता ही नहीं पड़ा। हज़ारों वर्षों बाद कोई एक मनुष्य मुझे देखकर भयभीत नहीं हुआ। किसी ने मुझे सम्बोधित किया। उसकी आँखों का प्रेम...बहुत समय तक मैं उसके कथन पर मनन करता रहा। हृदय में एक हलचल थी। एक दुविधा थी, क्या यह यात्री सत्य कह रहा था? क्या नाम बताया था अपना, हाँ खिद्र...ख़ुदा का दूत...सदा–सदा के लिए पृथ्वी पर विचरण...ईश्वर प्राप्ति के लिए जिज्ञासुओं का पथ प्रदर्शक ...चेतना से भरा, शान्ति और प्रेम पूर्ण आँखें। उन आँखों को फिर एक बार देखने की इच्छा से चारों ओर दृष्टि दौड़ाई। परन्तु रेगिस्तान के सिवा वहाँ कुछ नहीं था।

कुछ पलों के लिए मेरी समस्त वेदनाएँ ख़त्म हो गयीं तभी मेरा हठी हृदय कहने लगा कि यह खिद्र ईश्वर को खोजने वालों का रहबर और तू मृत्यु को खोजता श्रापित। तेरी इस अवस्था के पीछे कृष्ण की कौन–सी कृपा छुपी है अश्वत्थामा? मेरे इस श्रापित जीवन का कारण कृष्ण...इसमें कृष्ण की कोई कृपा छिपी होगी यह सम्भव ही नहीं है। खिद्र जब दोबारा मिलेगा तो पूछूँगा। इसी आशा में मैंने उस मरुभूमि में अनेक रातें बितायीं।

32

दिशाओ मुझे अक्सर विचार आता कि इस पृथ्वी पर मैं कहाँ–कहाँ नहीं भटका? क्या–क्या नहीं देखा है। पूछो इन आकाश के तारों से। मेरी इस भटकन में ये तारे मेरे साथी रहे हैं। मेरी हज़ारों रातों की कथा ये तारे जानते हैं। तुम साक्षी हो गिर के जंगलों के और रेवा नदी में मेरी अपनी इस सड़ी–गली देह की अग्नि बुझाने के प्रयासों के। तुम ही तो तब मेरे साथ थे जब मैंने तथागत के प्रवचन सुने। पूरी रात उपवन में बैठा रहा था। दया नदी के किनारे कलिंग युद्ध में अशोक को तुमने मेरे साथ ही देखा था। यीशु के समक्ष मेरी यातना की मुक्ति की यात्रा में मैं केवल तुम्हारे ही साथ था। जिगुरत की खण्डित दीवारों ने जो भी व्यथा–कथा मुझसे कही वो सभी मेरे साथ तुमने भी सुनी थीं। स्मरण होगी तुम्हें वो पिरामिड के बाहर बीती रातें। तुम अनगिनत थे आकाश में और मैं अकेला उस रेगिस्तान की रेत में बैठा था। तुम कहाँ–कहाँ नहीं थे मेरे साथ...। एथेन्स के खँडहरों में और स्पार्टा की गलियों में जहाँ मैं निशाचर–सा घिसटता रहा। वहाँ ये टिमटिमाते तारे ही तो मेरे साक्षी थे।

कितनी अद्‌भुत थी ग्रीस की संस्कृति। बिल्कुल आर्यावर्त की संस्कृति जैसी ही अद्‌भुत। अनेक देवी–देवताओं, पंचमहाभूतों की शक्ति की पूजा और उन्हीं के इर्द–गिर्द बुनी हुई दन्तकथाएँ। एथेन्स की गलियों में घूमते हुए जब मैंने सुकरात की चर्चा सुनी तो मैं अभिभूत हो गया। ग्रीस के अद्‌भुत विचारक व दार्शनिक सुकरात और प्लेटो मानो आर्यावर्त के ऋषि–मुनि...और विश्व विजय की कामना करने वाला सिकन्दर...जब मैं एथेन्स की गलियों में होता तब मुझे लगता कि कभी यहाँ बाज़ार में कहीं किसी चबूतरे पर एथेन्स के नवयुवक सुकरात के साथ चर्चा करते रहे होंगे। प्रश्न और प्रतिप्रश्न। एक शिल्पकार पुत्र शिल्पकार नहीं था परन्तु मानवता को गढ़ने का पूरा प्रयत्न किया। सुन्दर नहीं था, शायद कुरूप ही था परन्तु उसके विचार...। देशप्रेमी

सुकरात को अपने सत्य पर अडिग रहते हुए विष पीना पड़ा। एथेन्स का एक्रोपोलिस जहाँ एथेन की देवी एथेना का मन्दिर है उसके बाहर मैं रातभर बैठा रहता था। उसके सम्मुख एक नाट्यशाला को देखा करता। वहाँ पर कलाप्रिय एथेन्सवासी अनेक बार अन्धे कवि होमर का रचित महाकाव्य इलियड सुना करते। विजयी ओडिसी की वतन वापसी की अद्भुत यात्रा का वर्णन। हज़ारों रातों को गाये गये उस महाकाव्य की नाद अभी भी उन खँडहरों में गूँजती है। कितना रस लेकर सुनी जाती रही होगी ट्रॉय की युद्ध कथा। दस–दस वर्षों तक चलता रहा वह युद्ध...

एक सुबह ट्रॉय के क़िले के प्रहरियों ने देखा कि दस वर्षों से ट्रॉय को घेर कर बैठे स्पार्टा सैनिकों की छावनी एकदम शान्त थी। दरिया पार से आती हवा में तम्बुओं के फड़फड़ाने की आवाज़ के सिवा कोई हलचल नहीं थी। एकाएक एक ही रात में समस्त सेना पलायन कर गयी। दूर क्षितिज पर वापस जाती नौकाएँ दिख रही थीं। सुनसान तम्बुओं के बीच खड़ा था लकड़ी का एक विशाल घोड़ा। प्रहरी की सूचना आश्चर्य और आनन्द से भरी हुई थी। क़िले की दीवार पर लोगों की भीड़ लग गयी। सभी दूर से ही थोड़े भय और थोड़े आनन्द से उस घोड़े को देख रहे थे। बहुत विमर्श के बाद ट्रॉय के वृद्ध राजा प्रियम ने घोड़े को नगर में ले आने की आज्ञा दे दी। आख़िर दस वर्षों के पश्चात ग्रीक सेना हार मान कर ट्रॉय के क़िले से अपनी घेराबन्दी उठा कर चली गयी थी। घोड़े को नगर के चौक में लाकर विजयोन्मादी ट्रॉयवासी आनन्दपूर्वक जश्न में डूब गये। उन लोगों को ज्ञात नहीं था कि विजयोत्सव के पश्चात कितनी भयानक रात्रि आने वाली है।

आधी रात को काठ के घोड़े के अन्दर से निकले ग्रीक सैनिकों ने हाहाकार मचा दिया।समस्त ट्रॉय जल उठा। विनाश ...विनाश...ग्रीक सैनिकों ने प्रियम का बचा एकमात्र वंश बीज, वीर हेक्टर के बहुत छोटे शिशु को भी क़िले की दीवार से फेंक दिया। द्वेषपूर्ण इन कथाओं में एक छोटे शिशु की हत्या से दर्शक अवश्य ही रोये होंगे। परन्तु यह युद्ध हुआ किसलिए

...पृथ्वी पर जन्मी एक परम सुन्दरी रूपसी हेलन के लिए.. ग्रीक की सर्व सुन्दरी के लिए...भाग कर आयी एक स्त्री के लिए ...जिसे वापस लाने के लिए हज़ारों ग्रीक नौकाओं का काफ़िला दरिया में उतर पड़ा। उस पर दस वर्षों तक चला यह युद्ध...छल और कपट से ट्रॉय का विनाश किया। अपने सम्मुख बुर्ज पर से फेंके गये अपने नन्हें बालक का छिन्न–भिन्न शरीर देख–देखकर कलपती माँ की दरिया पार से आती चीत्कारें एथेन्स की इस न्याय देवी ने भी अवश्य ही सुनी होंगी। दस वर्षों तक चला यह युद्ध समस्त नगर को ध्वस्त कर गया। महाभारत के अठारह दिनों तक चले युद्ध का मैं एकमात्र शेष साक्षी भी इसे नहीं समझ पाया। एक रूपसी नारी को अपने अधीन रखने का उन्माद। उसके पश्चात ग्रीक सेना का उसे वापस लाने का जुनून...विजय पुरस्कार रूप में राजपरिवार की स्त्रियों का वितरण... अपने पचास पुत्रों को गँवा चुके वृद्ध राजा की पीड़ा....।

मैंने सखी से कहा–स्त्री के लिए यह कैसा पागलपन...आज यदि इन खँडहरों में तर्कपूर्ण विचारक सुकरात मिले तो उनसे यह अवश्य ही पूछूँ...हे सुकरात! यह युद्ध किसके लिए? धर्म अर्थात् क्या? और धर्म के लिए युद्ध का तात्पर्य क्या है?

मेरे प्रश्नों को सुन रही सखी ने हँसकर कहा–सुकरात ने अपने स्वभाव अनुसार अवश्य ही प्रतिप्रश्न किया होता–हे अश्वत्थामा...तुम तो हज़ारों सदियों से इस मानव जाति को देखते आ रहे हो, तुम्हें क्या लगता है...?

मानो सखी के स्थान पर स्वयं सुकरात ही मेरे सामने हो। मैं बहुत देर तक आकाश को ताकता रहा। दिशाओ इन हज़ारों वर्षों की अपनी भटकन में भी मैं स्वयं मानव जाति को नहीं समझ सका...। एक ओर सुकरात जैसे महान दार्शनिक और दूसरी ओर यह युद्ध...।

कुछ सोचते हुए मैंने सखी से कहा–लगता है सखी विष पीने के लिए तैयार जेल में बैठे सुकरात से मैंने अवश्य ही कहा होता कि–भाग जाओ सुकरात...समय रहते भाग जाओ। तुम इस अयोग्य मानव जाति को अपना जीवन क्यों समर्पित किये बैठे हो...तुम्हारा

सत्य मार्ग का आग्रह...तुम्हारा देश प्रेम ये स्वार्थी सत्ताधीश भला क्या समझेंगे। चलो चल दो...चलो चल दो...।

ग्रीक संस्कृति...एक ओर एथेन्स के रंग रसिक लोग और दूसरी ओर अनुशासनबद्ध शिक्षित स्पार्टावासी। स्पार्टाओं में दुर्बलता के लिए कोई स्थान नहीं था।

संथागार में सामान्य प्रजा को भी अपने विचार प्रकट करने का अधिकार था। इस प्रकार के लोकतन्त्र के प्रणेता ग्रीक समाज से रोमन समाज बहुत प्रभावित था। परन्तु समस्त यूरोप में धीरे–धीरे ईसाई धर्म फैल गया। जिसका केन्द्र था रोम। वहीं मध्य पूर्व के देशों में इस्लाम धर्म का प्रचार बढ़ रहा था। जेरूसलम में वापस ईसाई धर्म की सत्ता स्थापित करने के लिए यूरोपीय सत्ता इस्लाम के साथ धर्म युद्ध करने लगी हुई थी।

33

मैं यूरोपीय भूखण्ड में बहुत समय तक भटकता रहा...

रोम और ग्रीस के खँडहरों में मैंने इतने वर्ष बिताये जिसका कोई हिसाब नहीं है। अपने दुख के निराकरण के लिए मैं यीशु के एकमात्र स्पर्श की अभिलाषा लिये हुए था। मुझे भारतवर्ष छोड़े अनेक सदियाँ बीत गयीं। भारतवर्ष...आर्यावर्त...मेरे कठोर हो गये हृदय में अभी भी भारतवर्ष के विचार से एक उमंग जाग जाती थी। एल्पस पर्वतों को देखते हुए मुझे हिमालय का स्मरण हो आता। मेरा आर्यावर्त...

एक बार सखी ने कहा, चलो वापस चलें...वापस अपने आर्यावर्त में।

मैं आश्चर्य से कुछ देर तक सखी को देखता रहा। उसकी आँखों में आर्यावर्त वापस जाने की ललक थी। क्षण भर के लिए मेरे भी हृदय में वापसी की हूक उठी। कुछ देर मैं कुछ नहीं बोल सका। दिल में उथल–पुथल मच गयी। मस्तिष्क में अनेक विचार आने लगे।

नहीं...सखी...नहीं...अब वह हमारा आर्यावर्त नहीं है। भारतवर्ष की क्या दशा हो गयी है यह तुम नहीं जानतीं...। हज़ारों वर्षों से विकसित धर्म और संस्कृति आज गुलाम हो गयी है। जहाँ किसी समय कुरुओं का राज्य था, आज वहाँ मुग़लों का राज्य है। सखी कितना सुन्दर था हस्तिनापुर। काल के गर्त में विलीन हो गया है। कहीं–कहीं कुछ अवशेष ही शेष हैं बस। मेरी आवाज़ भर्रा गयी। गंगा के जल के साथ आज भी कौरवों की चर्चा दन्तकथा बनकर बहती होगी। सौ कुरुओं और पाँच पाण्डवों की कथा। भीष्म की प्रतिज्ञा, गुरु द्रोणाचार्य...यज्ञसेनी द्रौपदी, महाभारत का युद्ध और अश्वत्थामा को कृष्ण का श्राप, मैं बोलते–बोलते अटक गया। उत्तर में हिमालय–सा पहरेदार और तीन ओर समुद्र द्वारा सुरक्षित भारत जहाँ विश्व विजय के लिए निकला सिकन्दर भी न टिक सका था। उस देश के सिंहासन पर परदेसियों का शासन है। वेद और उपनिषदों का स्थान कुरान की आयतों ने ले लिया। मन्दिर लूटे और शिवलिंग खण्डित किये गये। सामने खड़ी सखी से मैं आक्रोश में भरकर कहता रह गया...पता है सखी मेरे इष्ट देव काल भैरव का सोमनाथ लूटा गया। महमूद गजनी ने सोमनाथ लूटा। नहीं सखी...नहीं...अब नहीं जा सकूँगा आर्यावर्त ...अपना कहलाने लायक वहाँ कुछ शेष नहीं है। पता है सखी, अनुपम था सोमनाथ का मन्दिर। देखो न सखी सोमनाथ के स्मरण मात्र से मेरे तन का रोम–रोम रोमांचित हो गया है। कृष्ण को तीर मारने वाले बहेलिये को खोजते हुए मैं सोमनाथ पहुँचा था।

आकाश में सूर्य देव के आने में विलम्ब था। रश्मिरथियों ने उनके स्वागत में क्षितिज पर अपने रंग बिखेरने शुरू कर दिये थे। उसी प्रकाश में लम्बी–पीली ध्वजा को शिखर पर फहराते देखकर मेरे पग उसी दिशा में बढ़ चले। चन्दन की भीनी सुगन्ध से समस्त परिसर सुगन्धित था। मन्दिर के सामने फैला विशाल समुद्र गरजते हुए अपनी ऊँची–ऊँची लहरों से मन्दिर की चौखट को नमन कर रहा था। रमणीक वातावरण था। मन्दिर के मुख्य द्वार के पास ही मैं एक स्तम्भ से टेक लगाये खड़ा रहा। गर्भगृह में

दीपक प्रज्वलित था। ऐसा लगा जैसे अन्दर कोई भगवान शिव की स्तुति कर रहा हो। मैंने गर्भगृह पर दृष्टि केन्द्रित की। दीपक के प्रकाश से शिवलिंग प्रकाशित था। तेज़ पुंज, शिव का काल भैरव स्वरूप, मेरा इष्ट, स्वयं ही मेरे हाथ नमन में जुड़े और मस्तक झुक गया। दीपक के टिमटिमाते प्रकाश में मुझे भगवान शिव के अनेक रूपों के दर्शन हुए। हृदय एकदम शान्त हो गया। सारी वेदना भूल गया। वहीं स्तम्भ से टेक लगाकर बैठ गया। बहुत ही सुन्दर मन्दिर था। चन्दन की लकड़ी से निर्मित अद्भुत कारीगरी से सुसज्जित था। मन्दिर की सुन्दर छत। फूल–पत्तियों से बने तोरण से सजा हुआ द्वार। दीवार पर उकेरी गयी वाद्य यन्त्र बजाती अप्सराओं की आकृतियाँ इतनी जीवन्त थीं कि लगता था यह वाद्य यन्त्र बस बजने ही वाला है। चन्दन की लकड़ी का बना मन्दिर का द्वार। द्वार की नक़्क़ाशी इतनी ख़ूबसूरत कि उस पर उभरी छोटी–छोटी घण्टियाँ झंकार करती–सी प्रतीत होती थीं। सभी कुछ मनभावन था। गर्भगृह के बाहर नृत्य मण्डप और एक विशाल सभा मण्डप था। गर्भगृह के चारों ओर अनेक आले थे जिनमें रखे पिछली रात के दीयों में से, अभी भी कोई–कोई दीपक टिमटिमा रहा था। सन्ध्या समय दीवार में बने आले में जलते दीपकों के झिलमिल प्रकाश में मैं देवदासियों के नृत्य की कल्पना में खो गया। बहुत प्राचीन था मन्दिर। कहते हैं कि पहले स्वर्ण निर्मित था। चन्द्रदेव अपने इष्ट शिव के काल भैरव रूप की यहाँ अर्चना करते थे। काल के गर्त में समा गये इस मन्दिर को शिव के अनन्य भक्त रावण ने इसका फिर से चाँदी से निर्माण कराया।

धीरे–धीरे पूजा–अर्चना के लिए श्रद्धालुओं का आवागमन बढ़ने लगा। नमः शिवाय व हर हर महादेव का नाद सुनायी देने लगा। आकाश के विलीन होते रंगों की छटा देखते हुए मैं इन शान्ति के पलों में डूब गया। तभी मुझे कुछ सुनायी दिया।

जैसे किसी ने कहा कि चल उठ अश्वत्थामा। यहाँ बैठने का तुझे कोई अधिकार नहीं है। यह पावन स्थान तेरे लिए नहीं है। ओ श्रापित...चल उठ...मैं चौंक उठा।

यह कौन कह रहा है। मैं उठ खड़ा हुआ। चारों दिशाओं में खोजने लगा। ऐसा लगा जैसे गर्भगृह से आदेश आया हो। हृदय वेदना से भर गया। श्रापित...श्रापित...।

स्तम्भ के पीछे से बाहर आते हुए मैंने गर्भगृह पर एक बार फिर दृष्टि डाली...शिवलिंग की ओर देखते हुए मैं अचम्भित हो काँप उठा। मुझे लगा शिव ने अपना तीसरा नेत्र खोला है मुझे भस्म करने के लिए। क्षण भर के लिए मैं भान खोए खड़ा रहा। समस्त देह जल उठी। दो क़दम पीछे हट कर मैंने स्तम्भ का सहारा लिया।

हे मूर्ख अश्वत्थामा! तुझे स्मरण नहीं यह चन्दन की लकड़ी का बना मन्दिर जिसे देखने के मोह में तू आया है, इसका निर्माण कृष्ण ने किया था। कृष्ण...मेरे अस्फुट स्वर निकले। मैं बेचैन हो उठा। थोड़े समय पहले शान्त हुए हृदय में द्वेषाग्नि फिर जल उठी।

मैं वहाँ से शीघ्रता से डग भरता हुआ पराधी जरा की खोज में निकला। साथ थी कृष्ण का श्राप विफल करने की प्रचण्ड इच्छा। महमूद गजनी मन्दिर तोड़कर, लूटकर, आँधी तूफ़ान की तरह विध्वंस मचा कर, वापस चला गया। ऐसा ही एक आँधी तूफ़ान–सा विध्वंस यूरोप तथा मध्य एशिया में घुस आया था। जिसका नाम था–चंगेज़ ख़ान।

34

सुना तुमने दिशाओ...चंगेज़ ख़ान अर्थात् क्रूरता का पर्याय। मंगोलों का सरदार...चंगेज़ ख़ान!

हे दसों दिशाओ तम्बू में से नवजात के रुदन का स्वर सुनते ही समूह में खड़े क़बीले के लोगों में उत्तेजना भर गयी–पुत्र जन्मा है पुत्र...तम्बू के बाहर आयी वृद्ध दाई ने प्रसन्न मुख से कहा था। सरदार तुम्हारा पुत्र बहुत भाग्यशाली है। अपनी बन्द मुट्ठी में रक्त भर कर लाया है। तेरा पुत्र विश्व में राज करेगा राज! कहते–कहते वृद्ध

ा नृत्य करने लगी। एकत्रित लोगों में प्रसन्नता की लहर दौड़ गयी। आज हवा में शीतलता कम थी। सभी प्रसन्नता से नाचने लगे। दूर खड़ा भेड़ों का समूह प्रसन्नता में सिर हिलाने लगा। घास के मैदान में चरते घोड़े हिनहिना उठे। वहाँ दूर–दूर तक फैली घास में छोटे–बड़े तम्बू ही तम्बू थे।

दिशाओ मध्य एशिया के घास के मैदानों की जनजाति में तेमुजिन नाम के जन्मे इस बालक के लिए यह भविष्यवाणी सत्य साबित हुई। मध्य एशिया के घास के मैदानों में भटकती उसकी अपनी जनजाति जैसी अनेक जनजातियों को उसने अपने अधीन कर लिया। एक मज़बूत सेना की स्थापना की। घोड़ों के सवार इन जनजातियों को दौड़ते घोड़ों पर बैठे–बैठे बाण चलाने में कुशलता हासिल थी। अचानक हमला करना व गोरिल्ला युद्ध नीति उनकी विशेषता थी। उसने अपने सुदृढ़ जासूसी तन्त्र द्वारा एक ऐसे विशाल मंगोल साम्राज्य की स्थापना की, जिसे दुनिया में पहले किसी ने नहीं देखा था। पूर्व में चीन के कैस्पियन सागर तक फैल गया था मंगोल साम्राज्य। इस साम्राज्य की नींव में था संस्कृति विनाश और कंकालों का ढेर।

आँधी की तरह चीन में प्रवेश कर गया था चंगेज़ ख़ान। सिन्धु नदी की तरह पीली नदी के तट पर विकसित संस्कृति अति प्राचीन थी। पीले रंग और छोटी–छोटी आँखों वाली चीनी प्रजा कृषि प्रधान और शान्तिप्रिय थी। विद्वान व दार्शनिक कन्फ्यूशियस के इस देश की राजनीति और नैतिकता ने सरल जीवन जीने के उपदेश को ही धर्म स्वरूप स्वीकार कर लिया था। उस पर भी यहाँ प्रचारित हुआ बौद्ध धर्म। भारत में पैदा हुए बौद्ध धर्म को चीन की प्रजा ने सहज ही स्वीकार लिया था। भारत की तरह वहाँ भी नीतिशास्त्र व दर्शनशास्त्र का विकास हुआ था। प्राचीन काल से ही रेशम मार्ग द्वारा भारत के साथ व्यापार करने वाला चीन धनी और शक्तिशाली था। वहाँ की जनता चित्रकला व संगीत में प्रवीण थी। भाषा, कला तथा साहित्य का पूर्ण विकास हुआ था। इस अति विकसित प्राचीन संस्कृति का विनाश किया इस चंगेज़ ख़ान ने।

दिशाओ जेरूसलम में धर्म की ध्वजा फहराते हुए, धर्मयुद्ध लड़ने वाले सैनिकों के मुख से सुनी थीं चंगेज़ ख़ान की यूरोप में पहुँचती हुई चर्चाएँ। उसकी क्रूरता के क़िस्से। उसकी लाल हिंसक आँखों की चर्चा।

एलेक्स...एलेक्स...क्या बात है? क्या हुआ है तुम्हें...किसलिए परेशान हो? अपने पति को नींद में तड़पते देखकर मैगी उसे झकझोरने लगी।

आधी रात में बाहर सर्दी का साम्राज्य था। छोटे–से आले में एक दीपक जल रहा था। पसीने से लथपथ एलेक्स बिस्तर से उठकर बैठ गया।

समीप रखे मिट्टी के प्याले में पानी डालकर मैगी ने एलेक्स को देते हुए फिर पूछा–क्या हुआ तुम्हें? जब से तुम युद्ध से वापस आये हो तभी से बेचैन हो? वह एलेक्स को सान्त्वना देते हुए सहलाने लगी।

काँपते हाथों एक ही श्वास में सारा पानी पीकर, प्याला ज़मीन पर रखकर, एलेक्स बोला–चंगेज़ ख़ान...चंगेज़ ख़ान....मैगी।

कहते–कहते उसके मुख पर भय और गहरा हो गया। उसकी भूरी आँखें बेचैन हो गयीं।

वह विनाश की ऐसी आँधी है कि मार्ग में आने वाली प्रत्येक वस्तु को मिट्टी में मिला देगी। क्षमा करना यीशु क्षमा...! कहते हुए एलेक्स अपने दोनों हाथों से सिर पकड़कर बैठा रहा। जैसे किसी अनहोनी को होता हुआ देख रहा हो। फिर कुछ समय तक कुछ भी बोल न सका।

भूत नगरी...मैगी...वह भूत नगरी जिसे यदि तुमने देखा होता तो भय के कारण सदा के लिए वाणी ख़त्म हो गयी होती। कुछ शेष नहीं था। टूटे–फूटे नष्ट हुए कुछ घरों के सिवा कुछ शेष नहीं था। उस भयावह नगर में कभी मानव बस्ती रही होगी यह कल्पना भी नहीं की जा सकती। चहल–पहल करते हँसते–खेलते बालक...बाज़ार में भावतोल करती स्त्रियाँ, घरों में चूल्हा जलाने के लिए दौड़–भाग करती हुई स्त्रियाँ, बाग़–बग़ीचे, प्रिय जनों का आवागमन, घोड़ों की हिनहिनाहट, संगीत गायन के स्वर, कुछ भी शेष नहीं। वहाँ एक कुत्ता तक भटकता शेष नहीं बचा। आकाश भी एकदम खाली था।

गिद्ध भी वहाँ आते हुए भयभीत हो रहे थे। बस शेष थे वहाँ कंकाल, लाशें, कुचले हुए मस्तकों का ढेर और अस्थि मज्जा का अम्बार। उस खँडहर नगर में पवन की चीत्कार के सिवा कुछ भी शेष नहीं था। भयावह मैगी भयावह...! कहते–कहते उसने मैगी का हाथ थाम लिया। सुनो मैगी इस भयंकर आँधी की चपेट में अनेक गाँव व नगर आये हैं। मैगी मैं सैनिक हूँ। धर्मयुद्ध में मैंने दुश्मनों की हत्याएँ की हैं परन्तु निर्दोष नागरिकों, स्त्रियों और बच्चों की हत्या...! उसने काँपती आवाज़ में कहा।

समरकन्द ख़ारजम साम्राज्य की सीमा पर बसे एक ग्राम के राज्यपाल इलानचांग ने चंगेज़ ख़ान के व्यापारियों को जासूस समझने की भूल कर दी। उसी प्रतिशोध में चंगेज़ ख़ान ने कितना भयावह विनाश किया। भयंकर! क्रूर! सुनो मैगी मैंने सुना है कि दण्ड रूप में चंगेज़ ख़ान ने उस राज्यपाल की आँखों, कानों व मुख में पिघलती हुई चाँदी डलवाई। क्रूरता की भी कोई सीमा होती है। प्रभु यीशु क्षमा करो...क्षमा करो यीशु! बताते–बताते एलेक्स और भी अधिक विचलित हो गया। ऐसा भयावह चंगेज़ ख़ान मेरे स्वप्न में आया था। मैं हाँफते हुए आगे–आगे दौड़ रहा था और चंगेज़ ख़ान का घोड़ा मेरे पीछे–पीछे...!

इतनी सर्दी में भी एलेक्स पसीने से तरबतर हो गया। उसके बर्फ़ जैसे ठण्डे हो गये हाथों को पकड़ते हुए मैगी ने कहा–शान्त हो जाओ एलेक्स, शान्त हो जाओ। यीशु सभी की रक्षा करते हैं। मैगी ने बाहर आकाश की ओर देखते हुए प्रार्थना की। क्षमा कर यीशु! कृपा रखना यीशु!

35

हे दिशाओ मैंने अनेक क्रूर शासक देखे परन्तु चंगेज़ ख़ान की इस दुर्दान्त क्रूरता को मैं समझ नहीं सका। शत्रु को खौलते हुए पानी में

फिंकवा देना। उबलती चाँदी दण्ड स्वरूप आँखों व कानों में भरवानी। कैसी नीच मनोवृत्ति...ऐसा दुष्ट और अधम चंगेज़ ख़ान भी मुझसे डर गया था। दिशाओ तुम्हें आश्चर्य होगा। दिक्पालो तुम्हारे लिए यह हास्य की बात होगी। परन्तु मैं सत्य कह रहा हूँ कि चंगेज़ ख़ान मुझसे डर गया। दिशाएँ देख रही थीं कि अश्वत्थामा के मुख पर स्वयं ही व्यंग्य तैर गया। उसी व्यंग्यस्मित के भाव में थोड़ी देर बैठा रहा और फिर आगे बात शुरू की।

चंगेज़ ख़ान की विजयाकांक्षा ने चीन पर एक बार फिर आक्रमण करने का प्रयास किया। मैं वह युद्ध देखने की उत्कट इच्छा के कारण उसका पीछा करने लगा। वह युद्ध रचना में बहुत कुशल था। छोटी–छोटी टुकड़ियों में विभक्त उसकी सेना अनुशासित व प्रशिक्षित थी। दौड़ते घोड़े पर से तेज़ी से बाण चलाने में इस सेना को महारत हासिल था। अपनी अनुशासित सेना के साथ चीन की ओर कूच करते हुए एक दिन वह घोड़े से नीचे गिर गया। वह रात्रि मेरी सदियों की भटकन की विलक्षण रात्रि थी।

चारों ओर नीरव शान्ति थी। अन्य रातों के समान आज आकाश में तारे भी नहीं चमक रहे थे। प्रति दिन की तरह पवन की ताल पर झूमती घास आज सहमी हुई थी। दूर–दूर केवल स्तब्धता पसरी हुई थी। घास के मैदान में छोड़े गये घोड़े भी एकदम शान्त थे। जैसे कोई मातम छाया हो। मैदान में छोटे–बड़े तम्बुओं की एक छावनी थी। थोड़े समय पहले ही पूरी तरह से चहल–पहल वाले इस शिविर में सन्नाटा पसरा हुआ था। हैरान परेशान–सा प्रत्येक व्यक्ति मुख्य तम्बू के समीप एकत्रित हो गया। चीन पर विजय पाने के लिए निकला चंगेज़ ख़ान दुर्घटना का शिकार हो गया था। घुड़सवारी में निपुण, जिसने पूरा जीवन घोड़े पर बिताया, वही चंगेज़ ख़ान घोड़े से ज़मीन पर गिर गया था।

दिन भर की भाग–दौड़ से थके चंगेज़ ख़ान के अन्तरंग सेवक, मन्त्री, सैनिक सभी सो गये थे। मृत्यु के मुख में पड़े चंगेज़ ख़ान को एक बार देख लेने की इच्छा से मैं उसके तम्बू में प्रवेश कर गया। रेशमी खीमखाब

का बना यह तम्बू अत्यन्त सुन्दर था। समस्त सुविधाओं से सज्जित तम्बू में अँधेरे–उजाले का खेल खेलती मशाल के प्रकाश में मैंने एक विशाल काया पलँग पर लेटी हुई देखी। उसकी आँखें बन्द थीं। उसके मुख पर वेदना स्पष्ट दीख रही थी। थोड़ी देर मैं आश्चर्य से उसको देखता रहा। विश्वविजय के लिए निकला चंगेज़ ख़ान अब वेदना से कराह रहा था। मशाल के प्रकाश में मैंने देखा कि चंगेज़ ख़ान ने अपनी छोटी–छोटी आँखें खोलीं।

दिशाओ पता नहीं उस पल मुझे क्या सूझी कि सदा ही मानव जाति से छुप कर रहने वाला मैं, चंगेज़ ख़ान मुझे देख सके इस विचार से उसके सम्मुख जा खड़ा हुआ। उसकी दृष्टि मुझ पर ठहर गयी। मैंने देखा कि उसकी हिंसक आँखों में भय उतर आया था।

ओह...कौन...? उसका धीमा–सा स्वर सुनायी दिया। यमदूत मुझे लेने आया है। यह तू किस रूप में आया है? यह कैसा भयानक रूप...? उसकी आवाज़ काँपने लगी। मस्तक से बहता रक्त, मवाद भरे फोड़े, यह कोढ़...काला कम्बल...तुझे क्या लगता है क्या मैं डर जाऊँगा? उसने हँसने का प्रयत्न किया। मैं उसे एकटक देखता खड़ा रहा जैसे मैं त्राटक कर रहा होऊँ।

उसके मुख पर पसीना चमकने लगा। मैं उसके और अधिक समीप पहुँच गया।

नहीं...नहीं...मैं चंगेज़ ख़ान हूँ। पूरी दुनिया मुझसे थरथर काँपती है। मैं चंगेज़ ख़ान हूँ...मैं तुम्हारे इस रूप से डरने वाला नहीं। मैं तो अमर हूँ। उस भविष्यवक्ता ने यही भविष्यवाणी की थी। अमर होने की राह खोज रहा हूँ। अभी तो मुझे सारा विश्व जीतना है। ईश्वर ने मुझे लोगों को दण्ड देने के लिए भेजा है। तुझे पता है ना, जा...जा ...वापस जा...उसका आक्रोश सुनकर मैं उसके और समीप आ गया।

मेरे समीप नहीं आना...समीप नहीं आना...कहते हुए उसने मेरी ओर हाथ उठाया। मुश्किल से थोड़ा–सा ही हाथ उठा पाया था कि उसका हाथ वापस पलँग पर गिर गया। आवाज़ सुनकर उसके समीप सोया एक सेवक जाग गया। सेवक ने पूछा क्या हुआ सरदार? सेवक

का स्वर सुनते ही मैंने अन्धकार में स्वयं को छिपा लिया। सेवक ने चंगेज़ ख़ान का हाथ सहलाते हुए पूछा–कुछ चाहिए सरदार? लीजिए, यह काढ़ा पी लीजिए। सेवक ने काढ़े की कटोरी सामने रख दी।

काढ़े की कटोरी को दूर खिसकाते हुए चंगेज़ ख़ान ने कहा–देखो वह यमदूत। कितने भयानक रूप में आया है। इतना कहते–कहते उसने अपनी दृष्टि चारों ओर घुमाई। इससे कह दो मैं विश्वसम्राट हूँ फिर यह दूत यहाँ क्या करेगा। जीमूजी तुम इसका डरावना चेहरा देखो तो सही...। कहते हुए उसने मेरी दिशा में संकेत किया। सेवक मेरी दिशा में देखने लगा।

कुछ दिखाई नहीं दे रहा सरदार कहती हुई विवश आँखों से उसने चंगेज़ ख़ान को देखा। पसीने से भर आये चंगेज़ ख़ान के चेहरे को सेवक हल्के हाथ से पोंछने लगा। शान्त हो जाओ सरदार। यह काढ़ा पी लो। थोड़ी राहत महसूस होगी। सेवक ने फिर कटोरा उसके सामने कर दिया–काढ़ा...काढ़ा...मेरे लिए...चंगेज़ ख़ान ने कटोरा ज़ोर से दूर फेंक दिया। कटोरे की ज़मीन पर गिरने की आवाज़ सुनते ही बाहर का पहरेदार तुरन्त अन्दर आया और मैं धीरे–से तम्बू से बाहर निकल गया।

हे दिक्पालो कुछ पलों तक मैं विचारशून्य हो तम्बू के बाहर खड़ा रहा। पता नहीं क्यों परन्तु हृदय में एक प्रसन्नता थी। मैंने सखी से कहा, सखी देखो मुझसे चंगेज़ ख़ान डर गया। मृत्यु के मुख में पड़ा हुआ भी वह...मैं चंगेज़ ख़ान...मैं चंगेज़ ख़ान ही रट...रहा था।

कितना अहंकार...अमर होने की कितनी अधिक चाह, सखी इसकी मूर्खता पर मैं रोऊँ अथवा हँसूँ यह भी समझ नहीं पा रहा हूँ। एक तम्बू की आड़ में खड़ा मैं छावनी की गतिविधियाँ देख रहा था। उसी रात उसकी मृत्यु हो गयी।

ढोल–नगाड़ों के साथ उसके सेवक–सेविकाओं ने अन्य मन्त्रियों के साथ उसकी शवयात्रा निकाली। मैं भी छुपता–छुपाता पीछे चल दिया। दिशाओं रहस्य की बात बताऊँ मेरे सिवा शवयात्रा से कोई भी वापस नहीं लौटा। चंगेज़ ख़ान के क़ब्र के स्थान का किसी को कभी भी पता

नहीं चल सके इसलिए शवयात्रा में शामिल हर व्यक्ति ने स्वेच्छा से मृत्यु का वरण कर लिया। शवयात्रा का कोई दर्शक भी शेष नहीं रहा। क़ब्र का स्थान अज्ञात रखने के लिए नदी के बहाव की दिशा तक बदल दी गयी शवयात्रा में शामिल होने वाला अकेला मैं ही शेष हूँ।

दिशाओ बिल्कुल ऐसी ही चर्चाएँ अत्तिला हूण की थीं। उसकी क्रूरता की चर्चाएँ दन्तकथाओं की तरह प्रचलित हैं। मध्य एशिया के घास के मैदानों में भटकने वाली हूण जाति का वह सरदार था। उसने विशाल रोमन साम्राज्य की नींव हिला कर रख दी थी। मध्यम लम्बाई, चौड़ी छाती, छोटी आँखों और चपटी नाक वाले अत्तिला की चाल गर्वीली थी। रोमन साम्राज्य की सरहदों की रक्षा करने के बदले में उसे धन मिलता रहा। वह क्रूर आतंकी था। उसे लोगों की हत्या करने में ख़ुशी मिलती थी। उसने आर्च बिशप का मस्तक चर्च में यीशु की प्रतिमा के सामने काट कर डाल दिया था। अपने भाई का वध करके सिंहासन हथियाने वाले अत्तिला ने दो बार डैन्यूब नदी पार करके यूरोप पर आक्रमण किया। इस ख़तरनाक अत्तिला को रोमन साम्राज्य को खोखला करने के लिए एक ठोस तत्व हाथ लग चुका था।

हीरा, माणिक, मोती जड़ी अँगूठी हाथ में उछालते हुए अत्तिला हँस रहा था। अपनी कड़क आवाज़ में उसने अपने दरबारियों से कहा–देखो... देखो...यह अँगूठी। रोमन राजकुमारी हनोरिया ने विवाह प्रस्ताव भेजा है। मेरे साथ विवाह का प्रस्ताव...अँगूठी को उँगली में पहनकर उसने अट्टहास किया। सदा चारों ओर दौड़ती उसकी दृष्टि अब केवल अँगूठी को एकटक देखती रही।

अँगूठी वाले हाथ को सामने ऊपर दायें–बायें करके वह देखता रहा। सारा दरबार अपने राजा को देख रहा था–बोलो...बोलो दूत, दोबारा कहो, राजकुमारी ने क्या कहा है...।

सरदार रोमन राजा वोलेंतीयन राजकुमारी की सगाई ज़बरदस्ती रोमन सीनेटर के साथ करना चाहते हैं। वह राजकुमारी को पसन्द नहीं है। उसने आपकी मदद माँगी है। साथ ही यह अँगूठी उपहार स्वरूप भेजी है।

मदिरा का प्याला हाथ में उठाते हुए अत्तिला ने कहा–अवश्य! मुझे यह प्रस्ताव स्वीकार है। कहते–कहते वह घमण्ड से भर गया–राजकुमारी को कहो कि मुझे यह विवाह प्रस्ताव स्वीकार है और रोमन राजा से कहो कि मैं दहेज में उपहार स्वरूप आधा रोमन राज्य लूँगा।

क्षण भर के लिए सब दरबारियों ने हर्षनाद से प्रस्ताव का समर्थन किया। देश से निष्कासित मूर्ख राजकुमारी के कारण रोमन साम्राज्य की नींव हिल गयी। रोमन राजा ने राजकुमारी की बात अस्वीकार कर दी इसलिए अत्तिला ने रोमन साम्राज्य पर चढ़ाई कर दी। धीरे–धीरे साम्राज्य की शक्ति क्षीण होने लगी।

उसी मध्य एशिया से वह तैमूर लँगड़ा आया जिसने दिल्ली में शवों का ढेर लगा दिया था। वह भी चंगेज़ ख़ान की तरह ही था। उसका नाम सुनकर भी लोग काँप जाते थे। बालपन में ही बाण लगने के कारण वह लँगड़ा हो गया था। बाद में उसने लाखों हत्याएँ कीं।

दिशाओ हज़ारों वर्षों की मेरी इस भटकन के उपरान्त भी मैं मानव प्रकृति व मानव स्वभाव को नहीं समझ सका।

36

उन दिनों यूरोप की आल्पस की तलहटी में भटकते हुए मैं कलयुग के अन्त की प्रतीक्षा कर रहा था। बहुत बार लगता कि मेरे तन का अंग–अंग गलकर नष्ट बेशक हो जायेगा परन्तु मृत्यु मुझे नहीं आयेगी। मैं आतुरता से प्रलय की राह देख रहा था। प्रलय अर्थात् समस्त मानव जाति का विनाश। मुझे स्वयं ही अपने विचारों से घबराहट होने लगी। सम्पूर्ण सृष्टि का विनाश होगा तभी मुझे मुक्ति मिलेगी। यह विचार मेरे हृदय को बेचैन कर देता। इन विचारों से मुक्ति के लिए मैं अक्सर चौपड़ की बाजी बिछाता। छोटे, बड़े, गोल, लम्बे, नुकीले, रंग अथवा बेरंग पत्थरों को मोहरें बनाता। इस खेल में मैं स्वयं ही अपना प्रतिद्वन्द्वी होता।

सखी से कई बार मिन्नत करता कि चल खेलें। परन्तु उसे अब किसी भी चीज़ में रस नहीं मिलता था। बस सूनी–सूनी आँखों से मुझे देखा करती। मैं भी अपने चौपड़ के खेल को रद्द कर देता। फिर किसी नयी रचना के ख़्याल से चौपड़ फैला लेता।

एक दिन पासा फेंकते हुए मुझे सुनायी पड़ा–द्रोणपुत्र अश्वत्थामा चलो मेरे साथ खेलो। मैंने देखा सामने गन्धार नरेश शकुनि उपस्थित थे। उनकी घनी भौंहें, कुटिल तीखी छोटी–छोटी आँखें और मुख पर हमेशा रहने वाली कपटी मुस्कान के कारण हज़ारों वर्षों बाद भी मैं क्षण भर में ही पहचान गया–मामा शकुनि आप।

हाँ द्रोणपुत्र! चलो चौपड़ फैलाओ एक–एक बाजी हो जाये।

कुछ देर मैं उन्हें देखता रहा। उनकी आँखों में व्यंग मिश्रित मुस्कान थी।

नहीं...नहीं...गान्धार नरेश। आपके ये मायावी पासे मानव हड्डियों द्वारा निर्मित...आपके पासे? ना...ना...क्षमा करो नरेश।

सत्य कह रहे हो द्रोणपुत्र। हाँ! ये पासे मानव हड्डियों से निर्मित हैं। क्रोधित व उत्तेजित होते हुए उन्होंने कहा–मेरे पिता गान्धार नरेश के हाथों की उँगलियों के हैं ये पासे। ये पासे कुरुओं के विनाश के लिए ही बने थे। भीष्म के कुकर्मों का प्रतिशोध! कहते हुए शकुनि मामा अट्टहास कर उठे। अन्धे पुत्र धृतराष्ट्र के साथ गान्धारी के विवाह की उनकी हठ थी। मेरे पूरे खानदान को उन्होंने बन्दीगृह में डाल दिया था। कारावास में वह भूख...। मामा शकुनि पल भर के लिए चुप हुए। कुछ देर बाद फिर तेज़ स्वर में बोले–टुकड़ा–टुकड़ा रोटी खाकर जीने से अच्छा, परिवार को भूख से मरना ज़्यादा पसन्द आया। वह सब मैं बिल्कुल भी नहीं भूला हूँ अश्वत्थामा। नहीं भूला गान्धारी की आँखों पर बँधी पट्टी। कुरुओं का विनाश...शकुनि मामा ज़ोर–ज़ोर से हँसने लगे। जाने दो यह सब! चलो अब बाज़ी फैलाओ। यदि तुम जीते तो ये मायावी पासे तुम्हारे। उन्होंने पासों को अपने हाथों में ज़ोर–ज़ोर से हिलाया। उन पासों की गड़गड़ाहट हवा में गूँजने लगी।

परन्तु गान्धार नरेश दाँव पर लगाने के लिए मेरे पास तो कुछ भी नहीं है। इस सड़ी–गली देह के सिवा।

मुझे घूर–घूर कर देखते हुए मामा के मुख पर कपटी मुस्कान फैल गयी–है ना द्रोणपुत्र तेरी सखी!

मैं जड़वत् उन्हें देखता रह गया। क्रोध से मैंने पत्थरों को इधर–उधर फेंक दिया।

पता है दसों दिशाओ उसके बाद मैंने कभी भी चौपड़ नहीं फैलाई। परन्तु पत्थरों का साथ नहीं छूटा। छोटे, मोटे, गोल, लम्बे पत्थरों को इकट्ठा करके खेलते–खेलते कभी–कभी युद्धव्यूह रच लेता। आमने–सामने सेनाएँ खड़ी होतीं। एक–दूसरे के ऊपर बाणों की वर्षा होती। रथ, घोड़े, दौड़–भाग करते। सेनापति द्रोणाचार्य की सैन्य रचना पाण्डवों की सेना को घेरती हुई आगे बढ़ती। अनेक बार यह खेल खेलते–खेलते एक दिन चक्रव्यूह की रचना हो गयी। सेना में छोटे–मोटे गोल, लम्बे, चपटे पत्थरों के चक्र के बीच एक टूटा–फूटा पत्थर था। मुझे लगा यह पत्थर मैं हूँ। मैंने देखा गोलाकार में मुझे घेरकर खड़े पत्थर धीरे–धीरे सजीव हो उठे।

बेरंग, धारदार पत्थर ने घोड़े पर बैठे तीखी–छोटी आँखों और गोल चेहरे वाले सवार का रूप धारण कर लिया। बख्तर बन्द बाँधे शत्रु पर टूट पड़ने के लिए तैयार उसकी तीखी छोटी लाल हिंसक व क्रूर आँखें, कपटी स्मित, मस्तक पर चमड़े का रोएँदार टोप व सधी हुई मज़बूत देह।

क्षण भर के लिए मैं अचम्भित हो उसे देखता रहा। कौन...तुम कौन हो...? मैं चंगेज़ ख़ान। विश्व का सबसे महान सम्राट! अपने शत्रुओं को मैं छोड़ता नहीं हूँ। वह भयंकर हँसी हँसा। मैं आश्चर्य से उसे देखता रह गया था। कहाँ वह मृत्यु शय्या पर पड़ा डरपोक चंगेज़ ख़ान और कहाँ यह हुंकार भरता चंगेज़ ख़ान। क्या देख रहे हो मुझे मैं पृथ्वी पर सब को दण्ड देने के लिए आया हूँ। वह फिर भयंकर हँसी हँसा। मैंने उसके साथ खड़े अजनबी की ओर देखा। मैं हूँ अत्तिला। हूणों का सरदार। मुझे लगा घोड़े पर सवार वह अजनबी

अभी मुझ पर आक्रमण करेगा। मैं दो क़दम पीछे हट गया। रोम साम्राज्य की नींव हिला देने वाला मैं...!

उसकी भी क्रूर हँसी चंगेज़ ख़ान की हँसी में मिल गयी। मैं थोड़ा सहम गया। मैंने उन पर से दृष्टि हटायी तो हाथ में खुली तलवार लिए खड़े लम्बे–चौड़े सैनिक ने कहा–मेरी तरफ़ देखो अश्वत्थामा। मैं तैमूर लँगड़ा...उसके हाथ में तलवार चमक रही थी। मैंने दिल्ली की गलियों को शवों से पाट दिया था। उसकी घनी भौंहें उसके चेहरे को और अधिक डरावना बना रही थीं। मैंने उसके चेहरे से दृष्टि हटा ली। उसके समीप खड़े व्यक्ति को मैं घूर–घूर कर देख रहा था। रोमन सत्ताधीश जैसा लम्बा चोगा। मस्तक पर ताज और गोरा गोल चेहरा। उफ़! यह तो टाइटस है। जेरूसलम में यहूदियों के देवालय का ध्वंस करता। ऊँची–ऊँची लपटों में जलता देवालय मेरी दृष्टि के सामने आ गया। मैंने दोनों हथेलियों से चेहरा ढक लिया। ज़रा मेरी ओर तो देखो अश्वत्थामा, मैं नैबोनिडस...यहूदियों का विनाशक...हज़ारों यहूदियों को मैंने गुलाम बनाकर रखा। मैंने डरते–डरते आँखें खोलीं तो वहीं पास खड़े ग्रीक सैनिक जैसे वस्त्र पहने घुँघराले बालों वाला नाटा युवक सहज मस्तक झुकाकर बोला–मैं विश्वविजय के लिए निकला सिकन्दर। कितनी विचित्र थीं उसकी आँखें। अलग–अलग रंग लिये उसकी आँखों को मैं देखता रहा। उसके समीप खड़ा अपना परिचय देने के लिए तत्पर व्यक्ति बोला–मैं हूँ महमूद गजनी। तुम्हारे प्रिय सोमनाथ मन्दिर को मैंने ही बार–बार लूटा। गजनी नाम सुनते ही मेरा सारा शरीर क्रोध से काँपने लगा। शेष रह गये उस सैनिक की ओर जब मैंने दृष्टि डाली तो वह बोला कि...वो दया नदी का तट याद ना तुम्हें।

बस...बस...तुम सब मुझे घेर कर क्यों खड़े हो। मैंने सबकी ओर से दृष्टि हटाते हुए कहा।

फिर से चंगेज़ ख़ान की क्रूर हँसी सुनायी दी–अश्वत्थामा हम सब तेरे ही तो वंशज हैं। हाँ...हाँ...अश्वत्थामा हम सब तेरे ही वंशज हैं। अश्वत्थामा तू इस चक्रव्यूह के घेरे से कभी बाहर नहीं आ सकता। हम तेरा ही अंश हैं...तेरे ही वंशज हैं...सुन रहे हो न अश्वत्थामा।

उनका एक–एक शब्द मेरे शरीर पर चाबुक–सा पड़ रहा था। सभी एक साथ अट्टहास करने लगे। मैं काँप उठा। मेरे रोम–रोम से रक्त बहने लगा। यह सभी क्रूर और मानवता नाशक मेरे वंशज...बिना विचारे असंख्य मानवों की हत्या करने वाले ये सभी मेरे वंशज। बन्द करो...बन्द करो यह अट्टहास बन्द करो। तुम मेरे वंशज। असम्भव... असम्भव...मैं चीत्कार कर उठा। यह सम्भव नहीं। यह सम्भव नहीं। मेरा सड़ा–गला शरीर काँप उठा। सभी के अट्टहास ने मुझे भँवर–सा घेर लिया। मैं चारों ओर हाथ–पाँव मारते हुए, छटपटाते हुए घेरे से बाहर निकलने का प्रयत्न करने लगा। मैं बार–बार सखी को पुकारने लगा। मैं वहीं इस प्रकार ढेर हो गया जैसे मेरी समस्त चेतना हार गयी हो।

दिशाओ इस घटना के बाद चंगेज़ ख़ान की वह भयंकर हँसी मुझे बार–बार घेर लेती। कितनी ही रातों को मैं अर्धभ्रमित–सा ख़ूब रोता।

बार–बार सखी से पूछता–क्या यह सत्य है? क्या तुम्हें भी ऐसा ही लगता है सखी...ये सभी मेरे वंशज...! मेरे सारे घाव रिस उठे। मैं अर्धविक्षिप्त दशा में वृक्ष की छाया में बैठा रहता। सखी मुझसे बुद्ध की करुणा और यीशु की क्षमा और पश्चात्ताप की चर्चा करती। मैं बेचैन हो उठता। मेरे कर्म ही मेरी पीड़ा व मेरी इस दशा के कारण हैं। मन के द्वार पर यह विचार दस्तक देने लगा। वधस्तम्भ पर लटकाने वाले लोगों के लिए प्रभु से स्वयं क्षमा याचना करते यीशु मेरी दृष्टि के सामने आकर खड़े हो जाते...मैं सखी से कहता कि हाँ! मैं शिशु हत्यारा हूँ...मैंने द्रौपदी के निद्रालीन पुत्रों का मस्तक धड़ से अलग कर दिया था। मेरे द्वारा किया गया ब्रह्मास्त्र का प्रयोग कदापि क्षम्य नहीं है। कितने भयंकर अपराध किये हैं मैंने। परन्तु ये समस्त नराधम मेरे वंशज...कितना भयंकर आरोप। क्या मैं ही इस सारी क्रूरता का मूल हूँ । नहीं...नहीं...और फिर हिचकियाँ भर–भर कर मैं ख़ूब रोता।

मैं बुद्ध की करुणामयी आँखों और यीशु की प्रेम पूर्ण आँखों को देखने के लिए बेचैन हो उठता। तभी मुझे खिद्र की सान्त्वना देती प्रेम पूर्ण आँखें दीखने लगतीं। हृदय में तीव्र इच्छा होती कि यह महाकाल चक्र विपरीत दिशा में बस एक बार तो घूम जाये। मैं

वापस छोटा बालक बन कर आटा घुला जल दूध जानकर पीते हुए भी ख़ुश होता। शिशु अश्वत्थामा बनकर माँ कृपी की गोद में सो जाऊँ। शायद यह मेरे अपराधों की प्रथम स्वीकारोक्ति थी। सुन रही हो दिशाओं...प्रथम स्वीकार।

दिशाएँ देख रही थीं कि अश्वत्थामा की आँखों से आँसू बह चले। वह सुबकियाँ भर रहा था। दिशाओं को लगा कि कोई तो इस क्रन्दन करते अश्वत्थामा को बाँहों का सहारा दे दे। तभी अश्वत्थामा का धीमा स्वर सुनायी दिया।

उसी समय से मेरा हृदय एक युद्ध भूमि बन गया था। मानो कुरुक्षेत्र की रणभूमि। अपने कर्मों को न्यायसंगत ठहराने और अपराध स्वीकार करने के लिए मेरे हृदय में भयंकर अन्तर्द्वन्द्व चला करता। कभी–कभी अपने जन्म पर मुझे धिक्कार आता। मवाद से भरे फोड़े–फफोलों वाली अपनी देह देखकर अब मुझे लगता कि अपने अपराधों को स्वीकार करना मनुष्य के लिए कितना दुष्कर है। कभी मेरा हृदय अपराधों को न्याय संगत ठहराने के लिए तर्क देता। कभी–कभी अपराध बोध से भारी हुआ मेरा हृदय विद्रोह कर उठता। मेरा अतीत... हज़ारों सदियाँ बीत गयी परन्तु मेरा अतीत आज भी जीवन्त है। मन में आता कि इस अतीत को किसी पिटारे में बन्द करके इस पर सौ मन का ताला लगाकर, वापस भारत वर्ष की ओर चल पड़ूँ।

कई बार मुझे नींद में भी सुनायी पड़ता--हम तेरे वंशज हैं। तेरे वंशज अश्वत्थामा! और साथ ही चंगेज़ ख़ान का अट्टहास गूँजने लगता। नहीं...नहीं....करते हुए मैं कानों पर हाथ रख लेता। किसी के प्रेमल शब्दों, किसी के प्रेम स्पर्श के लिए मैं तड़प उठता। सखी की मधुर वाणी उसकी सान्त्वना भी मेरा मन शान्त नहीं कर पाती। कृष्ण के श्राप से शापित इस देह की वेदना तो थी ही साथ ही हृदय में चलता यह अन्तर्द्वन्द्व असहनीय था। भारत वापस लौटने की तीव्र इच्छा तो होती परन्तु साहस नहीं हो पाता था।

भारत में भी मंगोलों का राज्य स्थापित हो चुका था। चंगेज़ खान के वंशज...।

परन्तु दिशाओ एक अजीब बात हुई। अपराध स्वीकार के साथ–साथ हृदय में एक अजीब हलचल होने लगी। प्रेम विहीन और कठोर हो चुका मेरा हृदय अब पिघलने लगा था। हृदय में चलता यह द्वन्द्व अब धीमा पड़ने लगा था।

हृदय के किसी एक कोने से आवाज़ आने लगी कि अश्वत्थामा तूने अधर्म ही नहीं, पाप भी किया है। इस विचार के साथ ही हृदय का कोलाहल थोड़ा शान्त होने लगता। ऐसा महसूस होता कि हृदय निर्मल होने लगा है। मुझे एहसास हुआ कि जैसे मैं किसी ऐसे जल में प्रवेश कर गया हूँ जो हृदय को शान्ति देता है।

अल्पास की श्रेणियों में भटकते हुए मेरा हृदय द्वन्द्व में ही भटकता था। मैं यूरोप में नित्य–प्रति घटती हुई घटनाओं को देखता रहता। यूरोप में ग्रीक–रोमन संस्कृति की पुनर्स्थापना शुरू हो गयी थी। अन्धकार युग में जो रूढ़िवादी धार्मिक रीति रिवाजों में समाज जकड़ा हुआ था, उसमें से धीरे–धीरे निकलने लगा।

मध्यकालीन ज़मींदारी सत्ता का प्रभाव घट गया। रोमन कैथोलिक धर्म सत्ता का प्रभाव बढ़ने लगा और ईसाई धर्म के प्रोटेस्टेन्ट्स का प्रभाव फैलने लगा। समाज सुधारकों द्वारा मानवतावादी विचारधारा का उदय हुआ और ज्ञान–विज्ञान की नयी दिशाएँ खुलने लगीं। छपाई कारख़ानों द्वारा भाषा व साहित्य का विकास हुआ। शिल्प, चित्रकला व अन्य कला विद्याएँ चरम पर थीं। मानो यह स्वर्णकाल था। तर्कबद्ध विचार शैली के प्रादुर्भाव से विज्ञान की प्रगति के कारण जीवन सरल हुआ। कोलम्बस ने नयी दुनिया की खोज की। वास्कोडिगामा ने भारत से व्यापार करने के लिए नये समुद्री मार्ग की खोज की। यूरोपीय देशों ने एशिया, अफ्रीका और नयी दुनिया अमेरिका में, अपनी संस्थाएँ स्थापित कीं। इटली ईसाई धर्म का केन्द्र स्थान था। यहाँ वेटिकन शहर के पोप की सत्ता चलती थी। पोप ने अपने इस सत्ताकाल में बाइबल के प्रसंग और यीशु के जीवन को शिल्प व चित्रकारी में प्रदर्शित करने के लिए अनेक कलाकारों को आमन्त्रित किया। दिशाओ इनमें लियोनार्दो और माइकल एंजेलो का नाम बहुत प्रसिद्ध रहा।

मैं स्वयं यीशु के अन्तिम दिनों का साक्षी रहा हूँ। इसीलिए लियोनार्दो द्वारा बनाये गये 'अन्तिम भोज' नामक चित्र को देखने की इच्छा को रोक न सका। अद्भुत...अद्भुत...यीशु और उसके बारह शिष्यों का अन्तिम भोज। भोजन की मेज पर बीच में बैठे यीशु को देखते हुए मैं अजीब से प्रेम में बँध गया। ऐसा महसूस हुआ कि इस लियोनार्दो को यीशु ने अवश्य दर्शन दिये होंगे। इसी कारण यीशु और यीशु के इन चित्रों की भाव–भंगिमाओं में कितनी अधिक समानता है।

जब यीशु ने कहा था कि मेरा ही मित्र मेरे साथ विश्वासघात करेगा। इस बात को सुनकर हर किसी की भाव भंगिमाओं को प्रदर्शित करता हुआ यह चित्र मानो सजीव हो उठता है। यीशु की सहज शान्त मुखमुद्रा पर उनकी अधखुली आँखों का करुणामयी भाव, मुझे हज़ारों सदियों पीछे ले गया। मानव मात्र के अपराधों के लिए, प्रभु से क्षमा माँगते, सूली पर चढ़े यीशु के भित्ति–चित्रों को देखते हुए मैं बहुत दिनों तक मिलान के देवालय में भटकता रहा।

इसी प्रकार मैं सिस्टिन देवालय के भित्ति–चित्रों के बीच भटकते हुए सोचता रहा कि ईश्वर द्वारा जगत की उत्पत्ति और मानव सृजन की कथा कहते इन चित्रों का किस प्रकार वर्णन करूँ। निःशब्द...शब्दों के बन्धन में नहीं बँध सकते वे। गुम्बदों की छतों पर चित्रित चित्रों में भावों की गहनता, विशालता व भव्यता है। चित्रकार माइकल एंज़ेलो ने कितनी लगन और श्रम से उकेरे हैं ये चित्र। भित्ति–चित्र देखते–देखते मुझे यह विचार आया कि जिन मनुष्यों पर ईश्वर की कृपा होती है, वो ही ऐसा अद्भुत सृजन कर सकते हैं। 'ईश्वर की कृपा' का विचार आते ही वेदना शूल बनकर तन–मन में गड़ने लगी। मेरा हृदय बेचैन हो उठा। कुछ इसी प्रकार की संवेदनाएँ 'पिएटा' नामक कृति को देखते हुए हृदय में जागीं।

वधस्तम्भ से उतारे गये अपने पुत्र की मृत देह को जतनपूर्वक अपनी गोद में लिये बैठी, माता मरियम की प्रतिमा देखकर तो मैं जड़ हो गया। अपने पुत्र को देख रही, सुकुमारी मरियम की निर्मल मुखमुद्रा। मुझे ऐसा लगा कि अपना आँचल फैलाये अपने ही पुत्र

यीशु की मृत देह की शेष पीड़ा को अपने में समा लेने की कोशिश के इन क्षणों को शिल्पकार ने बहुत ही अद्‌भुत तरीक़े से उकेरा है। मरियम अपनी गोद में लेटे यीशु की देह को अनिमेष देख रही है। एकाएक मुझे लगा कि माता कृपी मेरे सामने बाँहें पसारे बैठी है। मेरी हज़ारों वर्षों की वेदना स्वयं में समा लेने के लिए। मेरा रोम–रोम मातृत्व स्पर्श के लिए व्याकुल हो उठा। मेरी हज़ारों वर्ष की वेदना...। मैं भ्रमित–सा हो गया। अँधेरे–उजाले की जलती–बुझती मशाल के प्रकाश में जाने कितनी देर 'पिएटा' नामक उस कृति को देखता रहा। दिशाओ अर्धभ्रमित–सी मनोस्थिति में मैं बहुत दिनों तक उसी 'पिएटा' को देखता हुआ वेटिकन शहर में ही भटकता रहा।

यूरोप में बहुत बदलाव आये परन्तु युद्ध बन्द नहीं हुए। धर्म और सत्ता के नाम पर यूरोप के देशों में युद्ध चलते ही रहे। फ्रांस और इंग्लैंड, फ्रांस व ऑस्ट्रिया। जर्मनी के बिखरे हुए प्रदेश भी आपस में लड़ते रहे। फ्रांस में हुई क्रान्ति ने समस्त यूरोप के जन मानस पर बहुत गहरी छाप छोड़ी। तीसरे वर्ग के नाम से पहचानी जाने वाली फ्रांस की सामान्य जनता भी राज्यसत्ता धर्मगुरुओं और श्रीमन्त और साहुकारों के सामने स्वतन्त्रता, समानता और भाईचारे के नारों के साथ पेरिस की गलियों में उतर आयी थी।

37

हज़ारों लोग उस दिन पेरिस की सड़कों पर उतर आये थे। हवा के साथ–साथ पूरे शहर में एक उन्माद भरा था। पुरुषों व महिलाओं की क़तार सड़कों के दोनों ओर खड़ी हुई थी रानी मैरी एंटोनेट को आख़िरी बार देखने के लिए।

एक खुली सवारी में, बिखरे बालों वाली, मुरझाया चेहरा लिए, नीची आँखें किये, सफ़ेद वस्त्रों में, हाथ बाँधकर एक स्त्री बैठी हुई

थी। विश्वास ही नहीं होता था कि यह स्त्री ऑस्ट्रिया की राजकुमारी और फ्रांस की रानी है। वर्साइल के राजमहल में नित्यप्रति होने वाली दावतों में राजसी ठाठ से, भिन्न–भिन्न शैली की केश सज्जा और बहुमूल्य वस्त्राभूषणों में मेजबानी करती यह सुन्दर नारी आज निस्सहाय है। देशद्रोह के आरोप में इसे मृत्युदण्ड मिला है। नगर की समस्त प्रजा के सम्मुख दिये जाने वाले इस मृत्युदण्ड के लिए रानी को वधस्थल तक ले जाने वाली गाड़ी को देखकर, लोग चीख़–चीख़कर पागल हुए जा रहे थे।

दिशाओ केवल दो दिन चले इस न्याय के नाटक में रानी के ऊपर अनेक आरोप लगाये गये। उसके अपने पुत्र के साथ उसके अनैतिक सम्बन्ध का आरोप असह्य था। किसी भी माँ के लिए यह आरोप...अपने आठ वर्षीय पुत्र के मुख से सुने ये आरोप...न्याय की यह नाटकीय प्रक्रिया देखने के लिए एकत्रित मानव भीड़ भी इस प्रकार काँप रही थी मानो भूकम्प आया हो। यह नन्हा राजकुमार...वह बालक नीची आँखें किये, काँपता बैठा रहा।

बहुत देर तक ख़ामोश बैठी रानी ने फिर सभा में उपस्थित स्त्रियों को सम्बोधित किया–यहाँ उपस्थित सभी माताओं से मैं पूछती हूँ इस आरोप का मैं किस प्रकार खण्डन करूँ। प्रकृति भी किसी भी माँ पर लगे इस प्रकार के आरोपों पर मात्र ख़ामोश ही हो सकती है।

असंख्य मनुष्यों के समूह के एक छोर पर खड़ा मैं उस गाड़ी को देखते हुए बेचैन हो गया। क्रान्ति के इस ज्वार में राज्य सत्ता के विरोध में विद्रोही अपना पूरा विवेक खो बैठे थे। समूह में हर्ष की आवाज़ें गूँजीं–"ऑस्ट्रियन कुतिया" का नारा पेरिस की गलियों में गूँज उठा। मैं देख रहा था कि रानी की वह सवारी वधस्थल पर पहुँच गयी। मैं एकटक रानी को देख रहा था। युवा अवस्था में ही वृद्धावस्था ने घेर लिया था उसे...यौवन में क़दम रखते ही अपने देश ऑस्ट्रिया के दुश्मन फ्रांस के राजकुमार लुई सोलहवें के साथ उसका विवाह हो गया था। राजकाज व फ्रांस के रीति रिवाजों से अनभिज्ञ नादान वह नवयौवना विशाल वर्सायल राजमहल के रंगों में डूब गयी। विवाह के आरम्भिक

वर्षों में फ्रांस के राजवंश को वारिस दे पाने में असमर्थ मैरी के लिए जनता में भिन्न–भिन्न प्रकार की बातें होने लगी थीं। उसके अनैतिक सम्बन्धों के झूठे–सच्चे क़िस्से प्रजा में दावानल के समान फैल गये।

विवाह पश्चात प्रजा की प्रिय बनी राजकुमारी को प्रजा ही दुत्कारने लगी। एक ओर रंगीनियों में डूबी राज्यसत्ता और दूसरी ओर वर्षों से दबी–कुचली और भूखी–प्यासी प्रजा। एक–एक रोटी के लिए तड़पती प्रजा के विद्रोह की आग का मूल कारण था, यह राज कुटुम्ब। रानी के प्रति प्रजा के हृदय में आग सुलग रही थी। जनता के बीच बात फैल गयी कि वह ऑस्ट्रिया की जासूस है।

मैं देख रहा था कि गिलोटिन नाम से प्रचलित इस वध यन्त्र तक रानी को लाया गया। मुझे महसूस हुआ कि दृढ़ चाल वाली इस नारी के मुख पर एक गरिमा है। चेहरे पर न तो विवशता थी, न ही कोई भय था। भीड़ से अनेक आवाज़ें आ रही थीं–ओ ऑस्ट्रियन कुतिया...अब नर्क में पहुँचकर मिठाई खाना...। किसी ने फ़ब्ती कसी। भीड़ ने ज़ोर से हँसकर इस फ़ब्ती का समर्थन किया। लोगों ने मैडम डेफिसिट के नाम के नारे लगाये। परन्तु अचानक सब शान्त हो गया। गिलोटिन का लोहे का फाल धड़ाम करते हुए नीचे गिरा और एक ही झटके में रानी का मस्तक धड़ से अलग हो गया। क्षण भर को शान्त हुई भीड़, विजयोन्माद में पगला उठी। भीड़ को राजसत्ता की अन्तिम कड़ी मिटा देने का उन्माद था। स्वतन्त्रता की विजय हो...फ्रांस की विजय हो का घोष सभी के कानों में गूँज उठा। एक समय जिस मस्तक पर मुकुट था, प्रतिदिन नयी केश सज्जा से सुसज्जित, वह मस्तक अब भूमि पर रक्त से लथपथ पड़ा था। उसकी अर्धमुँदी आँखें...कितना करुण अन्त...सखी, कितना करुण अन्त...मेरा अशान्त हृदय चीख़ उठा। दिशाओं कुछ माह पहले लुई सोलह को बन्द बग्गी में इसी वधस्थल पर लाया गया था। इसी प्रकार उसका वध किया गया था।

विजयोन्मादी भीड़ को मैं देख रहा था। गत कुछ वर्षों से असन्तोषी प्रजा ने 'रक्तिम लौह क्रान्ति' का रास्ता अपनाया। कुछ ही वर्ष हुए विद्रोहियों ने सत्ता के प्रतीक बास्तील के बन्दीगृह

व शस्त्रागार को लूटा था। राज्यपाल का मस्तक, भाले पर टाँग कर, गलियों में घूमते हुए विद्रोहियों में विद्रोह की आग भड़कने लगी। स्त्रियों के सामूहिक योगदान के कारण राज कुटुम्ब को वर्साइल क़िले से निकलकर पेरिस आने को मजबूर होना पड़ा।

रोटी के लिए अपने बच्चों को भूख से बिलखते देखते–देखते क्रोधित व विद्रोह से भरी महिलाएँ, एक दिन जो भी हथियार मिला, उसे ही लेकर राजमहल की ओर बढ़ चलीं।

मछली बाज़ार की स्त्रियाँ इस आन्दोलन की अगुआ थीं। मछली काटने के तेज़ छुरों की धार सूर्य प्रकाश में चमक रही थी। हज़ारों की संख्या में एकत्रित हो गयी थीं स्त्रियाँ। स्त्रियों ने महल के दरवाज़ों को घेर लिया। रात होते–होते यह संख्या बढ़ती गयी। क्रोधित भीड़ महल में घुसकर रानी को मारना चाहती थी। उन्होंने महल का दरवाज़ा तोड़कर, प्रहरियों की हत्या करके, रानी के शयनकक्ष को घेर लिया। रानी मैरी पहले ही अपने शयनकक्ष को छोड़कर राजा के शयनकक्ष में छुप चुकी थी। इसी कारण बच गयी परन्तु महिलाओं ने क्रोध में रानी की शय्या तोड़ डाली थी।

विजयोन्मादी भीड़ राजसत्ता के अन्तिम प्रतीक की हत्या करके ख़ुश थी। प्रजा को आशा थी कि अब सुख–शान्ति आयेगी। सुनो दिशाओ परन्तु ऐसा हुआ नहीं। गिलोटिन के उस वज़नदार फाल ने अनेक मस्तक काटे। क्रान्ति का अगुआ तक मौत के घाट उतार दिया गया।

प्रजा के हाथ में आयी यह सत्ता, आख़िर में नेपोलियन बोनापार्ट के हाथ में लगी। तब वह फ्रांस का शासक बन बैठा। अद्‌भुत योद्धा था नेपोलियन।

लो मैं यहाँ खड़ा हूँ...तुम्हारा सम्राट। तुम्हें हत्या करनी है, लो करो हत्या। तुम्हारे सामने खड़ा हूँ। करो वध। दिखने में सामान्य कद का नेपोलियन अपने समक्ष लड़ने आयी सेना के सामने हाथ उठाकर कह रहा था।

अपने थोड़े से विश्वसनीय साथियों के साथ एल्बा टापू में नज़रबन्दी से भागे नेपोलियन की एक ही आवाज़ में उसके विरुद्ध

लड़ने आयी सेना उसी के अधीन हो गयी। लुई अठारहवें को सत्ताच्युत करके नेपोलियन फिर से फ्रांस का राजा बना...। दूसरी बार फ्रांस का राजा बनने के बाद नेपोलियन केवल सौ दिन तक ही राज कर सका।

कितनी अजीब बात है न दिशाओ हज़ारों सदियाँ बीत गयीं। मैंने अनेक युद्ध देखे, कितने ही युद्धों के बारे में मैंने सुना परन्तु फिर भी युद्ध की चर्चा से मेरे कान सतर्क हो जाते...रक्त की गन्ध से मेरे नथुने भर जाते...घायलों की चीखें...युद्ध का हाहाकार....मुझे युद्ध मैदान की ओर खींचकर ले जाता।

दिन–प्रतिदिन शक्तिशाली होते जा रहे ब्रिटेन की नौसेना को शिकस्त देने के लिए, नेपोलियन मिस्र तक युद्ध करने के लिए गया। फिर से सत्ता सँभालते ही नेपोलियन ने ब्रिटेन के विरुद्ध मोर्चा खोल दिया। पर्शिया, ऑस्ट्रिया जैसे देश ब्रिटेन के साथ थे। सभी साथ मिलकर नेपोलियन के विरुद्ध युद्ध के लिए तैयार थे। मुझे आज भी स्मरण हैं नेपोलियन की सत्ता के वो सौ दिन और नेपोलियन का अन्तिम युद्ध।

सारी रात बरसात हुई थी। हरे–भरे ढलुवा वाटरलू के मैदान में पानी भरा हुआ था। फ्रांस की युद्ध छावनी में कोई अधिक हलचल नहीं थी। रात भर से नेपोलियन पेटदर्द से परेशान था। ऊपर से यह बारिश। बारिश से कीचड़ हो गयी धरती पर युद्ध कैसे आरम्भ किया जाये, इसी चिन्ता ने नेपोलियन को बेचैन किया हुआ था। सामने थी वेलिंगटन के सेनापतित्व में ब्रिटिश सेना और वेलिंगटन की सहायता के लिए पर्शियन सेना। जीवन में पहली बार नेपोलियन कोई निर्णय नहीं ले पा रहा था। नाश्ते की मेज़ पर बैठा नेपोलियन, अपनी सेना के सरदारों को उत्साहित करने के लिए कह रहा था–यह इंग्लैंड का सेनापति वेलिंगटन, हाऽऽऽऽ हाऽऽऽऽ'' ज़ोर से हँसने के प्रयत्न में उसने अपना पेट पकड़ लिया। क्षण भर चुप रहने के बाद नेपोलियन बोला–उठो, चलो, मैदान में आगे बढ़ो। विजय निश्चित है।

दिशाओ मैं देख रहा था कि तीन हिस्सों में बँटी फ्रांस की सेना, दिन चढ़ने के साथ ही आगे कूच कर गयी फ्रांस की सेना ने इंग्लैंड

की सेना के सामने मोर्चा सँभाला। नेपोलियन की दुर्बलताओं का लाभ उठाते हुए वेलिंगटन ने ढालू मैदान में अपनी सेना इस प्रकार नियुक्ति की कि नेपोलियन उनकी सैन्य शक्ति का अन्दाज़ा ही न लगा सके। सारा दिन चले युद्ध में, कभी फ्रांस का पलड़ा भारी होता तो कभी इंग्लैंड का। शाम होते–होते नेपोलियन ने अपने विश्वसनीय योद्धाओं को युद्ध में उतारा। परन्तु परशियन सेना भी इंग्लैंड की मदद के लिए आ पहुँची थी इसलिए नेपोलियन की हार हुई।

संयुक्त राज्यों ने नेपोलियन को बहुत दूर एक टापू पर बन्दी बनाकर रखा। सगे–सम्बन्धियों से दूर, दुश्मनों की कड़ी पहरेदारी में, नेपोलियन पेट के कैंसर के कारण मृत्यु–मुख में पहुँच गया। किसी समय के एक सम्राट का कितना करुण अन्त हुआ। युद्ध, सम्राज्य, सत्तालोलुपता! यूरोप के बड़े–बड़े देशों से युद्ध कर, इंग्लैंड की शक्ति को क्षीण करने के लिए मिस्र तक युद्ध करने वाला नेपोलियन, अपने अन्तिम दिनों में अपनी पत्नी व पुत्र का एक समाचार पाने के लिए तड़पता रहा।

पता नहीं दिशाओ सत्ता के शिखर पर पहुँचे नेपोलियन के इस करुण अन्त ने मुझे क्यों विचलित किया। इन दिनों सखी मुझसे बार–बार एक ही प्रश्न करती रही। इतनी ज़्यादा करुणा किसके लिये? नेपोलियन के लिए अथवा वाटरलू के मैदान में पड़े हज़ारों शवों और घायल सिपाहियों के लिए...? वाटरलू के मैदानों में पड़े क्षत–विक्षत हज़ारों शव और घायल सिपाहियों की वेदना। दो दिन पहले तक एक–दूसरे की जान के दुश्मन आज युद्धभूमि में एक–दूसरे के समीप पड़े, मृत्यु की राह देख रहे थे। दोनों ही ओर की सेनाओं ने धीरे–धीरे मृत्यु की ओर बढ़ते, प्रतीक्षा कर रहे अपने भूखे–प्यासे सैनिकों को यूँ ही मरने के लिए छोड़ दिया था।

सत्ता और सम्पत्ति की इस अथाह भूख में होने वाले इन युद्धों से, केवल और केवल सामान्य प्रजा को ही दुख भोगना पड़ता है। यह बात सखी मुझे बार–बार समझा रही थी। युद्ध में पति और पिता को खो चुकी स्त्रियाँ और बच्चों के भाग्य में भूख से मरने के सिवा भला क्या शेष बचता है!!

38

दिशाओ तुम्हें तो सभी कुछ ज्ञात है। फ्रांस की क्रान्ति ने जनमानस पर बहुत गहरा असर डाला। यूरोपीय देशों की मध्यमवर्गीय व सामान्य प्रजा अपने अधिकारों के लिए सचेत हुई। इसी सदी के आरम्भ में रूस में क्रान्ति आयी। बोल्शेविक क्रान्ति...रूस का गृहयुद्ध...व कामगारों की हड़ताल। कृषक, खेतिहर, विद्यार्थी और सेना भी उसमें सम्मिलित हो गयी थी। कुलीन वर्गीय व धनिकों के विरोध में जन्मी एक नयी विचारधारा साम्यवाद का उदय हुआ। लेनिन का साम्यवाद। सर्वजन हिताय की विचारधारा ने जार निकोलस के पूरे कुटुम्ब को सत्ता से निष्कासित करके उसकी हत्या कर दी। लम्बे चले गृह युद्ध के पश्चात साम्यवादी सरकार अस्तित्व में आयी।

जार निकोलस द्वितीय के शासनकाल में रूसी जनता में भारी असन्तोष फैल गया। ज्वालामुखी जैसी स्थिति थी। प्रजा का सरकार में बिल्कुल विश्वास नहीं बचा था। विद्रोह की सुलगती आग और प्रथम विश्वयुद्ध। दूसरी ओर था राजा और रानी का एक व्यभिचारी साधु रासपुतिन पर पूर्ण विश्वास व निर्भरता। राजकुमार के असाध्य रोग की पीड़ा दूर करते हुए रासपुतिन रानी का सलाहकार बन बैठा था।

उसे साधु कहा जाये या शैतान समझ नहीं पड़ता था। पहले ख़ूब पाप करो बाद में पश्चात्ताप करके मुक्ति मिल सकती है इसी प्रकार की मान्यताओं का प्रसार करते हुए वह स्वच्छन्दी रासपुतिन त्राटक करती दृष्टि से वशीकरण कर लेता। राजपरिवार व कुलीन घरानों की स्त्रियाँ भी रासपुतिन के वश में थीं।

राजा और रानी पर उसके बढ़ते प्रभाव से प्रजा और राजपरिवार दोनों ही रुष्ट थे। एक दिन राजपरिवार के कुछ लोगों ने योजनाबद्ध तरीक़े से उसकी हत्या कर दी। अपनी मृत्यु से पहले रासपुतिन ने युद्ध पर गये जार को एक पत्र लिखा था। रासपुतिन ने पत्र में जार के लिए भविष्यवाणी लिखने के साथ ही यह भी लिखा कि कोई राजपरिवार का

ही व्यक्ति मेरी मृत्यु का कारण बनेगा। अगले दो वर्षों में समस्त रोमन परिवार ख़त्म हो जायेगा। यही सत्य भी साबित हुआ। तीन सदियों से रूस पर राज्य करती रोमनों के परिवार की सत्ता छिन गयी इसके बाद सत्ता बोल्शेविकों के हाथ में आ गयी।

बिखरे हुए जर्मनी ने एक संगठित राज्य का रूप ले लिया था। विज्ञान की प्रगति व औद्योगिक क्रान्ति के साथ ही मानव जीवन में सुख–सुविधाएँ बढ़ने लगीं। विद्युत का व भाप के इंजन का आविष्कार हुआ। यूरोपीय देशों ने अन्य महाद्वीपों में अपने पाँव जमाने शुरू किये। अफ्रीका और एशिया के देशों पर यूरोपीय देश शासन करने लगे। उनकी सत्ता व सम्पत्ति की भूख ने बहुत बड़ी संख्या में मानव जाति को गुलाम बनाया। समाज बदल रहा था। सत्ताएँ बदलीं परन्तु नहीं बदली तो सत्ता के लिए सेंधमारी और नहीं बदला तो यहूदियों के प्रति दृष्टिकोण। वह तिरस्कृत प्रजा... दिशाओ तिरस्कृत होना क्या होता है यह कोई मुझसे पूछे...द्रौपदी की आँखों की घृणा...वह घृणा वह तिरस्कार...हज़ारों वर्षों बाद भी वह आँखें मुझे बेधती हैं और मेरे नासूरों में शूल–सी गड़ती हैं। हज़ारों वर्षों से यीशु के वध का कलंक मस्तक पर लिए यह प्रजा मेरी तरह श्रापित है। दिशाओ तुम्हें लग रहा होगा कि यह अश्वत्थामा तो बिल्कुल भ्रमित हो गया है। यह तो सदा ही यहूदियों की चिन्ता करता है।

परन्तु सुनो...सुनो अनेक सदियों बाद आज एक मात्र मैं ही उस प्रसंग का साक्षी हूँ। यूँ तो मुट्ठी भर यहूदी पुजारियों का ही यह वचन था कि यीशु की हत्या का कलंक सदा हमारे मस्तक पर रहेगा।

आज भी जेरूसलम के रोमन राज्यपाल पाइलेट की प्रचण्ड आवाज़ मेरा पीछा करती है। नज़रत का यह यहूदी निर्दोष है इसके रक्त के छींटे अपने ऊपर नहीं आने दूँगा। इसके वध का कलंक अपने सिर नहीं लूँगा। रोमन राज्यपाल पाइलेट की आवाज़ सारे परिसर में गूँज उठी थी। जिसे सुनकर नज़रत के इस यहूदी का वध करो, वध करो, पुकारती भीड़ को साँप सूँघ गया था। तभी यहूदी पुजारियों के समूह में से एक आवाज़ आयी थी बेशक यह पाप, यह कलंक हम पर और

हमारे वंशजों के ऊपर आये। उसी भीड़ ने ही क्षण भर में ही उस यहूदी पुजारी के मत को हाँ...हाँ के साथ सहमति दे दी। और यह कलंक सदा–सदा के लिए प्रत्येक यहूदी के मस्तक पर चस्पा हो गया। आज अनेक सदियों बाद भी यह प्रजा उसी का दण्ड भोग रही है। क्या...क्या नहीं सहा इस जाति ने? अनेक अत्याचार हुए यहूदियों पर। अपने ही देश से खदेड़ दी गयी यह जाति। परन्तु अपने देश की वापसी की माँग इन्होंने कभी नहीं छोड़ी। कितने ही मस्तक धड़ से अलग हुए, आरोप लगाये गये। यूरोप में हुई अनेक छोटी व बड़ी दुर्घटनाओं का ज़िम्मेदार ठहराया गया। चाहे वो महामारी हो अथवा अकाल।

यहूदी अपनी धार्मिक विधियों में ईसाइयों के रक्त का प्रयोग करते हैं। यह आक्षेप सदियों से चलता आ रहा है। इस आक्षेप के कारण अनेक बार दंगे हुए। जानवरों जैसा व्यवहार करते हुए अनेक यहूदियों का क़त्ल किया गया। उनके घर–बार लूटे गये। दुकानें तोड़ दी गयीं। यहूदियों के देवालय जला दिये गये।

सदियों से जनमानस में बैठ गयी इस द्वेष भावना ने कितना भयानक रूप लिया वह तो इस विश्वयुद्ध में भी दिखा...यह अमानुषिक कृत्य और बस हिंसा ही हिंसा। दिशाएँ देख रही थीं कि अश्वत्थामा का सारा शरीर थरथरा उठा। उसके घावों से रक्त बहने लगा।

थोड़ी देर चुप बैठे अश्वत्थामा ने आकाश की ओर देखते हुए भर्रायी आवाज़ में कहा–जर्मनी के फ्रेंकफर्ट नगर के पास हेप–हेप के नारों की गूँज के साथ जो ताण्डव शुरू हुआ वो तारों को अवश्य याद होगा। तारो तुम्हें तो अवश्य ही याद होगी यहूदियों की वेदना...अँधेरी रात और बुडबर्ग नगर के पास के वनों में सुनायी देता वह रुदन...हे यहोवा! क्षमा करो, परन्तु कब तक...कब तक...और कब तक यह सब सहना होगा...कब तक...! सताये गये घायल अधमरे यहूदियों की प्रार्थना तुमने अवश्य सुनी होगी तारों।

सुबह से ही सारा बुडबर्ग नगर पगला गया था। जैसे कोई आँधी आने वाली हो। हेप–हेप के नारों ने समस्त शहर को गुंजाया हुआ था। हेप–हेप कहता एक समूह यहूदियों के घरों में जा घुसा।

जो भी हथियार जिसके हाथ लगा उसी से यह समूह यहूदियों पर टूट पड़ा। यह सब घटित होते देखते हुए सामान्य जनता में भी एक उन्माद था। मारे जाते समय यहूदी देख रहे थे कि मारने वालों की आँखों में एक वहशी उन्माद है।

तुम यहूदियों को समान अधिकार चाहिए...तो खाओ एक और लाठी। सारे बुडबर्ग शहर में खलबली मच गयी। हेप–हेप बोलता हुआ समूह, यहूदियों के घरों और दुकानों पर टूट पड़ा। डरे–सहमे, अधमरे यहूदियों ने, बुडबर्ग के जंगलों में शरण ली। हेप–हेप का यह नारा जंगल की आग की तरह अनेक नगरों में फैल गया।

अब से सात–आठ सदी पहले की घटना है। मुसलमानों के कब्ज़े से जेरूसलम को वापस लेने के इरादे से पहली बार निकले ईसाई सैनिकों ने इस धर्मयुद्ध में बहुत से यहूदियों की हत्या की। यीशु को सूली पर चढ़ाने वाले यहूदी ही हमारे प्रथम शत्रु हैं। पहले इनका अन्त करो। इसी विचार से फ्रांस व जर्मनी में अनेक यहूदियों की हत्याएँ हुईं। उन दिनों मैं रोम शहर में भटक रहा था। मेरी रातें रोम के खँडहरों में व्यतीत होती थी। मेरे जैसे अनेक लँगड़े व अपाहिज अपने कष्ट निवारण हेतु यीशु के आशीर्वाद की इच्छा लिए नगर में भटक रहे थे।

उस एक दिन समस्त रोम शहर का वातावरण उग्र था। चर्च परिसर में लोगों के झुण्ड के झुण्ड व पादरियों का समूह बस एक ही चर्चा कर रहे थे। इंग्लैंड में विलियम नाम के एक किशोर का शव जंगल में मिला है। उसकी हत्या करने वाला यक़ीनन एक यहूदी है। ओह....उफ़...इतने छोटे बालक की हत्या...ये उपद्रवी यहूदी...ये यहूदी धर्म के नाम पर कुछ भी कर सकते हैं। भीड़ ने समर्थन में शोर मचाया। ये उपद्रवी यहूदी अपने उत्सव पासओवर में रोटियाँ बनाने के लिए ईसाई शिशुओं के रक्त का प्रयोग करते हैं। एक अधेड़ उम्र के पादरी ने ज़ोर से हुंकार भरी। गरजते हुए उस समूह में सभी लोग क्षण भर के लिए चुप होकर एक–दूसरे का मुँह ताकने लगे। एक युवा पादरी ने उस आरोप का समर्थन किया। एक वृद्ध से दीखते

पादरी ने अपने गले में पहने क्रॉस को चूमते हुए आकाश की ओर देखा और कहा–यह क्या हो रहा है? यीशु हे प्रभु, इन यहूदियों को दण्ड दो। समूह ने एक साथ कहा–आमीन।

मैं इन सफ़ेद वस्त्रधारी पादरियों के समूह को आश्चर्य से देखता रहा। इस समय कैथोलिक धर्म का सर्वोपरि महत्त्व था। ईसाई धर्म को सर्वश्रेष्ठता तथा सर्वोपरिता की स्थापना का उन्माद छाया हुआ था।

इंग्लैंड के लिंकोलन नगर में आठ वर्ष का ह्युगो नामक बालक कैथोलिक धर्म का सन्त बन गया था। कोपीन नामक यहूदी को ह्युगो की हत्या का अपराधी ठहराया गया। कोपीन से बलपूर्वक सभी आरोपों की स्वीकारोक्ति ले ली गयी फिर उसे मृत्युदण्ड दे दिया गया। इसके बाद अनेक यहूदियों को लन्दन ले जाकर मृत्युदण्ड दे दिया गया। अन्त में यहूदियों को देश छोड़ने के लिए विवश किया गया। इसी प्रकार स्पेन में भी यहूदियों को स्पेन से निकालकर बाहर किया गया। अब तो यूरोप भर में अनेक आरोप यहूदियों पर लगाये जाने लगे। इसी प्रकार अनेक गाँवों में बहुत सारे यहूदियों को मौत के घाट उतार दिया गया। जादू–टोने की अनेक अफ़वाहों के बीच आरोपी बनाकर यहूदियों को ज़िन्दा जला दिया जाता। जिस यीशु ने अपने शत्रु को भी प्रेम करने का सन्देश दिया, उसी यीशु का वध हज़ारों सदियों तक यहूदियों के संहार का कारण बना। यहूदियों को विवाह के लिए भी सरकार से लिखित आज्ञा लेनी पड़ती थी। ज्ञात है न दिशाओ कुटुम्ब में केवल एक ही पुरुष को विवाह करने का अधिकार मिलता था।

दिशाओं ने महसूस किया कि उनके उत्तर की आशा में अश्वत्थामा अचानक रुक गया है। सरकारी संस्थानों में यहूदियों को नौकरी का अधिकार नहीं था। आधुनिक युग में प्रवेश करते हुए यूरोप में विचारकों का एक अलग वर्ग जन्मा था। जिनके विचार से शुद्ध रक्त आर्यन प्रजा को ही विश्व में जीवन जीने का अधिकार था। शेष जातियों का समूल नाश अथवा उनको दास बना कर रखना ही उनका दृढ़ विचार था। यह तो मत्स्य न्याय हुआ। केवल सबल को ही जीने

का अधिकार। अनेक क्षेत्रों में प्रगति कर चुके यूरोपीय देशों की यह संकीर्ण मानसिकता मुझे कभी भी समझ नहीं आयी। व्यापार, वाणिज्य व विज्ञान के क्षेत्र में भी यहूदियों ने बहुत उन्नति की थी। आधुनिक युग में प्रवेश करते ही यहूदियों द्वारा समान अधिकारों की माँग से सारे यूरोप में रोष फैल गया। ऐसी ही उथल–पुथल के वातावरण में सारा यूरोप अन्दर ही अन्दर एक आग में सुलग रहा था।

पोलैंड जो कि यूरोप का यहूदी संस्कृति का केन्द्र था। नाजियों के अधीन होते ही वहाँ की जनता भी विकृत मानसिकता का शिकार हो गयी एक गाँव के अनाज भंडार में अनेक यहूदियों के परिवारों को एक साथ ज़िन्दा जला डाला गया।

पोलैंड से निकलकर बहुत सारे यहूदी रूस में पहुँचे। रूस में यहूदियों की काफ़ी अधिक जनसंख्या थी। रूस में भी उन्हें दूसरी श्रेणी का नागरिक माना गया। बार–बार उन पर अनेक आरोप लगाये गये। अनेक बार झगड़े–फ़साद हुए, जिनके कारण अनेक यहूदियों की हत्या हुई। बोल्शेविक क्रान्ति के बाद भी यहूदियों की स्थिति में कोई अन्तर नहीं आया। हिंसा...हिंसा...केवल हिंसा ही...। स्वयं को सर्वशक्तिमान बनाने की जर्मनी की लालसा...। दूसरे देशों को गुलाम बनाकर, उन देशों की धन सम्पत्ति लूटने की प्रवृत्ति से सारा यूरोप युद्धरत हो गया। विश्वयुद्धआरम्भ हो गया। अफ्रीका और एशिया में यूरोप के उपनिवेशी देश भी युद्ध से अछूते नहीं रहे। वहाँ भी युद्ध की अग्नि सुलग रही थी। उपनिवेशी देशों पर शासन कर वहाँ की धन सम्पत्ति अपने देशों में पहुँचाना और उपनिवेशी देशों की प्रजा को अपने अधीन रखना इसी विचारधारा के अन्तर्गत उपनिवेशी देशों को इन यूरोपीय देशों ने पूर्णतः बर्बाद कर दिया था।

इंग्लैंड ने भारत की इसी प्रकार दुर्दशा कर दी थी। दिशाओ मुग़लों के समय व्यापार करने के बहाने आये मुट्ठी भर परदेसी जो हज़ारों मील दूर रहते हुए भी लाखों–करोड़ों पर शासन करते रहे। तुम्हें अजीब नहीं लगता दिशाओ कि हज़ारों वर्षों की संस्कृति, ज्ञान–विज्ञान में पारंगत भारत गुलामी में जकड़ जाये या पराधीन हो जाये। वेद

और उपनिषद...ऋषि–मुनियों...बुद्ध और महावीर...का यह देश पराधीन हो जाये। यह कैसी व्यथा कैसी करुणा...। समस्त विश्व एक अग्नि से घिरा था। धरती, आकाश, समुद्र और चारों दिशाओं में युद्ध ही युद्ध! चारों दिशाएँ झंझावत से घिरी थीं। हर ओर हिंसा, केवल हिंसा का वातावरण था। परन्तु इस तूफ़ान के बीच में एक दीप टिमटिमा रहा था। अहिंसा का सन्देश देता एक देव दूत–भारत का गाँधी। हिंसा के ताण्डव में अहिंसा का सन्देश।

39

दक्षिणी अफ्रीका के एक प्लेटफ़ॉर्म पर आधी रात को बैरिस्टर गाँधी को उनके सामान के साथ रेल के डिब्बे से बाहर फेंक दिया गया था। गाँधी जी ने उस विदेशी धरती पर रंगभेद के विरुद्ध आन्दोलन शुरू किया। जिस राज्य में कभी भी सूर्य अस्त नहीं होता था उसी साम्राज्य के हौसले पस्त कर देने वाले गाँधी। विश्व जब महामन्दी की चपेट में था तब भारत में ब्रिटिश सत्ता के सामने नमक का सत्याग्रह किया गाँधी जी ने। सारे विश्व का ध्यान उनकी ओर आकर्षित हुआ। सत्याग्रह, असहयोग और सविनय अवज्ञा आन्दोलन कितने अद्‌भुत विचार...। दांडी के तट पर हज़ारों आदमियों के समक्ष गाँधी जी ने नमक बनाया। अद्‌भुत दूरदर्शी थे गाँधी। सविनय अवज्ञा आन्दोलन द्वारा नमक से रोटी खाती भारत की ग़रीब जनता ने ब्रिटिश शासन के सामने एक अहिंसक हथियार उठा लिया था। इस आन्दोलन ने गुलाम भारत की प्रजा में नये प्राण फूँक दिये। समुद्र तट पर अनेक लोगों को नमक बनाने के अपराध में गिरफ़्तार किया गया। गाँधी जी सहित हज़ारों लोग जेल गये। महावीर स्वामी और बुद्ध का अनुसरण करने वाली, सभी धर्मों को सम्मान देने वाली, सभी मनुष्यों को समान मानने वाली, कृष्ण की गीता को आदर्श मानने वाली

वह एक पतली सी देह...! मेरी ओर आश्चर्य से नहीं देखो दिशाओ ...मैंने देखा था उनको। क्या तुम्हें विश्वास नहीं मेरे इस कथन पर...? तुम्हें याद है न द्वितीय गोलमेज परिषद् जो इंग्लैंड में हुई थी। हाँ! वही द्वितीय गोलमेज परिषद्!

लैंकशायर का वह दिन। मैंने लैंकशायर की कपड़ा मिल के मज़दूरों के साथ गाँधी जी को देखा था। अपलक देखता रह गया था मैं। एक सूती धोती और कन्धे पर एक शाल। यह सूखी–सी देह। इतनी सर्दी में कहाँ से सहनशक्ति लेकर आयी है। अवश्य ही कर्तव्यपरायणता के दृढ़ निश्चय से यह बल आया है। मज़दूरों की अपनी बेरोजगारी और गाँधी जी के स्वदेशी आन्दोलन के कारण मिल मज़दूरों में उनके प्रति रोष भरा था। उनके सरल व सीधे–सीधे सन्देशों को सुनकर वे सभी शान्त हो गये। प्रतिदिन चरखा कातने वाले गाँधी जी को मित्र मान लिया था उन सभी ने। मुझे यह एक चमत्कार–सा लगा। उस अनोखे व्यक्तित्व के साथ रह–रह कर फ़ोटो खिंचवाने के लिए व्यग्र जनता को मैंने देखा। अपने मोहन नाम को सार्थक करते हुए उनके मुख पर शिशु–सी एक सम्मोहक मुस्कान थी। इंग्लैंड के राजा का मेहमान बन कर आये गाँधी जी ने राजा की ओर से की गयी उनके ठहरने की भव्य व्यवस्था को ठुकराकर निम्नवर्गीय बस्ती के किंग्सले हॉल में ठहरना पसन्द किया था। सादा–सरल जीवन जीने की प्रेरणा देते हुए वो बकरी का दूध पीकर अपने दिन का आरम्भ प्रार्थना से करते। सत्य ही ईश्वर है और प्रेम ईश्वर तक पहुँचने का मार्ग। यह सन्देश देने वाले गाँधी जी को मैं देखता ही रह गया। सच्चाई तो यह है कि उन्होंने क्या कहा, इस ओर मेरा ध्यान ही नहीं गया। अनेक सदियों के बाद हृदय के एक कोने में आशा की एक किरण दिख रही थी। हृदय में एक उजास देखी तो मैंने मन के एक कोने में छुपी बैठी सखी को खोजा। देख...देख तो सखी...सत्य ही ईश्वर है और प्रेम उस तक पहुँचने का मार्ग कहने वाले इस महामानव को देख सखी। यीशु की तरह गाँधी जी का भी यही सन्देश है कि कोई एक थप्पड़ मारे तो उसकी ओर दूसरा गाल भी बढ़ा दो। गीता के

उपदेशों को आत्मसात करने के लिए कहते गाँधी जी का कृष्ण पर इतना अधिक विश्वास। इतनी अधिक आस्था ने मेरे हृदय में अकुलाहट भर दी। अभी भी मन में कहीं अपनी इन यातनाओं और अपनी दुर्दशा का मुख्य कारण मेरे लिए कृष्ण ही है।

गाँधी जी की सरल मुस्कान के साथ ही मुझे कृष्ण के मुख पर बिखरी सम्मोहक रहस्यमयी मुस्कान स्मरण हो आयी।

बहुत दिनों तक गाँधी जी की छवि मन में छायी रही। मेरे हृदय में अंकित एक यह सरल छवि और दूसरी ओर मन को कलुषित करती दुनिया में उभरती एक दूसरी छवि हिटलर की...

दिशाएँ देख रही थीं कि हिटलर का नाम होठों पर आते ही अश्वत्थामा की जिह्वा को जैसे लकवा मार गया। दूर शून्य में खोयी उसकी आँखें स्थिर हो गयी। भय की एक कालिमा उसके मुख पर छा गयी। उसने कई बार कुछ उच्चारने का प्रयत्न किया परन्तु स्वर नहीं निकल सका। हज़ारों वर्षों की समस्त वेदना उसके मुख पर झलकने लगी। चारों ओर एक सन्नाटा छा गया। अश्वत्थामा जड़वत् बैठा रह गया। कुछ देर बाद जैसे दूसरे किसी गृह से आता एक शब्द दिशाओं को सुनायी दिया...हिटलर...

40

इस हिटलर के वर्णन हेतु मेरे पास कोई सटीक शब्द नहीं है दिशाओ। आज तक भी मैं उसके बारे में कुछ निश्चित नहीं कह सकता कि वह कैसा था? 'दैत्य' शब्द भी उसके लिए बहुत छोटा पड़ता है। भीड़ में भी पहचाना जा सकने वाला परन्तु सामान्य चेहरा था हिटलर का। उसकी नाक के नीचे छोटी–सी मूँछ उसके हाव–भाव, उसकी आँखें ऐसी थीं कि लगता था जैसे वह बस हमें ही देख रहा हो अथवा हमारे आर–पार कुछ देख रहा हो। वह जब भाषण के लिए

मुँह खोलता तो शब्द प्रहार के समान होते थे। मुट्ठी बाँध कर हाथ को हवा में इधर–उधर घुमाता। उसके आक्रोश भरे भाषणों को लाखों लोगों की भीड़ ध्यान से सुनती थी। चारों ओर लहराती स्वस्तिक के चिह्न वाली लम्बी–लम्बी लाल सम्मोहक ध्वजाएँ। उसके काले गणवेश वाले नाजी सैनिकों से भरे सभी मार्ग। उन मार्गों पर असंख्य हाथ बाँधे लोगों को खड़ा देखकर, मुझे प्रतीत हुआ मानो ये क़तारबद्ध खड़े लाखों लोग हिटलर के हाथ की कठपुतलियाँ हैं। गुस्से से उठते–गिरते हिटलर के हाथ उन्हें जब जैसे चाहे नचा सकते हैं। हथौड़े की तरह पड़ते हिटलर के मुँह से निकले शब्दों का आरोह–अवरोह लोगों को वश में करता था। जैसे हिटलर कोई जादूगर हो। हिटलर का तमतमाया चेहरा और हिटलर के संवाद जर्मनी लोगों में उन्माद पैदा करते। ध्यान से सुनते लोगों में उसके उन्मादी शब्द, वशीकरण मन्त्र का काम करते थे। लाखों की भीड़ अपने–अपने हाथ उठाकर हेल हिटलर की गगन भेदी पुकार करती तब मैं हिटलर के मुख पर तैर आये आनन्द को देखकर स्तम्भित हो जाता।

पहली बार शहर के मार्गों पर फहराती लम्बी लाल ध्वजाओं को देख, मैं वहीं ठहर गया था। मैं उन सम्मोहक ध्वजाओं को देखता ही रह गया। ध्वजा पर यह स्वस्तिक चिह्न...

रोली सनी उँगलियों से स्वस्तिक बनाती माँ का स्मरण हो आया। माँ आप प्रतिदिन यह क्या करती हो...? लाल रोली से बनाये गये स्वस्तिक को देख रहे अश्वत्थामा ने प्रश्न किया था। पुत्र यह सुख, शान्ति और पवित्रता का प्रतीक है। यह अनन्त व अजन्मा है। यह सुख और समृद्धि देता है...

उस समय कुछ भी समझ नहीं सका था मैं शिशु अश्वत्थामा। बस स्वस्तिक को आनन्द से देखता रहा। वही स्वस्तिक नाजियों की ध्वजा पर देखकर मेरा तन–मन क्रोध से भर उठा। मेरी आँखों में रक्त उतर आया। सखी तुमने देखा नाजियों की ध्वजा पर स्वस्तिक का चिह्न...जिसने सारी दुनिया को युद्ध में झोंक दिया। उस महा शैतान की ध्वजा पर स्वस्तिक का चिह्न...!! कई दिनों तक काले कपड़ों

वाले एस.एस. के सैनिकों के जूतों की ठक–ठक सुनता मैं बर्लिन की गलियों में भटकता रहा।

ऑस्ट्रिया के एक साधारण परिवार में जन्मा हिटलर वियाना में चित्रकारी के अध्ययन के लिए गया था। चित्रकार के रूप में असफल हिटलर संघर्ष के दिनों से ही बॉल्शेविकों और यहूदियों को अपना शत्रु मानने लगा था। प्रथम विश्वयुद्ध में जर्मनी की ओर से युद्ध करने वाला हिटलर जर्मनी की पराजय को पचा नहीं पाया। वह जर्मन वर्कर्स पार्टी में सम्मिलित हो गया। नाजी पार्टी के नाम से पहचानी जाने वाली यह पार्टी साम्यवादियों व यहूदियों की विरोधी थी। प्रथम विश्वयुद्ध से बेहाल और आर्थिक तंगी को झेलती जर्मन प्रजा को हिटलर के आक्रोश से भरे भाषणों में एक आशा की किरण दीखने लगी। राजद्रोह के आरोप में जेल गये हिटलर ने 'मेन कैफ', 'मेरा संघर्ष' के नाम से अपनी आत्मकथा लिखी। एक दिन वह जर्मनी का चांसलर बन ही गया।

गोरा रंग और भूरी आँखों वाले जर्मनों के शुद्ध आर्यन रक्त की रक्षा की बात करते हुए जर्मनी की समस्त परेशानियों का कारण यहूदियों को ठहराता था। मुझे ऐसा लगता कि जब लाखों लोग हाथ उठा–उठाकर 'हेल हिटलर' का नारा लगाते उस समय हिटलर स्वयं को उस प्रजा का भाग्य विधाता समझता था। प्रजा में भय पैदा करके प्रजा को वश में रखने वाला हिटलर, झूठे वादे करके सारे निर्णय स्वयं ही ले लेता था। वह अद्‌भुत शैली का वक्ता था। जनता की कमज़ोरियों को भाँपते हुए, अपनी बात कहने की अनोखी कुशलता उसके पास थी। हिटलर अपने भाषणों में प्रथम विश्वयुद्ध के साम्यवादियों तथा यहूदियों द्वारा किये गये विश्वासघात, वर्साइल सन्धि तथा प्रजा की बदहाली का उल्लेख करता था। बोल्शेविक विचारधारा के अग्रणी नेता मूल यहूदी वंशज है। इस संघर्ष में रूस में लाखों लोगों की जान गयी है। इस प्रकार के तथ्यों पर ज़ोर देता हुआ हिटलर कहता–साम्यवाद जर्मनी को अधीनस्थ करने का यहूदियों का एक हथियार है।

उसकी विचारधारा, उसकी विक्षिप्त व विकृत मानसिकता, उसका

आक्रोश और यहूदियों के प्रति घृणा ने, ऐसे निर्णय लिए जो समस्त जर्मनी व समस्त विश्व के लिए घातक बने।

हे दिशाओ धीरे–धीरे उसने यहूदियों के सारे अधिकार छीन लिए। यहूदियों पर स्कूल, कॉलेज, रंगमंच और खेलों आदि में भाग लेने पर प्रतिबन्ध लगा दिया। यहूदियों के नौकरियों, व्यवसाय व रोज़गार के अन्य सभी साधन बन्द करवा दिये गये।

हे दिशाओ यहूदी और जर्मन के बीच होने वाले विवाह सम्बन्ध नाजी पार्टी के लिए एक बड़ी चिन्ता का विषय था। मिश्रित रक्त वाले बालक नाजियों के लिए एक बड़ी समस्या थे। आर्यों के शुद्ध रक्त की रक्षा के नाम पर नये कानून बनाये गये। इस प्रकार के विवाह व सम्बन्धों पर प्रतिबन्ध लगा दिया गया। अधिकार हीन हो गये इन यहूदी नागरिकों को अपने साथ पहचान–पत्र रखना होता था। यहूदी हमेशा भयभीत रहने लगे। कभी भी, कहीं भी रास्ते में रोककर उनकी तलाशी ली जाती। उन्हें मारा–पीटा जाता...धर–पकड़ होती और उनको यातना शिविर में डाल दिया जाता। जहाँ उनका अन्त मृत्यु ही होता था।

आरम्भ में हिटलर ने यहूदियों के लिए घृणा भरे भाषण बीयर बार में दिये थे। उसके भाषणों की शैली व आक्रोश लोगों को पसन्द आया। यहूदियों व बोल्शेविकों के प्रति उसकी घृणा को प्रतिसाद मिलने लगा।

ये विदेशी यहूदी हमारे देश में चारों ओर स्थापित हो गये हैं। अपने कुटुम्ब व देश को इन्होंने कुचलकर रख दिया है। हमारी जर्मन सभ्यता व संस्कृति को ये नष्ट कर रहे हैं। इन अवांछित लोगों की यहाँ कोई आवश्यकता नहीं है। हिटलर के इस प्रकार के आक्रोश भरे भाषण सुनकर लोग ताली बजाते।

चांसलर बन जाने के बाद यह भाषण और अधिक उग्र होते गये। वह अपने भाषणों में कहता था–इन शैतानों ने हमारे देश की आर्थिक व राजनीतिक ही नहीं अपितु बौद्धिक व आध्यात्मिक विचारधारा को भी बन्धक कर लिया है। आप लोग जानते हैं कि मेरी दृष्टि में ये

यहूदी सदा के मूर्ख, अनैतिक और सिद्धान्तविहीन हैं। मुझे विश्वास है कि मैं एक दिन इनको देश से निकालकर रहूँगा। मैं यहूदियों का नामोनिशान मिटा दूँगा। इस युद्ध का परिणाम यहूदियों का विनाश ही है...जिस प्रकार युद्ध आगे बढ़ेगा उसी प्रकार यहूदियों का विरोध बढ़ता जायेगा। यहूदियों के लिए हमारे कानूनों में आँख के बदले आँख और दाँत के बदले दाँत हैं। मैं ईश्वर का भेजा हुआ दूत हूँ। विश्व के सभी यहूदियों को मिटाकर मानव जाति को इनसे मुक्ति दिलाने आया हूँ। इनकी ये सदाचार की समस्त नीतियाँ व अन्तःकरण के समस्त आदर्श झूठे हैं। ये यहूदी...ये कीड़े हैं...कलंक हैं कलंक...।

हिटलर द्वारा अपने दोनों हाथों की मुट्ठी ज़ोर से मेज़ पर मारते हुए कहे गये ये शब्द मैं आज भी स्मरण करते ही थरथरा जाता हूँ।

41

याद है न वह हर ओर टूटा हुआ काँच ही काँच 'ब्रोकन ग्लास' के नाम से परिचित वो रात...दिशाओं ने देखा कि अश्वत्थामा चुपचाप बस शून्य में ताक रहा है। कुछ पल चुप्पी के बाद अश्वत्थामा ने कहा...

दिशाओ मैंने अनेक अग्निमय लपटों वाली रातें देखी हैं परन्तु इतना सुनियोजित आतंक मैंने कभी नहीं देखा। नवम्बर की वह सर्द हवाओं की रात। अचानक काँच के टूटने की आवाज़ों के बीच आकाश में लाल–पीला विस्फोट चमका। सुन्दर रंगीन काँच से सुसज्जित सिनेगॉग देवालय जल उठा। यहूदियों की दुकानों और घरों के तोड़े गये काँच से जर्मनी के शहरों की सारी गलियाँ पट गयीं। सिनेगॉग की उठती लपटों को अग्निशमन दल के सिपाही बुझाने के स्थान पर खड़े हुए तमाशा देखते रहे। चारों ओर चीत्कार ...पुकार...! घृणा व उन्माद से पूरा बर्लिन शहर पागल हो गया था। उपद्रवियों व फ़सदियों से भरती चली गयी थीं गलियाँ। सिनेगॉग

को लपटों में घिरे देख आनन्द से ताली बजाते लोग...यहूदियों का घर, विद्यालय, दवाखाना लूटते लोग...पत्थर फेंक–फेंक कर बचे–खुचे खिड़की–दरवाज़े भी तोड़ डाले गये। दिशाओ दो हज़ार वर्ष पहले की वह रात जब जेरूसलम के देवालय को विस्फोटक लपटों में घिरे देखा था। मुझे इस रात जलते सिनेगॉग की लपटों में जलता हुआ वही देवालय भी दीखने लगा। दो हज़ार वर्ष पूर्व हुआ वह विस्फोट अभी तक नहीं थमा था। बस रूप बदल–बदलकर चारों ओर सुलग रहा था। आनन्द से ताली बजाते लोगों को देखकर मेरा मस्तक शर्म से झुक गया। अनेक यहूदियों को बन्दी बना लिया गया। अनेक की हत्या हुई। तुम पूछ रही हो न क्या अपराध था यहूदियों का...? बस यहूदी होना ही उनका सबसे बड़ा अपराध था। अपमानित हुए, कुचले गये, दास बनाये गये, देश से निष्कासित हुए, क़ैद हुए, अनेक यातनाएँ झेलीं, जीवित जला दिये गये, परन्तु यहूदी धरती से मिटाये नहीं जा सके। दिशाओ तुम्हें लगता होगा कि ऐसा क्या जादू है इन यहूदियों के पास। हज़ारों वर्षों से यहूदियों को देखता आ रहा हूँ। सारी दुनिया में बिखर गये यहूदियों ने अपने प्रभु में अपनी आस्था को हमेशा दृढ़ रखा। साथ ही अपने छीने गये देश को वापस प्राप्त कर लेने की भी आशा को नहीं छोड़ा उन्होंने। इतनी अधिक यातनाओं के बीच भी अपनी अलग विशेषता को बनाये रखना ही तो उनका अपराध है।

सुनियोजित रूप से संहार करने की दिशा में बढ़ने का यह टूटे काँच वाली रात का शायद प्रथम चरण था। उसके बाद तो यहूदियों पर अनेक अत्याचार हुए। दिशाओ यहूदियों पर होते अत्याचार और उनकी वेदना देखकर मैं व्याकुल हो जाता। मुझे विषाद घेरे रहता। सखी अनेक बार कहती कि हे सखा! इतना अधिक व्यथित मत हुआ करो।

दिशाओ सदियों से यहूदियों पर होते अत्याचार का मैं साक्षी हूँ। मानो उनकी व्यथा मेरी भी व्यथा बन चुकी थी। जिन यातना शिविरों के भयावह समाचार दुनिया के सामने धीरे–धीरे अब आ रहे थे वह सब मैंने प्रत्यक्ष अपनी आँखों से देखा था। जलती मानव देह की गन्ध अभी तक मेरा पीछा नहीं छोड़ती है। यह युद्ध मुझे विक्षिप्त–सा कर

गया है। इसमें मैंने एक पूरी जाति का संहार करने का प्रयास होते देखा है। आज अनेक सदियों बाद तुम्हारे समक्ष अपनी कथा सुनायी है। अब उन पर हुए अत्याचारों को कहे बिना मैं नहीं रह सकूँगा।

सत्ता के मद में चूर हिटलर ने ऑस्ट्रिया और चेकोस्लाविया में जर्मन सत्ता स्थापित कर ली थी। पोलैंड को अधीन कर लेने के उसके प्रयास का ब्रिटेन और फ्रांस ने विरोध किया। इसी के साथ आरम्भ हुआ था दूसरा विश्वयुद्ध और साथ–साथ शुरू हुआ यहूदियों की हत्याओं का दौर। हिटलर द्वारा निर्मित मृत्यु का कारखाना धधक उठा। वियना और वोर्सो में यहूदियों को बाड़ों में बन्द कर दिया गया। बाड़ों में बन्द करके यहूदियों को अत्यन्त दयनीय स्थिति में रखा गया। यहूदियों से खचाखच भरे इन बाड़ों से बाहर निकलना अर्थात् मृत्यु को आमन्त्रण देना था। बाड़ों में बन्द इन यहूदियों को धीरे–धीरे यातना शिविरों में धकेल दिया जाता। पीले रंग के बिल्ले पहने हुए यहूदी प्रजा रात–दिन मृत्यु के मुख में झोंकी जाने लगी।

हे दसों दिशाओ! हे दिक्पालो! तुम्हें भी तो सभी कुछ याद होगा...यातना शिविर अर्थात् मृत्यु का द्वार। तुमने तो देखा ही है उन चिमनियों से निकलते धुएँ के उन काले बवण्डरों को। मानव मांस की असहाय चिरायं तुम्हें भी तो घेर लेती थी...ऐसी ही मृत्यु की एक भट्ठी के समीप ही मैं बहुत समय तक भटकता रहा। मेरी विचारशक्ति भी क्षीण हो चुकी थी। साथ ही मेरे सारे घाव हरे हो उठे थे। मैंने अनेक युद्ध देखे थे। परन्तु ऐसी सुनियोजित पाशविक लीला कभी नहीं देखी थी। चंगेज़ ख़ान की क्रूरता देखी थी मैंने। अत्तीला की चर्चाएँ सुनी थीं। मैंने दया नदी का रक्तिम हो गया जल देखा था परन्तु ऐसी क्रूरता कभी नहीं देखी थी। नादान दुधमुँहे शिशुओं को छाती से चिपकाये माताओं को यातना शिविर की ओर ले जाते हुए देखते ही मैं थरथरा उठता। किस घृणित युद्ध का मैं साक्षी हूँ इस सत्य के एहसास मात्र से ही लज्जा से गड़ जाता। शिविर के समीप हरे–भरे जंगलों के बीच यमदूत रूपी मालवाहक गाड़ी का दरवाज़ा खुलता। मैं किसी वृक्ष की ओट में खड़ा देखता और मेरा कलेजा काँप उठता।

हाथ में चाबुक और बन्दूक लिये खड़े एस.एस. के सैनिकों के साथ नरभक्षी बड़े–बड़े कुत्ते भी होते थे। जिनकी मनुष्य को फाड़कर खा जाने वाली आवाज़ें चारों ओर गूँजतीं। माल ढोने वाली गाड़ियों में से भेड़–बकरी की तरह ठूँसे गये, बाहर गिरते यहूदियों की भय से फटी हुई आँखें, प्रहरियों को देखकर ही सहम जातीं। पता नहीं कितने दिनों की यात्रा में भूख व प्यास से अधमरे हो चुके यहूदी बाहर निकलने का आदेश पाकर, अपने छोटे–छोटे बक्से उठाये उन माल वाहक गाड़ियों से बाहर आ जाते। यात्रा के दौरान मृत्यु को प्राप्त हुए यहूदियों को मज़दूर बनाये जा चुके यहूदियों द्वारा उठवाकर बाहर फिंकवा दिया जाता। यात्रा के दौरान मत्यु मुख में जा चुके अबोध शिशुओं को अपनी छाती से चिपकाये माताओं से उन शिशुओं की मृत देहों को उनसे ज़बरदस्ती छीना जाता था। उस समय उन माताओं का वो भयंकर आर्तनाद, वो विलाप, वो चीत्कारें समस्त आकाश में सुनी जा सकती थीं। परन्तु उन नरभक्षी भयंकर कुत्तों की आवाज़ में माताओं का हृदय भेदी विलाप दब कर रह जाता। तनिक–सा भी विरोध करने पर प्रहरी उन्हें गोली मार देते। किसको जीवित छोड़ना है किसकी हत्या करनी है यह निर्णय लेते हुए एस.एस. के अधिकारियों को मैं देखता रहता। उनकी उँगलियों का एक इशारा मात्र अनेक यहूदियों के भाग्य में मृत्यु लिख देता। मज़बूत शरीर वाले पुरुष व स्त्रियों को श्रमिक रूप में छाँटकर शेष स्त्री–पुरुषों और बच्चों को नये जीवन के नाम पर दूसरी पंक्ति में खड़ा कर देते थे वे। हरे–भरे जंगलों में अपने शिशु पर आने वाली भयंकर आपदा से अनभिज्ञ माँ की आँखों में ख़ुशी दिखती। जल्दी ही स्नान के बहाने ले जाकर उनके सिर के सारे बाल उतरवा दिये जाते। पूर्ण रूप से नग्न स्त्री और पुरुषों का वह समूह दौड़कर ज़हरीली वायु के कक्ष में प्रवेश कर जाता। वृक्ष की आड़ में विक्षिप्त–सा पड़ा मैं देखता कि उस मकान की छत पर एक आदमी चेहरा ढँके चढ़ता था। उस छपरेनुमा घर की छत पर बने एक बहुत छोटे–से रोशनदान को खोलकर अन्दर कुछ फेंकता था। घड़ी दो घड़ी पश्चात ही चिरायं भरे धुएँ का एक

गुबार हवा में उठता। विषाक्त वायु के कक्ष में मरते उन यहूदियों की तड़प...एक श्वास लेने के लिए उनकी छटपटाहट...। छोटे–छोटे बच्चों को सीने से चिपकाये माताओं को ज़हरीली वायु के उस कक्ष में जाते देखकर मेरी समस्त चेतना ख़त्म हो जाती। मैं सखी को भी पुकारने की सुध–बुध और सामर्थ्य खो चुका था। हृदय तड़प–तड़पकर रो उठता। यहूदियों को दिये जाने वाली इन यातनाओं के विचार भर से ही मुझे मेरी देह की समस्त वेदना नगण्य लगने लगती। मृत्यु की यह भयावह भट्ठी रात–दिन सुलगती रहती। प्रतिदिन हज़ारों यहूदी विषाक्त वायु कक्ष में धकेले जाते।

चौबीसों घण्टे यह क्रम इतने योजनाबद्ध रूप से चलाया जाता कि किसी रुकावट की कोई गुंजाइश नहीं रखी गयी थी। जीवित मानव देह को जलाने के लिए ये भट्ठियाँ रात–दिन जलती रहतीं। जिस प्रकार चक्की में अनाज पीसने के लिए डाला जाता ...बिल्कुल उसी प्रकार से यहूदियों को भी...।

42

मीलों तक फैला था मौत का यह कारख़ाना। विद्युत प्रवाहित कँटीले तारों से सुरक्षित करके बनायी गयी यह बस्ती। इस बस्ती को गुप्त रखने के लिए मानव बस्तियों से दूर बनाया गया था। यहूदी श्रमिकों के लिए क़तारबद्ध कच्चे व अस्थायी निवास बनाये गये थे।

इस यातना शिविर के मुख्य द्वार पर बजते सुमधुर संगीत का स्वर दूर से ही सुनायी देता था। एक गोलाकार चबूतरे पर यन्त्र वादक को संगीत यन्त्र बजाते जब मैंने पहली बार देखा तो मेरे आश्चर्य की सीमा न रही। इस मृत्यु के बाड़े में पशुओं से भी अधिक बुरी हालत में रखे जाते थे यहूदी। उस पर यह संगीत! संगीत का यह मधुर स्वर विषाक्त वायु कक्ष में चीत्कारते लोगों की चीख़ों को कभी नहीं दबा सका था।

भूखे–प्यासे यहूदी श्रमिकों को मैंने एक रास्ते पर बड़ा गड्ढा खोदते देखा। अस्थि पिंजर मात्र रह गये थे श्रमिक। तनिक विश्राम के लिए जरा भी कोई रुकता तो पीठ पर कोड़े पड़ते थे। अत्यन्त क्षीण हो चुका कोई श्रमिक मौत के मुँह में चला जाता तो उसे खड्डे में ही फेंक दिया जाता। एक दिन मैंने देखा कि यहूदियों से भरी एक माल वाहक गाड़ी उस खोदी गयी खाई के पास आकर रुकी। उसमें से स्त्री–पुरुष व बालक उतरे। सभी को उस खाई के पास पंक्तिबद्ध खड़े रहने का आदेश दिया गया। एक वृद्ध की उँगली पकड़े एक लगभग सात वर्ष के बालक को मैंने देखा।

भयभीत बालक ने वृद्ध को कसकर पकड़ लिया। डरो नहीं बेटा...बालक का सिर सहलाते हुए वृद्ध ने कहा। याद हैं न जब डर लगे तो हमें क्या करना चाहिए? एकटक वृद्ध को देख रहे बालक से उसने कहा।

प्रभु की प्रार्थना...। बालक का उत्तर था।

फिर प्रार्थना आरम्भ करो बेटा...।

कुछ क्षण आकाश की ओर देखकर बालक ज़ोर–ज़ोर से कहने लगा–सुनो हे! इज़राइल के देवता! तुम हमारे हो। प्रभु तुम दयालु हो। मैं तुम्हें अपनी अन्तरात्मा और अपनी समस्त धन–सम्पत्ति के साथ प्रेम करता हूँ।

तभी तेज़ आवाज़ के साथ आयी बन्दूक़ की गोली बालक की गर्दन भेदकर निकल गयी लुढ़ककर खाई में जा गिरी बालक की देह थोड़ी ही देर में तड़पकर शान्त हो गयी। धड़धड़ करती गोलियाँ क़तार में खड़े लोगों को बींधने लगीं। बन्दूक़ की गोलियों की आवाज़ों से भयभीत, अपने रोते हुए बच्चों को चुप कराने के, उन माताओं के अन्तिम प्रयत्नों को मैं देखता रह गया था। छाती पर गोली खाकर खाई में गिरी माँ और हवा में उछलते शिशु को बींधती गोली। उस पर मेरी कुछ भी कर पाने में असमर्थ, असहाय मैं...हृदय में विचार उठा कहाँ गया वह सुदर्शन चक्र...? दिशाओं ने देखा कि बड़बड़ाता काँपता अश्वत्थामा सुन्न–सा हो गया।

एक दिन एक अजीब घटना हुई। विषाक्त वायु कक्ष में से उठते हुए धुएँ के गुबार और मानव मांस की चिरायंध से परेशान मैं धीरे–धीरे काँटों के बाड़े की ओर कब सरक आया, यह मुझे पता ही नहीं चला। वहीं खड़ा रह...कौन है तू...? पूछने के साथ ही धड़ाधड़ गोलियाँ चलाता एक प्रहरी मेरी ओर बढ़ने लगा। गोलियों का मुझ पर कोई प्रभाव नहीं हुआ। इस कारण अचम्भित हो प्रहरी कुछ पलों के लिए रुक गया। असमंजस के कुछ क्षणों के पश्चात उसने मेरे समीप आते हुए फिर गोलियाँ चलायीं। मैं यूँ ही स्थिर खड़ा रहा। मेरी विकृत देह को देखकर वह थरथराने लगा। मैंने मुक्त अट्टहास किया। भय के कारण उसकी चीख़ निकल गयी।

भूत...भूत...कहता हुआ वह भूमि पर गिर पड़ा। इसी के साथ प्रहरियों ने मचान से मुझ पर गोलियाँ चलानी आरम्भ कर दीं। कुछ प्रहरी मेरी ओर दौड़े। मैं थोड़ी ही दूरी पर जंगल में एक वृक्ष की ओट में छिप गया। धरती पर पड़ा नाजी प्रहरी घायल था। उसकी आँखें बिल्कुल इसी प्रकार फटी हुई थीं जैसे कोई भयानक दृश्य देख लिया हो।

वह भयभीत होकर निरन्तर केवल भूत...भूत...चिल्ला रहा था।

दौड़कर आये अन्य प्रहरी चारों ओर देखते हुआ क्या हुआ...? क्या हुआ...? कहते हुए पूछताछ करने लगे। घायल प्रहरी की स्थिति देखकर वे लोग भी थोड़ा भयभीत हो गये। विषाक्त वायु कक्ष से उठते हुए धुएँ की ओर देखता हुआ कोई बोला कि भूत–प्रेत यहाँ नहीं होंगे तो और कहाँ होंगे। इस घटना के बाद से एस.एस. के प्रहरी भी इस ओर आने से डरने लगे थे।

भूख से लड़ता, मृत्यु से लड़ता, श्रम करते–करते थका–हारा कोई यहूदी कभी किसी रात को विद्युत प्रवाहित काँटों से सटकर मृत्यु को प्राप्त हो जाता। उन शवों को उठाने के लिए धारीदार कपड़ों वाले यहूदी श्रमिकों को ही लाया जाता। वायु प्रवाह के साथ आती उनकी भयावह वार्ता मैं कुछ–कुछ सुन पाता था। विषाक्त वायु कक्ष के भयानक दृश्य की बातें मेरे कानों में पड़तीं। मानवीय देह से भरा

वह कक्ष कुछ ही क्षणों में मानव शवों के ढेर से पट जाता। कितना भयावह होगा वह सब...यह विचार मेरा कभी पीछा नहीं छोड़ता। कुछ भी नहीं कर पाने की मेरी विवशता मुझे चैन नहीं लेने देती। महाभारत के महारथी द्रोणाचार्य का पुत्र मैं अश्वत्थामा और मेरी यह असमर्थता, यह विवशता मेरी आत्मा मुझे कचोटती रहती थी।

एक रात मुझे एक स्वप्न दिखा–

देखो...देखो...मृत्यु मुझे छू भी नहीं सकी...विषैली वायु से भरे कक्ष का द्वार खुलते ही मैं चीख़ उठा। कक्ष की छत पर बनी छोटी–सी खिड़की की ओर इंगित करते हुए मैंने कहा। तुम्हारी इस छत की खिड़की में से फेंका गया वायु को विषाक्त करने वाला विष भी मेरा कुछ नहीं बिगाड़ सका। मैंने मुक्त अट्टहास किया। मैंने दोनों हाथ उठाकर कहा–देखो देखो, मुझे देखो!

मेरे दोनों हाथ ऊपर उठाते ही मेरा कम्बल काँधे से सरक गया। एस.एस. का प्रहरी बरामदे में ही रुक गया। मुझे जीवित देखकर उसकी आँखें आश्चर्य से फैल गयीं। नग्न मृत मानव देहों के साथ ही मल–मूत्र और रक्त से भरे इस विषाक्त कक्ष में केवल मैं ही जीवित खड़ा था। मेरे कन्धे से सरक गये कम्बल के कारण, मेरी उधड़ी विकृत देह को देखकर प्रहरी दो क़दम पीछे हट गये। उनका आश्चर्य धीरे–धीरे भय में बदल गया। भयभीत होकर एक–दूसरे को आश्चर्य से देखने लगे। अभी भी उस प्रलय कक्ष में मरते यहूदियों की चीत्कारें उठ रही थीं। एक–एक श्वास के लिए उनकी तड़प...कक्ष से बाहर भागने की उनकी छटपटाहट...! कक्ष से बाहर निकलने का मार्ग खोजने अथवा बनाने के उनके वो अन्तिम प्रयास उनके नाख़ूनों की खरोंचों के रूप में वहाँ की दीवारों पर स्पष्ट दीख रहे थे।

शवों के ढेरों को लाँघता, किसी प्रकार मार्ग बनाता मैं दरवाज़े की ओर चल दिया। भयभीत होकर प्रहरी चीख़–पुकार कर उठे। जैसे मुझमें पवन पुत्र हनुमान की शक्ति प्रवेश कर गयी हो, मैंने इस प्रकार से छलाँग लगाई। भय के कारण प्रहरी भागने लगे। इन्हीं छलाँगों के साथ ही मेरा रंग–रूप बदल गया। हाथ में धनुष–बाण

और गोरी कद्दावर ऊँची देह। थोड़ी देर तक मैं स्वयं ही अपने हाथ के धनुष–बाण को देखता रहा। मैंने सनसनाता हुआ एक बाण द्वार की दिशा में चलाया। चारों ओर खलबली मच गयी। भागते हुए प्रहरी मुझ पर बन्दूक़ द्वारा गोली चलाने लगे। उस स्थिति में भी मैं सीना ताने बाण छोड़ता हुआ प्रहरियों की ओर बढ़ता गया।

मेरे बाणों से अनेक प्रहरी घायल हो गये। अनेक प्रहरी हथियार फेंक–फेंक कर भागने लगे। भय और आश्चर्य से इस सारी भाग–दौड़ और खलबली को देख रहे यहूदी श्रमिकों से मैंने कहा–अब यहाँ क्यों रुके हुए हो...अब तुम मुक्त हो। मैं अश्वत्थामा तुमसे कह रहा हूँ कि अब तुम मुक्त हो। इन नाजियों की यातनाओं से अब तुम मुक्त हो...मुक्त...मुक्त...। मैं ज़ोर–ज़ोर से पुकार उठा–नाचो...गाओ...और उत्सव मनाओ। अब तुम्हारा कोई बाल भी बाँका नहीं कर सकेगा। तुम मुक्त हो...मुक्त....मुक्त... कहते–कहते, हँसते–रोते यहूदी मेरे पीछे–पीछे चलने लगे।

कुलाँचे भरता, सीना चौड़ा किये मैं चारों ओर बाणों की बौछार करता हुआ आगे–आगे चल पड़ा। मचान से गोली चलाते प्रहरी, मेरे बाणों से एक–एक कर सभी छलनी होकर गिरते जा रहे थे। मुख्य द्वार पर वाद्य यन्त्र बजाते वादकों से मैंने कहा कि कोई विजय गीत बजाओ और मैंने अपनी बलिष्ठ देह के बल से यातना शिविर का मुख्य द्वार तोड़ डाला। मैं उसी द्वार को तोड़ने के उन्माद में नींद से जाग गया। स्वप्न की उत्तेजना अभी भी हृदय में भरी हुई थी।

मुझे यह समझ ही नहीं आया कि मैं वास्तव में हूँ कहाँ? साथ ही अभी–अभी प्रयोग किये हुए धनुष–बाण खोजने लगा। मुक्त...मुक्त... का स्वर अभी भी मेरे चारों ओर गूँज रहा था। उस अँधेरे में मेरा एक हाथ अपने ही दूसरे हाथ को टटोलने लगा।

अचानक एहसास हुआ कि हाथ का वह कोढ़ अब भी वैसा ही था। कहाँ गये वे धनुष–बाण...कहाँ गयी वह गोरी कद्दावर देह...कहाँ खो गया वह महाभारत का योद्धा!!! महाभारत के दृश्य मेरे चारों ओर अधिक जीवन्त हो गये। हवा सर्द थी। पौ फटने लगी। धीरे–धीरे गिरती बर्फ़ से धरती ने सफ़ेद चादर ओढ़ ली। भट्ठी की चिमनी में से

बाहर आते काले धुएँ का गुबार और यह बर्फ़ की सफ़ेद चादर...मेरी संवेदनाएँ मेरी समझ भी मानो सर्दी में जम गयी थी।

दिशाओ इस स्वप्न वाली रात के बाद से मैं फिर से महाभारत काल में ही भटकने लगा। माता कृपी और पिता द्रोणाचार्य, कौरव और पाँच पाण्डव। महारानी द्रौपदी और कृष्ण। कर्ण और भूरी आँखों वाला सिंहासन प्राप्ति की महत्त्वाकांक्षा लिये युवराज दुर्योधन। बार–बार मैं अपनी सखी से महाभारत की ही चर्चा करने लगा। मुझे महसूस होने लगा कि वह कोई अलग ही दुनिया थी। वे सभी मानव कुछ विलक्षण थे। महाभारत के युद्ध और इस महासंहार के विचार मात्र से ही मेरा मन दुर्योधन की सिंहासन लालसा पर केन्द्रित हो जाता। मैं स्वयं से ही कहता कि दुर्योधन मेरा मित्र था। परन्तु येन–केन–प्रकारेण सत्ता प्राप्ति के लिए उसके छल मुझे कभी समझ नहीं आये...! एक शाम हस्तिनापुर के विचारों में खोये हुए इस भट्ठी से निकलते धुएँ के गुबार में से ही एक महल बनता दिखा। मैं अचम्भित–सा उसे देख रहा था। स्मृतियों की अनेक परतें पलटते हुए मैं बोल उठा सखी...यह तो लाक्षागृह...। पाण्डवों को भस्म करने के लिए दुर्योधन द्वारा रचित कुप्रयास। मैं स्तब्ध–सा हो गया। मेरा रोम–रोम बर्फ़ सा सुन्न हो गया। वृक्ष की ओट में गुमसुम बैठा हुआ मैं सखी से कह उठा कि चल यहाँ से भाग चलें।

43

युद्ध के आरम्भिक वर्षों में जर्मनी को पूरी सफलता मिली। यूरोप के कई देश जर्मनी के अधीन हो गये। इटली और जापान के सहयोग से उत्तर अफ्रीका और एशिया में उसके पाँव फैलने लगे। पेरिस पर विजय के पश्चात हिटलर की प्रसन्नता का पारावार नहीं रहा। फ्रांस पर विजय के बाद हिटलर ने ब्रिटेन पर हवाई हमले शुरू कर दिये।

अपनी सफलता के अति उत्साह के कारण हिटलर ने रूस पर भी आक्रमण कर दिया। दूसरी ओर जर्मनी के सहयोगी जापान ने भी पर्ल हार्बर पर आक्रमण कर दिया। इन अन्धाधुन्ध आक्रमणों के कारण अमेरिका, ब्रिटेन और फ्रांस ने एक साथ मिलकर युद्ध करने का निश्चय किया। जिस कारण संयुक्त राष्ट्र की शक्ति बढ़ गयी दिशाओ जर्मनी और जापान के लिए अब युद्ध में विजय मुश्किल हो गयी थी। जर्मनी के अनेक नगरों के ऊपर अब आकाश से मृत्यु वर्षा होने लगी थी। आकाश से गिरते बमों से वहाँ अनेक निर्दोष नागरिक मारे गये। आकाश में लड़ाकू विमानों को देखते ही चेतावनी के सायरन बज उठते। मानो युद्ध की घोषणा करती बार–बार बजती कोई रणभेरी हो।

नगर भर में सायरन बजने के स्वर के साथ–साथ ही लोग घबराकर भागने–दौड़ने लगते। आकाश में गूँजता मृत्यु सन्देश सुनते ही लोग अपने बच्चों व अपनी मूल्यवान वस्तुएँ लेकर सुरक्षा के लिए बनाये गये बंकरों की ओर भागते। नगर की सारी बत्तियाँ बन्द कर दी जातीं। धक्का–मुक्की...रोते शिशु...गिरते–पड़ते वृद्ध और आकाश में मँडराते विमानों से गिरते बम, न जाने कब हमें निगल जायें। लोग इन्हीं विचारों से काँपते बंकरों की दीवारों पर बैठे रहते। अफरा–तफरी में बंकरों में जाते लोग एक–दूसरे का हाथ थामे भय से धड़कते हृदय को शान्त करने के प्रयत्न में, "सब कुशल है!" की एक आवाज़ की प्रतीक्षा करते रहते। कभी किसी ओर से रोते हुए बच्चे को चुप करने के प्रयत्न में पुचकारने के स्वर सुनायी देते। कभी किसी ओर भय के कारण प्रभु प्रार्थना के स्वर सुनायी देते थे। जैसे–जैसे युद्ध आगे बढ़ता गया, मृत्यु सन्देश लिए हज़ारों बमों को गिराते विमानों के आने की चेतावनी के शोर से, जर्मनी के सभी बड़े–बड़े नगर काँप उठे। लोग रात को सोते हुए उठकर बंकरों में छुप जाते। विमानों के आने के साथ ही अँधेरी निद्रालीन गलियाँ बम की ज्वाला से चमकने लगतीं। चारों ओर आग ही आग का साम्राज्य फैल जाता।

इसी धक्का–मुक्की में मैं भी एक बार फँस गया। जानती हो मैंने क्या देखा दिशाओ? बरसते बमों से बंकर की दीवारें और खिड़कियाँ

खड़कने लगीं। इस खड़खड़ाहट के बीच भी मुझे प्रार्थनाओं के ऊँचे स्वर सुनायी दे रहे थे। अचानक एक विस्फोट के साथ ही बंकर की खिड़की ढह गयी तभी मैंने लपटों में घिरे नगर का भयानक दृश्य देखा...ज़ोर की आवाज़ से विस्फोटक बम और उसकी असहनीय गर्मी नगर भर में फैल गयी। मैंने बंकर में इधर–उधर देखा। मेरे आस–पास कोई नहीं था। बस था तो केवल राख का ढेर...मानो किसी जादूगर ने सारे आदमियों को अदृश्य कर दिया था। क्षण भर पहले श्वास लेती देह और दूसरे ही पल राख का ढेर...हाँ...मेरे मुख से यह सत्य सुनकर चन्द्रदेव तुम बादलों में छुपने का प्रयत्न क्यों कर रहे हो। तुमने भी तो देखा है वह मृत्यु ताण्डव...! मैं तुम्हें क्या बताऊँ दिशाओ? मैं भयभीत–सा वहाँ से भागा। नगर की गलियों में भागते–भागते मैंने देखा कि समस्त नगर ही आग के मुख में समाया है। ऊँची–ऊँची उठती इन आग की लपटों ने प्राणवायु ग्रसित कर ली है। श्वांस लेने के लिए, आग की लपटों से बचने के लिए और असहनीय गर्मी से बचने के लिए, लोग नदी में कूद गये। नदी में कूदे लोग भी मृत्यु से नहीं बच सके।

अर्धविक्षिप्त निशाचर–सा मैं जर्मनी की गलियों में घटित मृत्यु ताण्डव देखता हुआ भटकता रहा। बमों के विस्फोट झेलते हुए अनेक नगर उजड़ गये। जिन गलियों में एस.एस. के काले चमकते बूटों की ठक–ठक गूँजती थी। जहाँ हेल हिटलर की सलामी गूँजती थी। वहाँ मक्खियों और मूषकों का राज स्थापित हो चुका था। चूहों द्वारा शवों को कुतरते हुए देखना कितना असह्य होता है।

भव्य नगरों की खँडहर में परिवर्तित हो गयी गलियों में कोई इक्का–दुक्का अर्धविक्षिप्त जर्मन नागरिक अपने स्वजनों की खोज में घूमता भटकता रहता। टूटे–फूटे भुतहा से हो गये घरों के बीच, अपने मृत बालक को खोजती माँ का आक्रान्द...। मैं समझ नहीं पाता कि क्या सोच रहे होंगे इस समय ये जर्मन नागरिक? अपनी इस दुर्दशा के लिए क्या ये हिटलर को दोष नहीं देंगे। रूस की सीमा पर लड़ने गये जवान पुत्र की मृत्यु का समाचार सुनकर क्या जर्मन माताएँ यहूदियों की योजनाबद्ध हत्याओं के

विषय में कुछ विचार करती होंगी। क्या यहाँ के नागरिक अभी भी सत्य को समझ पाये होंगे। लोगों को खाने–पीने के फाँके पड़ने लगे। युद्ध के इन अन्तिम दिनों में मैं जर्मनी में भटकता रहा। व्यथित हो विचार–शून्य सा इस संसार को देखता रहा। कितनी अधमता...शुद्ध रक्त आर्यन प्रजा के अलावा किसी को भी जीने का अधिकार नहीं है। यही महामन्त्र था नाजियों का। यातना शिविरों में चलते सुनियोजित मृत्यु कारख़ाने। यह कोई महाभारत का युद्ध नहीं था और न ही था यह कुरुक्षेत्र। यहाँ तो सारा जर्मनी ही युद्धभूमि था। यहाँ तो शेष था केवल मत्स्य न्याय। ब्रिटेन और फ्रांस भी इस विध्वंस से बच नहीं सके। हे दिशाओ विश्व के प्रथम महायुद्ध को देखने वाला मैं, कुरुक्षेत्र के मैदान में रचे गये महाभारत के युद्ध का एकमात्र साक्षी हूँ। अनेक युद्ध देख चुका मैं अश्वत्थामा, विश्वयुद्ध के गुणा–भाग को नहीं समझ सका। हाँ! महाभारत के युद्ध में भी लाखों सैनिक मारे गये थे। धर्मज्ञाता दुर्योधन तो अपनी सत्ता लालसा व अपने अहंकार से विवश होकर युद्ध को आमन्त्रित कर बैठा। परन्तु यहाँ तो हिटलर की महत्त्वाकांक्षा, सर्वश्रेष्ठता का अभिमान, यहूदियों के प्रति घृणा, सत्ता लोलुपता तथा उसके उन्माद ने समस्त विश्व को ही युद्ध में झोंक दिया। दिशाओ क्या गान्धारी का कुरुक्षेत्र में रुदन...? क्या द्रौपदी का विलाप...? यहाँ यातना शिविर में धकेले गये पुत्रों की माताओं और युद्ध में अपने पुत्रों को सदा के लिए गँवा चुकी जर्मन माताओं के विलाप से भिन्न है। दुर्योधन का सरोवर किनारे मृत्यु के लिए तड़पना और हिटलर की आत्महत्या...!

अनेक लोगों की तड़पा–तड़पाकर हत्या करने वाले हत्यारे हिटलर की ऐसी मृत्यु...यह बात मेरी समझ नहीं आयी। सदा ही न्याय व अन्याय की परिभाषा में फँसा मेरा ह्रदय सखी से बार–बार पूछने लगा कि हे सखी! लाखों मनुष्यों को तड़पा–तड़पाकर मारने वाले हिटलर की इतनी सरल मृत्यु? यह कैसा न्याय...सखी यह हिटलर तो एकदम कायर निकला। यह तो अन्तिम सैनिक तक के साथ खड़े रहने की बात करता था। प्रत्येक कुटुम्ब के प्रत्येक व्यक्ति से बलिदान के लिए तत्पर रहने को कहता। प्रत्येक जर्मन को अपनी सुरक्षा के विषय में

विचार करने के लिए प्रेरित करता हिटलर, अपनी सुरक्षा के लिए बंकर में जाकर छुप गया। जर्मनी के द्वार पर जब पराजय दस्तक देती हुई पहुँची तब बेहाल जर्मन सेना को उसके ही हाल पर छोड़ अपनी मौत स्वीकार ली। कायर नहीं तो और क्या...?

जिस दिन मैंने हिटलर को अन्तिम बार देखा था उस दिन हिटलर की वर्षगाँठ थी। बीस अप्रैल बसन्त के आगमन के साथ हवा में ठण्ड और एक उदासी थी। खँडहर हो गये बर्लिन में कहीं कोई कोपल नहीं फूटी थी। बम वर्षा से ठूँठ हो चुके थे सारे वृक्ष। खँडहर हो गयी थीं गलियाँ और ढेर हो गयी थी दीवारें। बचे–खुचे मकानों में छुपे बैठे बर्लिनवासी रूस की लाल सेना के आगमन की चर्चा कर रहे थे। बर्लिन सीमा पर रूस की लाल सेना हमले के लिए तैयार खड़ी थी। तभी हिटलर जिन नवयुवकों की मूँछों का रोंया भी नहीं फूटा था, उन्हें भी युद्ध के लिए उत्साहित करने के लिए बंकर से बाहर आया था। पंक्ति में खड़े बारह से पन्द्रह वर्ष के नवयुवकों के पास धीरे–से चलकर जाते हिटलर को मैंने देखा। हिटलर की आँखों की चमक ग़ायब थी। वह अपने पीठ पीछे बाँधे हाथों के कम्पन को थामने का प्रयास कर रहा था। हिटलर की चाल काफ़ी धीमी थी। किसी–किसी नवयुवक के समीप रुक कर बात करता हिटलर मुझे पहले वाला जैसा हिटलर नहीं लगा। कहाँ वो पहले मुट्ठी बाँधकर हवा में लहराते हुए आक्रोश भरे भाषण देता हिटलर और कहाँ यह कँपकँपाती देह वाला हिटलर।

मैंने सखी से पूछा–क्या हिटलर नहीं जानता होगा कि पराजय जर्मनी के द्वार पर है। क्या इसे नवकिशोरों को मृत्यु के मुख में धकेलते हुए कोई विचार नहीं आया होगा। अवश्य ही जानता होगा...! परन्तु फिर भी खुद को बंकर में सुरक्षित रखते हुए नवकिशोरों को देश के लिए बलिदान करने के लिए कहते हुए हिटलर को देख मेरे आश्चर्य की कोई सीमा नहीं रही। मेरे अंग–अंग में आग लगने लगी। हृदय में एक ही विचार आता कि मैं ही इस हिटलर का वध कर दूँ। दिशाओ परन्तु ऐसा हो नहीं सका और अब यह हिरोशिमा...एक ही पल में लाखों

मनुष्यों की मृत्यु और आगे आने वाली पीढ़ियाँ विकलांग जन्मेंगी......? यह युद्ध निष्ठुरता की समस्त सीमाएँ पार कर गया। मानवता की जड़ ही खोद डाली इस युद्ध ने। मैं पूछता हूँ हे कृष्ण! कहाँ हो तुम?

दिशाओं ने देखा हिरोशिमा की धरती पर बैठे अश्वत्थामा ने चारों और दृष्टि घुमाई, मानो कृष्ण को खोज रहा हो।

44

मैं द्रोणपुत्र अश्वत्थामा हज़ारों वर्षों से भटकते–भटकते आज भस्मीभूत हो गयी इस हिरोशिमा की धरती पर पड़ा हूँ। खँडहर से खड़े एक–दो घरों के सिवा सभी कुछ ज़मींदोज़ हो गया है। कहीं–कहीं जले हुए वृक्षों के ठूँठ खड़े हैं। जले–फूँके एक–दूसरे में गुँथे स्तम्भ... छप्पर और दीवारें सभी ज़मींदोज़ हो गयी। अमेरिका द्वारा आकाश से गिराया गया अणुबम, उस भस्मासुर ने सभी कुछ राख कर दिया। कुछ पल पहले तक सुनहरी सुबह की चहल–पहल थी। जहाँ जीवन धड़कता था वहाँ आज श्मशान हो गया। हाँ! बिल्कुल श्मशान हो गयी यह धरती। एक ही ब्रह्मास्त्र के गिरते ही क्षण भर में हज़ारों–लाखों मानव मृत्यु के मुख में समा गये। खँडहर हो गये इस नगर में जलकर कोयला हो चुके शव सर्वत्र बिखरे पड़े हैं। जब धरती ही सुलग उठी हो तो लाचार मानव क्या करे?

चारों ओर आग ही आग.....बम के विस्फोट से खिड़की–दरवाज़े और छपरे मीलों दूर जा गिरे। इमारतों के टूटे काँच के टुकडों ने बन्दूक की गोली की तरह लोगों के शरीरों को बींध डाला। जहाँ धातु ही उबल गयी वहाँ मानव की क्या बिसात...! जिस प्रकार फटे हुए कपड़ों की कतरें लटकती हैं उसी प्रकार घायलों के शरीरों पर त्वचा लटक रही है। कटी–फटी लटकती त्वचा में वो नग्न शरीर धीरे–धीरे चलते हुए प्रेत जैसे प्रतीत हो रहे हैं। भस्म हो चुकी आँखों के स्थान

पर शेष आँखों के खोखल...! स्त्रियों की जली हुई छाती...जल कर खाक हुए मस्तक रहित शवों के ऊपर शव। उनकी विकृत हो गयी मृत देह को देखकर विचार आया कि क्या ये कुछ पल पूर्व घूमते–फिरते, हँसते–खेलते जीवित प्राणी थे अथवा भ्रम था...! असह्य गर्मी के कारण जो जिस अवस्था में था, उसी अवस्था व आकार में राख में बदल गया। ज़रा–सी हवा के झोंकों के स्पर्श से भुरभुरा कर बिखर जाती मानव देह...अपने घायल शिशु के ज़ख्मों से कीड़े खींच–खींच कर निकालती हुई माताओं को देखकर मेरे मुख से निकला ओ सखी! मत देख, बिल्कुल भी मत देख यह दृश्य। मत देख मानव की यह अधमता...मत सुन मानव की यह अवदशा...इस दुर्दशा की बातें...! गर्मी व आग से बचने के लिए लोग नदी की ओर भागे। सारी नदी शवों से पट गयी। नग्न स्त्रियों की छाती पर लोटते नवजात घायल बालकों को घिसटते देखकर दिल चीख़ उठा। हे द्रौपदी का चीर बढ़ाने वाले कृष्ण, तुम इनकी सहायता के लिए क्यों नहीं आये...?

मैं कभी–कभी पूछता हूँ कि धर्म का वचन देने वाले कृष्ण तुम कहाँ हो...मैंने तो बहुत बार आपके सुदर्शन चक्र की प्रतीक्षा की है। यातना शिविर में से निकलते धुएं के गुबार को देखते हुए मुझे लगता कि सुदर्शन चक्र आयेगा और इस कुचक्र को नष्ट कर डालेगा। शिशुपाल का मस्तक काटने वाले सुदर्शन चक्र ने हिटलर का मस्तक क्यों नहीं काट डाला? बोलो कृष्ण, आज मैं हिरोशिमा की धरती पर बैठा तुमसे पूछता हूँ। इससे अधिक अधमता...इससे अधिक क्रूरता... इससे अधिक अधर्म और क्या हो सकता है? कहो न कृष्ण, यह तुमने कैसा खेल रचाया?

एक ही मूल में से आये निर्गुण, निराकार एक ही ईश्वर की बातें करते तीनों धर्म यहूदी, ईसाई और इस्लाम के बीच इतना अधिक वैमनस्य क्यों? बुद्ध की करुणा, यीशु की क्षमा और महावीर की अहिंसा का लेश मात्र भी स्पर्श क्यों नहीं होता? आज तो उत्तर दो कृष्ण...

हाथ फैलाये हुए, चारों ओर खोजते हुए, कृष्ण–कृष्ण पुकारते–पुकारते, थके–हारे निढाल पड़े अश्वत्थामा को दिक्पाल और

दिशाएँ देख रही थीं। हज़ारों वर्षों की अपनी व्यथा–कथा कहता अश्वत्थामा पूर्ण विक्षिप्त हो गया।

अपनी कथा कहते–कहते अश्वत्थामा के मुख पर अनेक भाव आये और गये। अपने सरक गये कम्बल को फिर से व्यवस्थित ओढ़कर अश्वत्थामा मौन हो गया। दिशाओं ने देखा अन्धकार को चीरता हल्का–हल्का प्रकाश पूर्व दिशा में उभरने लगा था।

45

हे दिशाओ! तुम तो देख रही हो कि बहुत दिनों से मैं हिरोशिमा की धरती पर पड़ा हुआ हूँ। ध्वस्त नगर के खँडहरों पर सगे–सम्बन्धियों को खोजने वाली नामों की सूचियों की पट्टियाँ लटकी हुई हैं। अणुबम से निकले किरण उत्सर्ग से न केवल वायुमण्डल में बल्कि भूमि की मिट्टी में भी विष ही विष फैल गया है। स्वस्थ दिखते लोगों की भी अचानक मृत्यु हो जाती है। अस्पताल घायलों से भरे पड़े हैं। इन पीड़ितों के चिथड़े–चिथड़े होकर बिखर गये अपने भग्न जीवन के ताने–बाने को फिर से गूँथने, फिर से नवपल्लवित करने की जिजीविषा को मैं आश्चर्य से देख रहा हूँ। मैं सखी से पूछता हूँ किस आशा के सहारे जीवित हैं ये लोग...! हज़ारों सदियों की विश्व भर की मेरी भटकन में भी मैं मानव मन की थाह नहीं ले सका हूँ। जलकर राख हो गयी धरती पर धीरे–धीरे नयी कोपलें फूटी हैं। ठूँठ हो गये वृक्ष फिर हरित होने लगे। प्रकृति के अद्‌भुत रूप को, इस चमत्कार को, मैं देख रहा हूँ। हर क्षण नया–नया सृजन करती, नया रूप लेती यह प्रकृति...धरती के नये रूप को देखते हुए, मेरे बंजर हो गये हृदय में एक नमी उतर आयी है। कुछ नयी आशाओं का संचार हुआ है।

मेरा यह भटकाव, मेरा द्वेष भाव, मेरा यह श्राप और मेरी मृत्यु की खोज ने मुझे कहाँ–कहाँ नहीं भटकाया। करुणा के सागर बुद्ध

को देखा! प्रभु पुत्र यीशु के एक स्पर्श की आशा में जेरूसलम पहुँचे अश्वत्थामा के लिए किसी नयी दुनिया का द्वार खुला था। यहूदियों का देश त्याग...उनका ईश्वर के वचनों में विश्वास, कितने दुख सहे, लाखों मानव मारे गये परन्तु फिर भी जेरूसलम को वापस प्राप्त करने की अपनी हठ नहीं छोड़ी। अनेक विकसित संस्कृतियाँ देखीं। अनेक युद्ध देखे। दासता की बेड़ियों में जकड़े मानव देखे। गाँधी की गीता में श्रद्धा देखी। उस सूफी रहबर खिद्र की आँखों में छलकते प्रेम के सामने अनेक चंगेज़ ख़ान, अनेक अत्तीला हूण और अनेक हिटलरों की कोई बिसात नहीं। मुझे आज समझ आ रहा है कि जगत को चलाने वाली शक्ति प्रेम और ईश्वर में श्रद्धा है। श्रद्धा कितना अद्‌भुत भाव, कितना अद्‌भुत बल। आज समझ आ रहा है कि वासुदेव ने द्रौपदी का चीर क्यों बढ़ाया। हिरण्यकश्यप से प्रहलाद को किसलिए उभारा। समर्पण में कितना अद्‌भुत बल है।

हिरोशिमा की वह प्रलय रात्रि देखकर इन चार हज़ार वर्षों की भटकन में, हृदय के समस्त रोष व आक्रोश से भरकर जब पहली बार तुझे पुकारा था गोविन्द उस पल एक अदभुत अचरज हुआ। भीतर–ही–भीतर सुलगती मेरी क्रोधाग्नि ठण्डी होने लगी।

हे वासुदेव! आज एक विचार मेरे सारे अस्तित्व को झकझोर रहा है। मुझे लगता है कि बुद्ध और यीशु के पास मृत्यु की खोज में गया मैं, मृत्यु को नहीं बल्कि वास्तविक अर्थों में तुम्हें ही खोज रहा था। सुन रहे हो न गोविन्द...बेशक वैर–भाव से सही परन्तु तुम हर क्षण मेरे हृदय में थे। बुद्ध और यीशु में भी तुम ही थे! यह मुझे क्यों समझ नहीं आ सका। पिताश्री की यज्ञशाला में बैठकर वेद की ऋचाओं को रटता हुआ, मैं यह कैसे भूल गया कि निर्गुण, निराकार, अवर्णनीय स्वरूप जिसे शब्दों में नहीं बाँधा जा सकता, वही तो इस अखण्ड ब्रह्माण्ड का रचयिता है। जिसे काल बाँध नहीं सकता क्योंकि जब कुछ नहीं था तुम तब भी थे और जब कुछ भी शेष नहीं होगा तब भी तुम होंगे।

तुम तो एक ही हो। बेशक तुम्हारे नाम रूप अनेक हों। अर्जुन को महाभारत के युद्ध से पहले निष्काम कर्म और निष्काम भक्ति की

महिमा बताते हुए तुमने ही कहा था कि यह विश्व कृष्ण से ही जन्मता है और कृष्ण में ही समा जाता है। सारा जगत तुम में ही समाया हुआ है। इस जगत के सारे प्राणी तुम्हारे ही अंश हैं। तब आज मैं तुमसे पूछता हूँ जो तुम मुझमें बसते हो तो मैं तुम से पृथक् कैसे हुआ? मुझे श्रापित करके तुमने स्वयं को ही तो श्रापित नहीं किया!! तुम अपनी वही रहस्यभरी मुस्कान न दिखाओ वासुदेव...हे नीलकमल जैसी आँखों वाले कृष्ण आज तो उत्तर दो। जंगलों में, पर्वतों पर, रेगिस्तानों में भटकता, तुमसे नाराज़,तुम्हें अपशब्द कहता, तुम्हारे साथ लड़ता–झगड़ता, उन पलों में भी तो तुम ही मेरे हृदय में थे। हे कृष्ण! आज इस दुख को झेलते मनुष्य को देखता हूँ तो मुझे मेरी देह की पीड़ा नहीं सताती। आज समझ आ रहा है कि मुझे श्रापित करके तुमने जगत को बताया है कि मनुष्य के दुष्कर्म ही उसकी अन्तरात्मा पर होने वाले दुखते कोढ़ हैं और यदि इनका उपचार नहीं किया गया तो ये दुर्गन्धपूर्ण हो जायेंगे।

हे वासुदेव, हिरोशिमा की धरती पर जब क़दम रखा तो हृदय में हाहाकार था। तुम्हारे प्रति रोष और अधिक बढ़ गया था। महाभारत की वह धर्म और अधर्म की लड़ाई, मेरा द्वेषभाव...उत्तरा के गर्भ पर मेरे द्वारा ब्रह्मास्त्र चलाना...मेरा अहंकार...आपके दिये श्राप को विफल करने की मेरी प्रचण्ड इच्छा...हज़ारों सदियों की मेरी वेदना भरी यह सड़ी–गली देह ने मुझे व्यथित और विक्षिप्त कर दिया था। परन्तु अब उसके स्थान पर एक नयी आशा ने जन्म लिया है। मैंने बार–बार सखी से कहा तुम आओगे, अवश्य आओगे। कल्कि अवतार में सफ़ेद घोड़े पर चमकती तलवार लिए तुम अधर्म का नाश अवश्य करोगे और अनिष्ट पर इष्ट की विजय होगी। काल के अन्त में जब प्रलय होगी, उस समय सारा ब्रह्माण्ड तुम स्वयं में समाहित करोगे। उसी समय अपने सुकोमल हाथों से मुझे भी अपने में समा लेना प्रभु! तब मेरी समस्त वेदना का अन्त हो जायेगा। कुब्जा की तरह बस तुम्हारे एक स्पर्श से अन्दर–बाहर की मेरी सारी कुरूपता समाप्त हो जायेगी। बस अब एक ही इच्छा शेष है। हे वासुदेव, एक विनंती है, प्रलय के बाद जब तुम अपनी योगनिद्रा से फिर चेतन होकर अपनी नाभि से कमल

पर ब्रह्मा जी को प्रकट करोगे। उसी के साथ–साथ इसी विकृत देह में ही मुझे भी उत्पन्न करना।

आगामी सृष्टि बेशक मुझे द्वेष और क्रूरता के मूर्तिमान स्वरूप में देखे...हे वासुदेव, मनुष्य जाति की समस्त वेदना और दुख का भार मुझे ही वहन करने देना।

हे प्रभु, हे वासुदेव, अब वन–वन और नहीं भटकूँगा। रह–रह कर लगता है कि माँ रेवा मुझे पुकार रही हैं। मेरे कुलदेवता शिव का वह शूलपानेश्वर का मन्दिर बस अब मैं एक बार तुम्हारे सच्चिदानन्द स्वरूप के दर्शन की प्रतीक्षा करता, काल के अन्त तक वहीं रेवा किनारे बैठा रहूँगा।

46

माघ माह की पूर्णिमा का चन्द्रमा सम्पूर्ण कलाओं के साथ चमक रहा था। माँ नर्मदा का निर्मल जल शूलपानेश्वर के मन्दिर के चरणों को पखार रहा था। मन्द–मन्द बहती पवन शीतल जल से खेल रही थी। मध्यरात्रि में नर्मदा के जल में से प्रकट हुई एक मानव देह शूलपानेश्वर के मन्दिर की ओर बढ़ चली। थोड़े ही क्षण पश्चात पाषाण के बने इस मन्दिर के गर्भगृह में शिवलिंग के समीप एक दीप प्रज्वलित हो उठा। गर्भगृह की दीवारें जैसे स्तुतिगान करने लगी हों। मन्दिर की ध्वजा लहराने लगी। आकाश के तारों ने मन्त्रमुग्ध–सा होकर देखा कि मन्दिर के बाहर आ गयी मानव देह शूलपानेश्वर के जंगलों में अदृश्य हो गयी गीली मिट्टी पर पगों के चिह्न स्पष्ट दीख रहे थे।

ॐ पूर्णमदः पूर्णमिदं पूर्णात्, पूर्ण मुदच्यते,
पूर्णस्य पूर्णमादाय, पूर्णमेवावशिष्यते।
ॐ शान्तिः शान्तिः शान्तिः

सन्दर्भ ग्रन्थों की सूची

(1) जय – देवदत्त पटनायक

(2) महाभारत – महर्षि वेद व्यास

(3) मृत्युंजय – शिवाजी सावन्त

(4) युगान्तरा – इरावती कर्वे

(5) जहर तो पीधा छे जानी–जानी – श्री दर्शक

(6) सिद्धार्थ – हर्मन हेस

(7) जेरूसलम – सिमोन सेबाग मोंटेफ़ीर

(8) वॉर ऑफ़ द वर्ल्ड – नियोल फ़र्गसॉन

(9) बुक थीफ़ – मार्क्स ज़्यूसक

(10) वेद उपनिषद अने – जया मेहता

(11) हिरोशिमा – जॉन हार्से

(12) मिथ इन मिथ्या – देवदत्त पटनायक

(13) इज़राइल नी धर्मयात्रा – माधव प्रियदास स्वामी

❑❑

सन्दर्भ ग्रन्थों की सूची

(1) जय – देवदत्त पटनायक
(2) महाभारत – महर्षि वेद व्यास
(3) मृत्युंजय – शिवाजी सावन्त
(4) युगान्तरा – इरावती कर्वे
(5) जहर तो पीधा छे जानी–जानी – श्री दर्शक
(6) सिद्धार्थ – हर्मन हेस
(7) जेरूसलम – सिमोन सेबाग मोंटेफ़ीर
(8) वॉर ऑफ़ द वर्ल्ड – नियोल फ़र्गसॉन
(9) बुक थीफ़ – मार्क्स ज़्यूसक
(10) वेद उपनिषद अने – जया मेहता
(11) हिरोशिमा – जॉन हार्से
(12) मिथ इन मिथ्या – देवदत्त पटनायक
(13) इज़राइल नी धर्मयात्रा – माधव प्रियदास स्वामी

❑❑